生为赤子
——唐湜与他的文友们

曹凌云　著

北方联合出版传媒（集团）股份有限公司
春风文艺出版社
·沈阳·

作者

作者简介

　　曹凌云，1968 年 8 月出生，浙江温州人。现为温州市文联党组成员、秘书长，《温州文学》主编；中国作家协会会员、浙江省作家协会委员会委员。出版有个人散文集《纸上心情》《心灵说话》《乡尘》和长篇纪实散文《舅舅的半世纪》《走读瓯江》（入选 2016 年度浙江省作家协会优秀文学作品创作扶持项目）、《海上温州》（入选中国作家协会 2018 年度定点深入生活项目）等。主编有文集《明人明事》《雁山瓯水》《一叶的怀念》《温州民间文化丛书》等。

序一

吴思敬

　　2022 年"五一"假日期间，收到曹凌云先生快递的《生为赤子》打印件。这些天北京新冠肺炎疫情反复，除去每天要去做核酸检测外，足不出户，沉浸在《生为赤子》的阅读之中，唤起了我对唐湜先生和他的文友的记忆与怀想。

　　1984 年 12 月，唐湜来北京参加中国作家协会第四次全国代表大会，1985 年元旦那天休会，唐湜在骆寒超先生的陪同下，来到王府井菜厂胡同 7 号我家，这是我与唐湜先生首次见面。唐湜个子不高，身体微胖，学识渊博，平易近人，对诗歌理论饶有兴趣，我们很谈得来。此后唐湜先生来北京，或是为永嘉昆剧团联系来京演出，或是为联系出版他的著作，总会到寒舍一叙，聊兴大发，海阔天空，聊辛笛看淡金钱向国家捐出巨款，聊陈敬容的"红颜薄命"，也聊他自己，当年的英俊小生，现在是"人老珠黄"……就这样不知不觉聊到深夜。20 世纪 90 年代我搬到朝阳门外芳草地西街后，他就很少来我家了，但是书信没有中断过。有时他还会让我帮他做些具体的事，比如当生活·读书·新知三联书店出版他的《新意度集》，人民文学出版社出版他的《霞楼梦笛》，他就委托我到出版社去代他领样书，然后分别送给谢冕、孙玉石、洪子诚等在京的朋友。我在与出版社编辑的接触中才知道，即使是在改革开放以后，像他这样的大诗人出书也有许多难处。《新意度集》出版后，唐湜先生来信，希望我为他写一篇书评。我自

1

然责无旁贷，写出《闪烁的光　透明的雾——〈新意度集〉读后》一文，发在《读书》1991年第11期上。唐湜针对我的评论，来信说："您的大作写得太好了，把我多年前早已忘了的那些零散的论点连缀成了完整的网络，十分可喜！作为老一代的知识分子，他们从小又受到传统文化的熏陶。这样一种特定的知识结构，使他们有可能把外国文学领域中最新的成果及时摄取过来，同时又在一定程度上与我国的传统文化和思维方式有所沟通……这是一群在西方文化与中国传统文化间走钢丝的技艺高超的能手"。但是在后文的具体评述中，我只是论证了唐湜对外国诗学理论摄取的一面，而未对他对中国古代诗歌理论的继承展开论述，确实是很大的不足。特别是当我在《生为赤子》中读到唐湜小时候的家学，舅舅王季思对他的耳提面命，上中学后对中国古典文学名著的痴迷与受到的古典戏曲文化的熏陶，现在才深深地感觉到我对唐湜还是太缺乏了解了。

　　我与唐湜先生见的最后一面，是2003年11月4日在温州师范学院召开的"21世纪中国现代诗第二届研讨会暨唐湜诗歌创作座谈会"上。那时唐湜已是老态龙钟，双腿几乎迈不开步，旁边要有人架着他，才能小步行走，说话也不利索，说得很短，有些话甚至词不达意。会场上，我只能凝视着他，紧紧地握着他的手，向他表示问候，无法做更多的交谈了。

　　《生为赤子》中涉及的唐湜先生的温州籍文友中，我认识的不多，真正有过交往的是林斤澜先生。林斤澜是北京作协专业作家，北京作协开理事会或举办研讨会，我常能见到他，聆听他的高见，也曾请他到首都师范大学做过小说讲座。但真正与他有密切接触，则是1992年11月在西安参加鲁迅文学院西安笔会期间。到会的有来自全国各地的几十位青年作家。我和牛汉、林斤澜作为主讲老师，每人给学员做一场讲座。这样有大机会，与牛汉、林斤澜一起聊天。古往今来，天南海北，什么都谈，但谈得最多的还是文坛逸事。正是在林斤澜风趣的谈天中，我知道了他的"矮凳桥风情系列"的来历，也知道了老作家老舍、胡絜青、赵清阁、杨沫、张中行等的故事。林斤澜写小说有自己的路数，但也尊重年轻人的探索，我听到过他对刘震云的新写实主义小说和余华的新历史主义小说的称赞。

上边说的是读曹凌云《生为赤子》这部书唤起我的零散的回忆，拉拉杂杂，就此打住，还是回到《生为赤子》上来。

我觉得《生为赤子》在文体上有一种创新。它分开来是 44 篇散文，合起来可以看成一部以诗人唐湜为中心的文学传记，因此，它的价值首先是在文学史上的。它以散点透视的方式，讲述了唐湜和他的文友莫洛、赵瑞蕻、金江、林斤澜等的成长经历和心路历程。这种众星拱月的写法，既突出了唐湜的主人公身份，侧重他的生命与创作，同时又把他放到具体的环境中，用相当的笔墨写他周围的朋友，从而充分显示了唐湜的生存环境及创作语境，揭示了他成长的内因与外在依据。从研究方法上说，他摒弃了西方新批评派对文本与诗人的割裂，而是突出了中国文学批评的"知人论世"的传统，也就是不只研究作品，还要了解作者其人，了解作者所处的地域和时代。曹凌云与唐湜那一代人大约有50 年的年龄差，但是曹凌云却与他们成了忘年交。《生为赤子》的写作，不是凭空想象，不是仅仅基于作品文本，而是基于长期与所写人物的接触、交往，基于大量的田野调查，因而这部文学传记，给人的突出感觉就是真实。而真，这才是文学传记的灵魂。

传记文学主要是写人的，所以它要求刻画出人物鲜明的个性，塑造栩栩如生的人物形象。《生为赤子》的成功，就是它真实地塑造了唐湜这样一位青年才俊，历尽坎坷，不屈不挠，生命不停，创作不止，把苦难化为幻美之旅的诗人形象。作者是位散文作家，善于用优美的文笔营造抒情气氛，善于通过细节展示人物性格与精神风貌。比如写唐湜小时候，舅舅王季思"把从外地带来的唱片放给他听，其中有昆剧《连环计·梳妆掷戟》《林冲夜奔》，有京剧《单刀会·训子》《玉堂春》，有《牡丹亭》《长生殿》等，这些南北曲文采璀璨，诗情盎然，旋律旖旎，还带有一股雄豪之气，唐湜一听再听，喜不自禁。听得多了，他也学着哼唱几句，自得其乐"——这里活画出唐湜对戏曲的痴迷与酷爱，这不仅为唐湜于20世纪五六十年代写剧评、写剧本、研究南戏找到了依据，也为他后来所写的大量历史题材和神话题材的长诗找到了依据。又如写唐湜上学时，在表兄家书房里发现有多本新月派的诗集，他很喜欢，要认真阅读，就与表兄商量，拿自己一箱高丽纸的小说换取《新月诗选》和何其芳的《画梦录》《预言》，表兄同意了。他如获至宝，放学后就躲在自家老宅的东楼，沉醉在明朗纯净的诗意中。——正是有了这些具体生动的描写，我们才知道唐湜深厚的诗学修养的渊源。像上述这样的细节描写，在通常的文学史上，是很少见到的。而《生为赤子》的价值，就在这些地方显示出来了。

难得的是，作者不仅为读者提供了唐湜的生活细节和一些背景资料，而且向唐湜的内心深处开掘。在《生为赤子》中，我们看到，从青年时代开始，唐湜一路走来，百般曲折，历尽艰辛："自由是唐湜生命中的活水，稍得滋润，心田里就会抽出绿芽，胸中的壮志就会苏醒过来，他念念不忘的还是写作，虽然写作给他带来受苦和灾难。他白天一边劳动，一边构思创作，到了夜晚，往往一觉醒来，灵感被激活，就在床上倚枕下笔，直到晨曦微露"。像这样的描述，不是停留在一般的介绍上，而是对唐湜心灵幽微之处的探测与剖析。

在塑造唐湜形象的同时，作者还勾画了唐湜文友的形象，这是一批充满理想信念的知识分子，以强烈的爱国激情，投身于革命事业，无私奉献，学业有成，彼此间也结下了深厚的友谊。尽管由于写法和篇幅的限制，不可能像写唐湜那样翔实具体，但是作者在断片式的叙事中，寥寥几笔，便能把人物活灵活现地勾画出来。作者提及唐湜的好友金江所写的一则寓言。金江处在人生逆境时，坚毅不屈，他以钢铁自喻，写出寓言《铁》："烧红的铁放在砧子上，被锤子敲打着，铁叫道：'痛呵！痛呵！'锤子说：'朋友，忍耐一下吧！不经过痛苦的锤炼，怎么能成为利器呢？'"唐湜特别赞赏这则寓言。这是由于这则寓言表达的不仅是金江，也是唐湜自己的心声。

《生为赤子》的价值不只是在文学史上的，同时也是在文学地理学上的。文学地理学，主要是研究文学与地理环境的关系。环境与人是互相依存的，人总要处于一定的环境之中，不可能脱离环境而存在；环境也总是一定的具体的人的环境，离开了人也就无从谈环境。泰纳在《艺术哲学》中曾提出"种族""环境""时代"是决定文学的三种根本要素。泰纳所指的"环境"包括自然地理环境，也包括社会环境。文学地理学就是要对地理环境与文学要素之间的各个层面的关系进行研究，找出它们之间的内在联系，从而深化对特定环境下的文学家、文学作品，以及各种文学现象的认识，不断有新的发现。

曹凌云是温州人，是喝着楠溪江的水长大的，又长期在温州工作，他对故乡怀有深切的感情。他写过自己熟悉的龙湾状元老街、蒲州老街，写过鹿城的江滨路和江心屿。前几年，他为了给浙南大地的母亲河瓯江立传，利用节假日的休息时间，在瓯江沿岸一路走来，采集素材，奋笔疾书，以文化走读形式梳理瓯江流域的人文地理，完成了《走读瓯江》这部大书，为从文学地理学角度研究温州地区的文学做出了贡献。

正是出于对文学地理学的自觉，曹凌云在构思《生为赤子》

的时候，始终着眼于温州大地，生动地呈现了温州的地理环境对唐湜和他的文友的影响。作者以清新的散文笔法，描绘了唐湜和他的文友们生存、求学的环境。像这段唐湜与赵瑞蕻、莫洛、胡景瑊等在瓯江出游的描写：

瓯江上最多的是两头尖尖、形似蚱蜢的木船，称为舴艋船，船头张开白帆，船公持篙把桨仡立于船尾。这种船轻巧灵便、舱深耐载，顺流而下或溯江前行，遇浅水用篙，遇深水用桨，顺风则扬起白帆。

江岸边这几位年轻学子触景生情，不由得背诵起古诗来。唐湜吟诵的是李清照的《武陵春》："闻说双溪春尚好，也拟泛轻舟。只恐双溪舴艋舟，载不动许多愁。"莫洛朗诵陆游的《大溪滩折柂》："溪流乱石似牛毛，雨过狂澜势转豪。寄语河公莫作戏，从来忠信任风涛。"赵瑞蕻朗诵了北宋温州知州杨蟠的《永嘉》："一片繁华海上头，从来唤作小杭州。水如棋局分街陌，山似屏帷绕画楼。"胡景瑊却高声唱起极富瓯越特色的《拉纤歌》："日头出东呵，嗨哟！肩头硬棒呵，嗨哟！一步一挺呵，嗨哟！拔滩轻松呵，嗨哟！"胡景瑊歌声未落，三位好友接上去齐唱："兄弟们吔，嗨哟！加油干，嗨哟！水急滩险我不怕吔，管他肩头破，嗨哟！兄弟们吔，嗨哟！"

这段描写，既展现了瓯江最具代表性的景致，又揭示了温州地区深厚的文化底蕴，更在这些青年学子的欢唱中，把他们的风华正茂的才情与展翅欲翔的抱负充分展示出来了。

1993 年 1 月，《霞楼梦笛——唐湜抒情诗选》由人民文学出版社出版。这部诗集贯穿着唐湜少年时的憧憬、中年时的沉郁与晚年时的梦幻。但为什么唐湜把这些诗作题为"霞楼梦笛"？作者给出了确切的答案：是因为唐湜的书房叫飞霞楼，"站在书房的窗口，能望见邻近山上的一个飞霞洞，传说洞口曾经长有片片芦苇，可以做成一个个芦笛，年轻时的唐湜最爱站在这窗口吹奏芦笛"。这又是文学地理学上的一个发现！由飞霞楼上的芦笛声，我们会自然想到法国诗人阿波利奈尔那句有名的诗："我有一根芦笛，是我不曾和法兰西的将军的手杖交换的。"就这样，一根芦笛，把东西方两位大诗人的心连在一起了。

　　人类在时间中生活，历史在时间中形成。如今，唐湜和他身边的好友都已驾鹤西去，一个时代结束了。但他们的辉煌人生不能忘记，历史毕竟要有自己的书记员。曹凌云便自觉承担了记载这段历史和书写这些人物的任务。他在书中流露的对唐湜先生发自内心的热爱，他为温州地区那些充满理想信念、充满爱国激情的知识分子的赞颂，让我深深地感动。尽管我与曹凌云先生从未谋面，对他成书的艰辛缺乏了解，但还是为他的拳拳之心所感染，不揣浅陋，草成此文，以对我所热爱的唐湜先生和他的文友表示真诚的敬意与怀念！

2022 年 5 月 13 日

文学评论家、理论家 吴思敬

序二

郑朝阳

　　凌云是 1987 年 7 月回龙湾的。他虽然祖籍在龙湾，却一直跟随父母，生活、就学在永嘉。他年少时黑黑的、瘦瘦的，不怎么爱说话，那一年，他成了我的学生。

　　那时候，我在温州市第十五中学教高中语文。凌云除了语文，其他课程的成绩平平，我很为他的高考担心。而他却没事儿一样，有时上课还在看课外书，喜欢看现当代作家的作品，一讲起现当代文学，就眼睛发亮，话就多起来。他高中时已表露写作的天分，作文写得很漂亮，我让他在班级里朗读自己的作文，博得满堂掌声。高三时，大多数学生为高考拼尽全力，钻研课本和习题，而他却与几个爱好文学的同学发起成立文学社，编辑、印发校刊。自然，凌云没有考上大学，后来是通过招工考，进入龙湾广播站做编辑工作。

　　我教完凌云那一届，从教育系统调到了文化部门工作，他从广播站调到乡镇工作，那些年我们交往不多，却也彼此关心。他在乡镇开始文学创作，他的作品见诸报端，还出版过散文集，我应邀参加了他散文集的首发式，还讲了话，对他提出殷切希望。1999 年，他因写作上的成绩，参与筹备龙湾区文联。龙湾区文联成立了，他也就留在文联工作。他在龙湾文联整整工作了十年，他的努力，推动了龙湾文艺事业蓬勃发展，也使龙湾文联的各项工作在县市区中脱颖而出，走在前列。他说在龙湾区文联的十年，是他人生中工作最顺畅、心情最愉悦的时期。后来我到了温州市文联工作，他也调了过来，他对文艺工作仍然充满忠诚和热情。我们同事了半年，我到市政府工作了。算来，我与凌云已有三十五年的师生情分。

2012年开始，凌云集中精力从事文学创作。他在温州城区工作的十多年里，对成长之地永嘉的思念与日俱增，他抒写那条古名瓯水、自北而南千回万转、流经永嘉腹地的楠溪江，以及江两岸的人与物。我发现，楠溪江一直在滋养着他的文学表达，也是孕育他文学创作的母体。这种状况在他的长篇纪实散文《舅舅的半世纪》里有着集中的体现。《舅舅的半世纪》在出版之前，就请我当第一读者，我也认真地阅读。发生在楠溪江的一桩桩一件件故事，充满大山深处的清风朗月与尘世烟火的温暖气息，让我沉浸其中。我边读边写下读后感，供他参考。

《舅舅的半世纪》给我留下深刻的印象。我已经不记得多少次走在楠溪江两岸，也不记得多少次坐在楠溪江的竹排上，每一次都为楠溪江的美而感动，但我说不出这是怎样的一种美。我也看过一些描写楠溪江的文章，只有凌云在《舅舅的半世纪》里把它说出来了，那种撩过心尖微微震颤的美，那种写出楠溪江灵魂的美。凌云在楠溪江生活了十八年，是喝着楠溪江水长大的，凌云的气质就是楠溪江的气质，他的性格也像楠溪江中的石头，硬气、耿直、执着。他爱憎分明，有时也固执己见。

此后，凌云的笔触从楠溪江到瓯江到飞云江到东海。他不断地探究，思考，深入田野调查，陆续写出了《走读瓯江》《海上温州》等著作。我总是带着欣喜、好奇的心情翻阅他的作品，他的作品依然有贴心的表达，有思想，有诗意，特别是字里行间能让读者嗅到泥土的芬芳和江海的咸味，让读者和作者一起行走，一起咀嚼品味，一起完成精神上的交流和思考。我相信这些作品还会拥有更多的读者，会为他所记录的土地、江海带来长远而深刻的意义。

这些天，凌云把新作《生为赤子》的打印稿置于我的案前，邀我阅读并撰序文一篇。新中国成立之前，温州有一批充满理想信念的知识分子，他们热爱文艺，关心时局，追求变革，拷问自我。在国家危难之际，他们以强烈的爱国激情，投身革命事业，其中有唐湜、莫洛、赵瑞蕻、胡景瑊、金江、林斤澜、郑伯永、林夫、野夫、张明曹等，他们向往新的生活，愿意为之付出甚至牺牲。他们多以文艺的方式投身革命，其豪情和所经受的苦难，读来让人动容。在国家民族灾难深重的年代，他们没有放弃文艺。他们文采飞扬，妙笔生辉，学术激荡，硕果累累，像灿烂的群星一样，闪耀在中国现当代文艺的天空。凌云称他们为赤子，他们确以赤子之心成就一个时代的文艺，如丰碑值得后人追忆。

要写好这一代人，并不容易。不仅要了解他们的人生经历、学业成就、社会交往、作品风格，还要了解历史沿革和时代风貌。凌云为了写这本书，在北京、上海、杭州、温州等地采访过五十多人，又阅读了大量参考文献，通读了他们的作品。经过多年的访问、调查、整理、提炼、积累、感悟，在漫长的浸润中，凌云对新中国成立前后的风云变幻逐渐清晰起来，对性格迥异、个性鲜明的那一批革命知识分子有了进一步的了解。凌云的笔触穿行在他们的人生轨迹之间，把几个主要人物写得有血有肉，把主要笔墨集中在这些人物之间的关系上，写他们与当时中国文坛艺坛重要人物、重大事件的关系，从而编织起一张大大的关系网，一张中国现代革命文艺的人物与事件的关系网，从而触摸到那个时代跳动的脉搏，这是难能可贵的。

不过，毕竟当事人都已远去，凌云不能掌握他们太多的行为细节，这使他犯难。他写的是纪实文学，不能过于"合理想象"，更不得添油加醋，于是书中个别地方就较为粗糙，不如《舅舅的半世纪》和《走读瓯江》精彩有味。

这本书的一号人物是唐湜，也较为完整地反映了唐湜的一生。我认识唐湜先生，他是我在温州艺术研究所工作时的同事，但在我入职的时候他已经退休。我曾多次到过他在温州城区花柳塘的家里，那是逢年过节代表单位去慰问。他的家只有五十多平方米，堆满了书籍。在我的印象中，唐湜先生一头白发，说话讷讷的，待人接物不怎么言语，有时微微一笑，笑起来像弥勒佛。

凌云与唐湜交往的时候，唐湜已进入暮年，而凌云才二三十岁。年轻的凌云备受温州文坛泰斗级人物唐湜的信任和器重。在花柳塘那间斗室里，木讷的唐湜面对凌云，变得健谈起来。他说起了自己的过往和磨难，说起了文友和交往，也说起文坛上的一些重要事件。他与眼前这位年轻人同声相应，心灵相通。他喃喃地说着，凌云静静地听着，言者推心置腹，听者兴味盎然。凌云就有这样的本事，他会让不想说话的人愿意对他娓娓述说。

《生为赤子》里的主要人物莫洛和金江，我也是认识的。想不到凌云却与他们结下忘年交情。同时他还与活跃在新时期文坛上的前辈作家赵瑞蕻、林斤澜有交往，他与过早离世的胡景珹、林夫、郑伯永的子女后辈保持联系，这些都是他创作《生为赤子》的重要条件。在《生为赤子》后记中，凌云回忆了自己和诸位先生交往的点点滴滴，深情而有趣。

凌云为人真诚、恳切，他同样以真诚、恳切的态度对待他脚下的这片土地和养育他的山水，他仍然在家乡温州不知疲倦地走读、抒写，他就是一位赤子。因此，《生为赤子》是一位赤子对一批前辈赤子的礼敬。希望凌云始终怀抱一颗赤子之心，去创作，去生活，去相遇更多绝美的风景。

2022 年 5 月 25 日

剧作家 郑朝阳

目录

生为赤子

　　要写这篇文章，让我怦然心动，他们都出生在 20 世纪初的温州，他们是同学，是文友，是患难之交，是革命同志，他们从瓯江南岸起步，心怀赤诚，把生命慷慨地投向一种精神追求。

　　我说的他们，是九叶诗人、评论家、剧作家唐湜，诗人、学者、翻译家赵瑞蕻，诗人莫洛，温州市人民政府第一任市长胡景瑊，还有版画家林夫、寓言作家金江、作家林斤澜、作家郑伯永等。他们的人生经历和心路历程，还有那些特别珍贵、闪亮的红色印迹，没有被流年湮没，反而给我们一种适逢其会的美感。

一

　　让我先从 1934 年说起。夏秋之交的某一天，十四岁的唐湜
早早地吃过早餐，告别家人，只身从温州城东郊杨府山的唐宅出
发，沿着河岸走了一段路后，又穿街过巷，匆匆赶往坐落在温州
城区仓桥的浙江省立温州中学初中部，他已成为这所学校的新生，
要去注册入学。当时温州还没有大学，温州中学是温州的最高学
府，能进入这所学校读书的学生有一种自豪感。

　　温州中学初中部傍山临湖，环境清幽，山是满目青翠的松台
山，湖是碧波轻漾的九山湖，山光水影，交相辉映，一派秀丽风
光，真是学生读书的最佳处。唐湜见九山湖清澈透亮，林荫做伴，
鱼翔浅底，脚步放慢了许多。唐湜想起九山湖又称浣纱潭，相传
晋代有一孝女，住在浣纱潭边，夜里在潭边浣纱，早晨织成布匹。
他走到松台山麓，又想起姨父陈仲陶教给他的两句清代诗人朱彝
尊赞松台山的诗句："苍苍山上松，飒飒松根雨。松子落空山，
朝来不知处。"在绿树荫郁中，青砖灰瓦的学校已在唐湜眼前，
校门口悬挂着"道义之门"的横匾，显得庄严肃穆。

　　唐湜用唐兴隆的学名交了学费，这名字是他祖父给取的。他
还交了校服费，校服是一套童子军服。唐湜见到老师都恭恭敬敬
鞠一躬，还用国语清脆地叫一声："老师好。"这是小学老师教
会他的。他还见到了校长张镐[1]，年龄不大，一副能干的样子。

　　温州中学创办于 1902 年（清光绪二十八年），初名温州府学堂，

2

浙江省立温州中学（1933.8—1954.8）、浙　　籀园图书馆
江温州第一中学（1954.8—1965.3）校址道
司前校门

校园颇有规模，建有多栋楼房，还修筑了回廊、小亭、假山、池塘。
唐湜的教室在校园里的春草池边，这是纪念南朝宋诗人谢灵运取
的名，谢灵运在温州任太守期间，写有"池塘生春草，园柳变鸣
禽"名句。[2] 池塘里小桥流水，荷花肥肥的叶子舒卷有声，盛开
着枝枝艳丽的花朵，池塘四周零星栽着几棵垂柳。这里时而清静，
时而响起琅琅的读书声。校园边还有临湖而建的籀园图书馆，这
是温州最大的图书馆，藏书丰富。唐湜入学不久，便申办了籀园
图书馆借书证，从那以后，他就成了图书馆借书、看书的常客。
图书馆西面有怀籀亭。籀园和怀籀亭之名均为纪念温籍晚清大儒
孙诒让所建，孙诒让号籀廎，人称"籀公"[3]。

　　温州中学多任校长开风气之先，领时代之新，践行"数诗交融，
文理兼长"的教育理念，并且多方力聘名师，因此，一批文化名
流会集在这里执教。温州中学推行西学，课程正规，新风蔚然，
学科有公民、国文、英语、数学、卫生、动植物和历史、地理等，

3

大批学生具有爱国主义思想，学校里充溢着自由民主的学风，同学间传阅《新生》《读书生活》等进步刊物，学生自治会学术股主编的校刊《明天》，宣传抗日救国主张。校园里还辟有"民主墙"，学生有什么建议、意见，或者写了什么文学作品、对时局的评论，都可以贴在上面，内容五花八门，吸引了许多师生驻足阅读。莘莘学子正是从这里开始改变自己的命运，在各个领域大放光彩。

到了新学校，照例会认识一批新同学，唐湜给《明天》投稿时，认识了就读高中部的赵瑞蕻、莫洛和胡景瑊。高中部在城区道前，离初中部并不远。那一年，赵瑞蕻读高二，莫洛、胡景瑊读高一，他们学习成绩优异，热爱文学，激情如火，锋芒毕露，令唐湜十分钦佩；而唐湜已经写出了优美的诗歌，显露出逼人的才气，也得到几位学长赏识。云从龙，风从虎，他们在心灵上产生了诗意的碰撞，意气相投，成为志同道合的同学。

学校依山傍水，每到中午散学时，唐湜和赵瑞蕻、莫洛、胡景瑊，像鸟掠晴空一样，一起飞到山上水边去，去欣赏大自然的景致，去认识大自然的美好。他们学会了幻想，学会了思索，学会了用自己的眼睛看待一切新鲜的事情、新鲜的东西。他们面前的路慢慢开阔起来，但他们似乎还得有一个更宽广的世界。

[1] 张镐，温州瑞安人。1931 年 9 月至 1936 年 6 月在温州中学任校长，任内重视学术研究，学生会考成绩名列全省前茅。在一二·九学生运动中，张镐开除进步学生，镇压爱国学生运动，备受社会指责，当局迫于舆论压力，予以撤换。

[2] 南朝宋永初三年（422），谢灵运出任永嘉太守。在温州期间，他游览温州山水，写下大量诗文，任职约一年，便称病离职，返乡隐居。春草池在今温州中山公园的积谷山下，中山公园里至今仍有"池上楼"遗迹。

[3] 温州府学堂的前身是中山书院，清光绪二十八年（1902），孙诒让倡议改中山书院为温州府学堂，得到温处兵备道员童兆蓉和温州知府王琛同

意。孙诒让不仅是温州中学创办人，而且与余朝绅并列首任温州府学堂总理。孙诒让逝世后，温州文教界人士为纪念他的办学功绩，筹资购得曾氏"依绿园"故址，建籀公祠，并在祠旁建图书馆，也就命名为籀园图书馆。

唐湜于 1920 年 7 月 13 日出生在温州城东郊杨府山北面靠近瓯江的涂上涂的唐宅，这是一个富裕的家庭。乳名唐兴隆。

唐湜的曾祖父原是瓯江支流楠溪江上游的农民，壮年时腰上挂一把篾刀，从楠溪江放竹排到瓯江口杨府山附近，见有大片淤涨的滩涂可以开垦，就在杨府山东麓定居，开荒造田，娶妻生子。祖父唐寿庚更是精明能干，在杨府山一带广置田产，坐拥一千五百亩田地，家中每年收取可观的租谷。秋收是祖父最繁忙的时节，他带着用人下到田地里监视佃农劳动，督促临时雇来的工人收割稻谷。田中禾穗收割完成，新谷装满谷仓，忙季才算过去，家人恢复了日常的生活。唐湜的外祖父、外曾祖父都是清代秀才。

唐湜的父亲唐伯勋继承祖业，做起地主，后又开店经商、投资办学，使得家业更加兴旺。唐湜的母亲王丽则，出生于书香世家，其家族在当地很有名望[1]。唐湜有弟妹九人，他为家中长子，因读书用功，为人诚实，又长得眉清目秀、聪明颖慧，深得长辈的宠爱和欢心。祖父请来老先生（私塾先生）培养唐湜，盼望他有一个好前程，荣宗耀祖。但唐湜不想继承丰厚的家业，不做娇生惯养的少爷，小小年纪却喜欢文学和戏曲。

1928 年，唐湜八岁，就读于浙江省立第十中学（简称"省立十中"，温州中学前身）附小，学名唐扬和，字迪文。唐湜进入新式小学后，不用被老先生盯着背诵经书，也不必天天坐在桌边又读又写，七天里还有一天放假，又因为在家中业已认字不少，记忆力特别好的他，就有大把的空余时间。就是这期间，他看了《三国演义》《水浒传》《西游记》《红楼梦》等中国古典文学名著。同时，他还痴迷家乡的南戏，喜欢赋诗填词。

温州古为瓯地，也称东瓯，东晋太宁元年（323）建郡，为永嘉郡，唐上元二年（675）始称温州。温州人自古崇文尚武，历代文化名人辈出，诗文佳作涌现，是享誉海内外的历史文化名城。如南宋诗人王十朋、文学家叶适、永嘉四灵[2]，元末明初剧作家高则诚、文学家刘基等，他们的作品都成为封建时期的文学典范，对中国古代文学的发展产生过重要的影响。

温州是中国南戏的故乡。那时候温州城区的宗祠、佛殿大多有戏台，过年过节会有草台班子来演戏，热闹时两个戏班"斗台"，年少的唐湜就挤在大人堆里看老戏（温州人习惯称古装戏为老戏）。有时候，唐湜也跟着大人坐摇橹小木船去附近的水心殿看戏，戏台搭在河岸上，他们就坐在船上观看。戏散曲终已是深夜，他们坐船返回，夏夜里，头顶是零落的星星，冬夜里，冷风飕飕，岸上薄薄的积雪闪动着微弱的亮光。

放暑假是唐湜最开心的日子，母亲会带上他到外婆家度夏，外婆家在乡下一个叫上田的地方，要坐一个钟头的客船。河道绵延，沿途空旷，一路上多为稻田、农舍，稻子已经金黄，快要收割了，知了一直在鸣叫。乡野的景趣，农人的耕作，给唐湜留下深刻的印象。

唐湜母亲有四兄弟、五姐妹，二弟王季思学名王起，自幼熟读经史子集，热爱戏曲、小说，小学未毕业就考取省立十中，后转入瑞安中学就读，1925 年考入南京东南大学文学系。过暑假时，王季思总带着妻儿回家消夏，住一段时间。唐湜见到季思舅舅，把平时在看戏中积攒起来的一连串问题，向他一一寻求答案。

年轻时的唐湜

二十多岁的王季思已经开始研究元曲，写过不少诗词和散曲，还在闻一多的指导下创作话剧和新诗，对于天真无邪、童稚未脱的外甥唐湜的问题，也都不厌其烦地给予详细解答。

唐湜上中学时，已知晓了不少戏曲知识。假期里，季思舅舅不仅为他解疑释惑，还把从外地带来的唱片放给他听，其中有昆剧《连环计·梳妆掷戟》《林冲夜奔》，有京剧《单刀会·训子》《玉堂春》，有《牡丹亭》《长生殿》等，这些南北曲文采璀璨，诗情盎然，旋律旖旎，还带有一股雄豪之气，唐湜一听再听，喜不自禁。听得多了，他也学着哼唱几句，自得其乐。二舅还收藏有许多线装本的元明杂剧和明清传奇，如《元曲选》《鸣凤记》，都毫无保留地供他翻阅。他手捧这些发黄的古书，读得囫囵吞枣，也读得有滋有味。假期的日子显得快乐而丰富。

耳濡目染多年后，唐湜懂得了古典戏曲的文化内涵，戏曲文学渗透、融入他文学生命的血脉之中。当然，季思舅舅也不是存心要培育唐湜做一名剧作家或文学家，他无意中的指引，潜移默化，给了年少的唐湜最实用、最直接的文学滋养，属于无心插柳的范畴。

唐湜还经常到姨父陈仲陶家走动。陈仲陶是唐湜母亲的大姐夫，唐湜叫他仲陶夫姨（温州人习惯把姨父叫成夫姨），他家在城区康乐坊嘉福寺巷，与唐湜家并不远，于是，唐湜成了仲陶夫姨家的常客。他看到仲陶夫姨与文朋诗友苏渊雷、冒广生、夏承焘、张红薇、郑曼青等 [3] 在客厅里谈诗论文，切磋诗艺。仲陶夫姨性格温和，说话不紧不慢，但写诗朗吟却严肃认真，分析问题细致入微，举手投足无不透露出艺术大家的神采。仲陶夫姨学识渊博，季思舅舅遇到诗词上的问题，也找他商量，请教于他。

慢慢地，唐湜觉得古诗词也有新鲜有趣的地方，就时而翻看仲陶夫姨的诗稿，仲陶夫姨就对唐湜说："我的诗里无一字没有来历，我熟读了少陵、放翁、宛陵和二陈的作品[4]，我一写起诗来，他们的文采、笔意就自然会来到我的笔下来。"唐湜听了仲陶夫姨一席话后，读了许多古诗词，并练习着写了起来，还拿给仲陶夫姨看。仲陶夫姨对唐湜的习作点评批改，表扬他的好词好句，又温和地指出不妥之处，要求修改，达到既符合诗词基本格式又要在语言、意境上诗意灵动。受过仲陶夫姨的点拨和教诲后，唐湜有了扎实的古诗词功底，对后来的写作大有裨益。

陈仲陶的长子、唐湜的表兄陈桂芳，长相俊美，气宇不凡，喜好现代诗歌。有一次，唐湜见表兄在看一本徐志摩的诗集，感到好奇。现代文学方面，当时唐湜只读过冰心的散文诗，也想读读徐志摩的诗。唐湜把想法一说，表兄当即就把诗集给了他。这是一些风格明丽、追求个性解放、韵律和谐、富于音乐之美的诗歌，唐湜被深深吸引了。他还看到表兄书房里有多本新月派的诗集，也要阅读，表兄都愿意借给他。

新月派诗歌抨击现实，同情人民，追求光明，文采斐然，让唐湜爱不释手。他想：这些诗集如果仓促翻阅，会降低其价值，需要用恬淡的心情和大把的时光从容阅读，最好的办法就是拥有这些诗集。唐湜就与表兄商量，拿自己一箱高丽纸印制的小说换取《新月诗选》和何其芳的《画梦录》《预言》，表兄也同意了。唐湜如获至宝，读小学的他，放学后就躲在自家老宅的东楼，沉醉在明朗纯净的诗意诗风中。这些诗歌，为他注入了一个诗人的文学品质，他在厚厚的笔记本上写下现代的诗行表达自己的幻想，抒发浪漫的情感。

带着文学天赋的唐湜，是被文艺滋养之后走进温州中学的。

[1]王丽则家族系温州永嘉场（今温州龙湾区）二都英桥里王氏，明清出过十三位进士，其中王激官至国子监祭酒兼经筵讲官，王德官至广东按察司金事，王叔果官至湖广布政使司右参议及广东按察副使，王叔果官至福建布政使司右参议；出过十位举人，其中王澈官至福建布政使司左参议。在温州频遭倭患时，王澈、王激的弟弟王沛（精研医术，行医乡里）和族侄王德组织了一支由王氏族人为主的两千五百余人的王氏义师。七年征战，王氏义师成为浙南一方屏障。然而，嘉靖三十七年（1558）四月的一场恶战，王氏家族七十余人罹难，王沛、王德英勇殉国。王澈之子王叔果闻讯后立即告假还乡，与弟弟王叔杲商议修筑城堡抗敌，历时年余，筑成永昌堡，从此让倭寇望而却步。王家第十六世孙王德馨是晚清温州知名乡绅、诗人与诗评家，具有豁达的人生态度和"牺牲一身，谋社会之共利"的利济精神。

[2]永嘉四灵，南宋末年的诗派，也称四灵诗派，代表南宋中后期诗歌创作上的一种倾向。指南宋四位永嘉（温州）籍诗人徐照（字灵晖）、徐玑（号灵渊）、翁卷（字灵舒）、赵师秀（号灵秀）。因四人字号中都有一"灵"字，故名。

[3]苏渊雷（1908—1995），原名中常，字仲翔，晚署钵翁，又号遁圆，温州平阳人，国学大师、佛典专家、诗人、书法家。冒广生（1873—1959），字鹤亭，号疚翁，江苏如皋人，冒辟疆的后人，温州瑞安文化名人黄绍第的门婿，学者、诗人、书法家，曾任温州海关监督。夏承焘（1900—1986），字瞿禅，晚年改字瞿髯，别号梦栩生，温州城区人，现代词学的开拓者和奠基人。张红薇（1878—1970），女，字德怡，晚号红薇老人，温州鹿城人，画家。郑曼青（1902—1975），温州城区人，因擅诗、书、画、拳、医五长，有"五绝老人"美称。

[4]少陵，杜甫，自号少陵野老。放翁，陆游，号放翁。宛陵，梅尧臣，世称宛陵先生。二陈指陈师道和陈与义。

三

　　课余，唐湜还经常找赵瑞蕻、莫洛、胡景瑊谈何其芳、冰心的作品，一起读巴金、茅盾的小说。他们呼吸到清新的空气，肌体中流动着新鲜的血液。这一群朝气蓬勃、充满理想信念的青年才俊，就这样频繁交往，在往后的岁月里结下了深厚的友谊。

　　他们中，赵瑞蕻年龄稍大，1915 年 11 月 28 日出生在温州城区挂彩里一个商人家庭，原名赵瑞霡。父亲赵承孝，读过几年私塾，写得一手好字，做茶叶生意起家，克勤克俭，后来成为一家茶行的经理，平时读一些古书，乐善好施。母亲林蘩，是家庭妇女，识字不多，却喜欢古诗词，能背诵一些唐诗。家里两个哥哥和三个姐姐，都受到良好的新式教育，爱好文学。

　　在这种家风熏染下，赵瑞蕻从小就接触文学艺术，学习英文。1929 年夏季他从省立十中附小毕业，因成绩优异被保送到温州中学初中部读书，教国文的老师正是唐湜的二舅王季思。王季思刚走出大学校门，脑子里是开放民主的思想，尊重学生个性，加强学生的特长培养，很受学生喜欢。在王季思的指导下，赵瑞蕻开始新诗写作，文学才华崭露头角。

　　1932 年夏，十七岁的赵瑞蕻考入温州中学高中部。不久，赵瑞蕻被学校推选为学生自治会学术股长，创办并主编综合性校刊《明天》。

　　莫洛于 1916 年 5 月 18 日出生在温州城区百里坊的名门望

族——马家，原名马骅。马家以开眼药店起家，家族里读书、习画、抚琴之风很盛[1]。祖父马元熙是清代拔贡生，当地的书画名家，并以书画传家，二房马寿洛（字祝眉）和马寿洛的长子马孟容、次子马公愚、三子马味仲成为书画、金石、古文字研究的大家，人称"马氏三雄"。莫洛的父亲马寿朴，读过诗书，粗通文墨，能背诵《千家诗》，从事商业。母亲伍氏，是家庭妇女，温柔贤淑。莫洛是家中老小，上有哥哥姐姐六人。

莫洛从小生活在书香浓郁的马家，耳濡目染，爱上了文艺。他在省立十中附小读书时，就开始读安徒生、爱罗先珂的童话故事，读叶圣陶的《稻草人》和夏丏尊翻译的《爱的教育》。学校每逢周末有文艺演出，他写了一个童话剧《花生王与国王》，在学校里上演，引起轰动。

胡景瑊于1917年4月7日出生在温州城区石坦巷的名门望族——胡家。祖父胡鑫是温州的名医，坊间说他药到病除，人称"胡一帖"，曾主持我国最早的一所新式中医学堂——利济医学堂[2]的工作。他有着"中医实业救国"的理想，是晚清维新变法、辛亥革命的追随者。父亲胡同颖，曾留学日本，继承中华医学遗产，又融入在日本学来的西医技术，成了温州医学界的翘楚，曾在上海同济大学、浙江之江大学任教。

特别要说的是胡景瑊的母亲姚平子。出身于书香门第的姚平子，十岁就读于温州大同女学，1911年冬毕业，是温州历史上第一批"女秀才"之一。姚平子又赴杭州女子师范学校讲习所学习，毕业后回乡，在温州女子学馆任教。1915年，姚平子与留学归来的胡同颖结婚。同年，温州女子学馆改扩为温州第一女子高等小学，姚平子任校长。她推行新的教学理念，在原来只有国文、算术两科的基础上，增设格致（基础科学）、唱歌、体操等课程，还鼓励师生剪发辫、松小脚，挣脱旧世俗的束缚，把学校办得很有生气。

　　不幸的是，在胡景瑊读小学时，父亲在上海感染伤寒英年早逝，其后，祖父一病不起也离开了人世，胡家出现了裂痕进而解体。当时，姚平子正怀着第四子。她戴一副金丝眼镜，留着短发，看上去温文尔雅，但性格坚强，有主见，有胆略，她忍着悲痛安葬了丈夫，生下了遗腹子。胡景瑊与三个弟弟跟随在母亲身边，母子相依为命。在经济拮据的情况下，姚平子却坚持让孩子读书。1925 年，姚平子加入了中国共产党，成为中共温州独立支部成员。

　　胡景瑊醉心文艺，写了一些诗作，他也热爱科学知识，如饥似渴地学习。正在他寒窗苦读之时，1926 年 9 月，姚平子受组织指派，与另一位革命者庄竞秋 [3] 一起到舟山定海小学任教，以此为

校刊《明天》，从 1933 年 5 月至 1936 年 7 月，共出七期，第七期后被查禁，停刊

掩护，在定海开展革命活动，直接领导组建中共定海独立支部。1927 年，姚平子回温担任温州籀园图书馆馆长。1933 年，姚平子到上海民立女中任教，继续宣传民主主义、爱国主义，带领学生反帝反封建，成为令人瞩目的风云人物。

　　莫洛和胡景瑊都是同年考进温州中学初中部的，成为同班同学，时间是 1930 年夏天；他俩也同时考入温州中学高中部，仍然是同班同学，时间是 1934 年夏天。

　　在高一下学期，胡景瑊被学校推选为学生自治会学术股长，主编《明天》，赵瑞蕻和同学马大恢、柳泽萃为编辑。他们更重

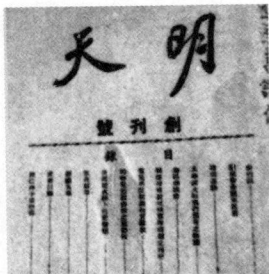

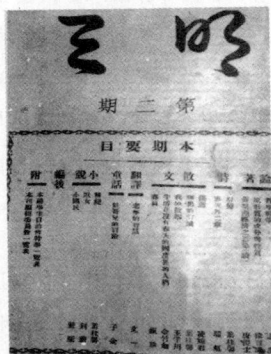

视杂志的政治性，拥有了一批固定作者，如莫洛和唐湜。

[1] 马家素来重视文化素养，爱好琴棋书画，逐渐形成良好家风，代代相传。到了第七代马蔚霞，清道光八年（1828）高中解元，马家声名从此大扬。他的孙子马元熙（字兰笙）多才多艺，擅长书、画、金石，更善奏古琴，精通中医，被称为"马氏白眉"。

[2] 利济医学堂，创办于清光绪十一年（1885），是我国第一所采取欧美办学制度和方法开办的新式中医学校。主要创始人是胡景珹的外曾祖父、胡鑫（字润之）的岳父陈虬（字志三，号蛰庐），陈虬既是一位造诣很深的中医师，也是当时中国改良派的重要代表人物，他运用西方办学制度，传授中医理论。利济医院是浙南最早的医院，开中西医结合治疗之先河。利济医学堂集教学、科研、医疗为一体，在办学的十八年中，为浙南培养了大批中医人才。

[3] 庄竞秋（1887—1979），又名琴秋，温州城区人，1920 年任温州新民小学音乐教员，1925 年加入中国共产党，是中共温州独立支部仅有的"三女杰"之一（另两位是姚平子和时任中共温州独立支部书记胡识因）。

四

周日或节假日，赵瑞蕻、莫洛、胡景瑊、唐湜等好友，往往相约在学校，出温州中学，过仓桥，到北大街上，再转个弯，穿北城门，直抵瓯江岸边，步行不用二十分钟，乘坐黄包车就更快了。温州城并不大，残破的老城墙断断续续，有的塌毁，有的拆除，但沿江还留有一段。老城墙外是滔滔的瓯江。

瓯江之水，发源于处州（今丽水）山中的百山祖西北麓锅帽尖，自西向东，贯穿整个浙南山区，流经处州、温州等诸多村镇。江水从山谷滩林间曲折而来，一路上绵绵不绝，雄奇多姿，来到温州城区地段，却已浪花滚滚，莽莽苍苍，缓缓东流，从温州湾注入东海。

江上有长长的、首尾相连的竹筏队和木排队，借助江流涌进江边的木材市场；耸着烟囱的大轮船吐着黑烟，慢悠悠地进港、出港。瓯江上最多的是两头尖尖、形似蚱蜢的木船，称为舴艋船，船头张开白帆，船公持篙把桨伫立于船尾。这种船轻巧灵便、舱深耐载，顺流而下或溯江前行，遇浅水用篙，遇深水用桨，顺风则扬起白帆。

江岸边这几位年轻学子触景生情，不由得背诵起古诗来。唐湜吟诵的是李清照的《武陵春》："闻说双溪春尚好，也拟泛轻舟。只恐双溪舴艋舟，载不动许多愁。"莫洛朗诵陆游的《大溪滩折柂》："溪流乱石似牛毛，雨过狂澜势转豪。寄语河公莫作戏，

温州城旧景

从来忠信任风涛。"赵瑞蕻朗诵了北宋温州知州杨蟠的《永嘉》:"一片繁华海上头,从来唤作小杭州。水如棋局分街陌,山似屏帷绕画楼。"胡景瑊却高声唱起极富瓯越特色的《拉纤歌》:"日头出东呵,嗨哟!肩头硬棒呵,嗨哟!一步一挺呵,嗨哟!拔滩轻松呵,嗨哟!"胡景瑊歌声未落,三位好友接上去齐唱:"兄弟们吧,嗨哟!加油干,嗨哟!水急滩险我不怕吧,管他肩头破,嗨哟!兄弟们吧,嗨哟!"

他们一边欢唱,一边沿着江岸向东走,观赏旖旎的江岸风光,而远处间或传来的轮船汽笛声,总显得那么悠扬、沧桑,并富有质感。沿岸边大小不一的船只聚合在大小不一的码头,各色人物、各类物资,在这里集来散去,散去集来。人间的世俗和冷暖,脸上的喜怒和哀乐,便在船上和码头间流转与交融。在凉凉的江风中,这些温州学子关注到这里多有"船上人家",船夫强健,皮肤皆为古铜色;船娘能干,总把船舱里的铺板擦得溜光滑亮。他们把柴米油盐和生活用品备在船上,在船里进餐、涤物、做买卖。船上的大姑娘更是一道风景,每到傍晚,就在船尾裸身洗澡,夕阳的暖辉照在她们赤褐而丰满的胴体上,极具美感。

他们走过株柏码头、麻行码头、朔门码头,看到码头附近多有市集,货种主要有番薯干、鲜番薯、木炭、柴草、木头、竹子等,舴艋船、小舢板一停靠,码头上就熙熙攘攘起来。货物装卸要叫码头上的搬运工，这是规矩，不懂规矩的人是不能在码头上混的。还有牙郎，他们拿着大秤，买卖人双方之间的价格由牙郎从中调和，货物要用他们的大秤过秤，收取佣金，叫"牙郎钱"。码头上有好几个牙郎，也要抢生意。一些还没有上学的小孩子喜欢在码头上转悠，见搬运

瓯江畔的温州城旧景

工"上水"（码头上的行话，就是从船里挑东西上岸，反之叫"下水"），货主跟在旁边，小孩子就跑过去拉着担子要给某某牙郎过秤，牙郎过来，帮助买卖双方谈好了价格，过了秤，收了"牙郎钱"，也会给小孩儿买东西吃。每天上午是码头最热闹的时候，下午，市集上的交易结束，码头就显得冷清了。

他们来到了温州城东，这里有一座海坦山，为登临望江绝佳处，向北可遥望江心屿，向东可看瓯江入海口，向南可鸟瞰温州城，山上有南宋思想家叶适之墓，山顶有杨府殿。瓯江岸边的安澜亭在海坦山北麓，在温州家喻户晓，此亭建于宋朝，南北朝向，四角十六柱，祈求江涛平伏，百姓安康。安澜亭旁边的安澜码头，总有一些肩挑手提的小商小贩，叫卖声此起彼伏。一些小商贩还走街串巷，摇起拨浪鼓卖针头线脑。一些混迹于码头的"烂粒"（温州话，相当于无业流氓的意思），游走在白道黑道边缘，在坊间为别人讲案，惹出一些事端，在社会上传扬、远播。他们江风里来、江水里去，给自己的人生增添了几多传奇的色彩。

瓯江码头上的故事，如果认真探究下去，并不比上海滩十六铺的故事逊色。傍晚的时候，他们还是要及时回到城内，虽然没有实行城门一关全城宵禁，但他们都及时回家，免得上辈人牵挂。

就这样，他们走出校门，走出老城墙，走出"象牙塔"，走进社会与民众的生活，走进形形色色的大千世界。他们又经常相约去城里的东公廨、窦妇桥、落霞潭、九山湖、松台山等地循迹访胜。东公廨的老宅、窦妇桥的传说、落霞潭的夕照、九山湖的绿柳、松台山的古塔都给他们留下美好的印象，他们热爱温州山水，也从山水之恋到达文学之恋。但同时，东公廨一带众多衣衫褴褛的江北逃荒人、窦妇桥两岸许多在封建婚姻枷锁里的青春女子、落霞潭边一个个与他们同龄的小乞丐、九山湖上那些头戴白帽坐着木船的修女、松台山山脚下一批批被国民党屠杀的革命者，更是让他们的内心极度忧伤和愤慨。他们把这一切发现都写进诗文里，如赵瑞蕻写下了《雷雨》和《爝火献辞》，这是他现存最早的两首诗歌；胡景瑊写下了现实题材的短篇小说《小国民》和《小城之北》，这也是他现存最早的两篇小说。

五

1935 年 5 月的某一天，有两人从丽水青田来到温州，找到胡景瑊、莫洛等。他们说自己刚从国民党的监狱里出来，但依然要走革命的道路，建议温州中学学生自治会多开展活动，最好成立读书会，把进步的同学组织起来。还说，中国只有停止内战，一致抗日，才有出路。他俩闪烁着智慧的目光，洋溢着自信的笑容，还带有几分神秘的色彩。

温州中学是进步思潮的大本营。曾经在温州中学执教的朱自清、夏承焘、王季思、周予同等坚持真理，开明爱国，具有强烈的反帝反封建精神，使校园中的新文化运动大放光芒，让学校师生眷念不已。还在学校执教的国文老师陈逸人宣扬科学民主，提倡白话文；历史老师吴文祺熟练掌握马克思主义思想，对学生进行历史唯物主义、经济学基础等教育；英文老师夏翼天教学生西方文论和法国文学，向学生灌输进步思想。

待那两位神秘人物告辞后，胡景瑊、莫洛立即把有关情况向陈逸人、许志行、吴文祺和夏翼天汇报。在夏翼天的安排下，几位师生于一个星期天，以开展课外活动为名，一起到瓯江横渡码头，乘坐舢板船渡江去江心屿，讨论成立进步学生组织的事宜。

江心屿四面环江，东西两塔对峙，亭阁翼然，古木参天，风景秀丽，历来被称为"瓯江蓬莱"。谢灵运、李白、杜甫、孟浩然都曾涉足于此，留下诗词歌赋，历代名人咏叹江心屿的诗章达上千篇。江心寺大门两边,有王十朋撰、方介堪书的著名叠字对联:"云朝朝朝朝朝朝朝散,潮长长长长长长长长消"[1]。

师生这一次来,围坐在一片沙滩上,他们看瓯潮涨落,讨论声也随着潮声起起伏伏。几位老师分别发言,他们先分析了国内形势,战乱不止,民生凋敝,内忧外患的中国深陷灾难的深渊;他们一致认为温州中学有着革命的传统,五四运动之前,学生们就自发性发动过多次学潮。1919年五四运动期间,温州中学和温州师范学校的学生联合举行罢课大游行,声援五四运动。那一年,在北京铁路管理传习所(北京交通大学前身)求学的校友郑振铎[2]回到温州,与校友陈仲陶等成立"救国演讲社"和"新学会",刊出《救国演讲周刊》,培养德行,交换知识,促进思想之革新,使得温州的革命形势得以迅速发展,温州中学也成为浙南一带学运的

江心屿旧景

先锋和中坚力量。第二年，在校学生张冲等发起组织"醒华学会"，宣传新思潮，开展反日宣传和抵制日货活动。1923年，在校学生金贯真等组织"血波社"和"宏文会"等新文化研究团体，提倡新学说，开展反帝反封建宣传。1925年，校友谢文锦等通过温州学联组织，发动学生罢课游行，支持五卅运动的斗争，抵制外货，掀起反帝爱国运动热潮[3]。胡景瑊、赵瑞蕻、莫洛等也发表了意见，认为当前最重要的任务是组织学生阅读进步书刊，学习革命理论，要办好学生刊物《明天》等，刊发抗日救国文章。在条件成熟的时候，成立宣传队，创办平民夜校，演出爱国戏剧，张贴发放传单，揭露日本侵略的罪行和反动统治的黑暗。讨论结束后，他们上浩然楼，瞻樟抱榕，拜谢公亭，寻梅溪读书台。江风凉爽，高阳和煦，他们漫谈时事，吐露心声。他们去江心屿的时候，朝霞满天，回程的时候，江阔风清。

在几位老师的指导下，胡景瑊、马大猷、赵瑞蕻、莫洛、柳泽萃等经过商量，达成一致意见，成立进步社团，由赵瑞蕻牵头。赵瑞蕻就组织了"厨房会"，选择课余时间，秘密地在学校的伙房里聚会，阅读进步刊物《大众生活》《世界知识》《中流》《译文》等，这些书刊被当局列入"禁书名单"，平时就暗藏在厨工的宿舍里。厨工来自农村，虽不识字，但支持学生的爱国活动，十分可靠。"厨房会"吸引了许多学生，他们总是严肃地探讨抗日救亡之路该怎么走，尖锐批评学校里和社会上的陈腐论调与恶劣现象。"厨房会"里林斤澜年龄最小，却是积极的参与者。

"厨房会"的成员还一起阅读在新文化运动中影响很大的思想文化杂志《新青年》《语丝》，也一起阅读德国作家施托姆的《茵梦湖》和歌德的《少年维特的烦恼》等。民主、共和、正义、人道、公理等思想，在他们的脑子里萦绕，甚至发芽生根。

"厨房会"的成员经常在一起合唱朱自清写的温州中学校歌：

"雁山云影，瓯海潮淙，看钟灵毓秀，桃李葱茏。怀籀亭边勤讲诵，中山精舍坐春风。英奇匡国，作圣启蒙，上下古今一治，东西学艺攸同。"1923年3月，朱自清经他的北大同学周予同介绍，到温州中学任教，尽管朱自清在温州只生活了一年多时间，但他与温州结下了不解之缘，在温州留下了不少踪迹。

不久，"厨房会"发展成正式的读书会，改名野火读书会。取名"野火"，即为"野火烧不尽，春风吹又生"之意，以此来点燃温州青少年心中的革命火种。赵瑞蕻等起草《野火宣言》和《工作纲领》，印成小册子分发；莫洛等组织同学学习、研讨新文化。野火读书会唤起了许多学生关注社会、参与革命的热情，越来越多的学生聚集到野火读书会，其中有唐湜、林斤澜、郑伯永、项淑贞、张可仙、夏巨珍、林爱雪、徐贤议、吴性慧、孙绍奎、孙经邃等，会员发展到六十多人。他们一起阅读进步书刊，关心民族兴亡，纵论天下大势，旗帜鲜明地宣传抗日救国，宣传马克思主义和反帝反封建思想。唐湜、林斤澜、郑伯永等撰写抗日救国文章，参与编辑每周一期的《野火壁报》，在学校张贴，后来改为油印发行。

[1] 对联"云朝朝朝朝朝朝朝朝散，潮长长长长长长长长消"的正确读法是：云朝（zhāo）朝（cháo），朝（zhāo）朝（zhāo）朝（cháo），朝（zhāo）朝（cháo）朝（zhāo）散；潮长（cháng）长（zhǎng），长（cháng）长（cháng）长（zhǎng），长（cháng）长（zhǎng）长（cháng）消。原为王十朋撰书，后由温籍书法家方介堪正楷重书。

[2] 郑振铎（1898—1958），原籍福建长乐（今福州市长乐区），出生于温州城区，曾在温州广场路小学、温州第二中学、浙江省立第十中学就读。

[3] 张冲（1904—1941），温州乐清人，1919年考入温州省立第十中学。国民党高级将领，在抗战期间，张冲坚决赞成国共合作，共御外侮。金贯真（1902—1930），温州永嘉人，1919年考入浙江省立第十师范学校。1930

年3月，与胡公冕、陈文杰等以永嘉西楠溪农民武装为基本队伍，建立了浙南红军游击队。后经中央军委批准在永嘉成立中国工农红军第十三军，金贯真任政委，胡公冕任军长，陈文杰任政治部主任。1930年5月18日，在温州城区虞师里联络点被特务包围，负伤被捕，当夜惨遭杀害，年仅二十八岁。谢文锦（1894—1927），温州永嘉人，1911年考入浙江省立第十中学。1919年在上海参加五四运动，并在陈独秀主持的《新青年》杂志社工作。1921年，中国共产党诞生的那一年，在上海加入中国共产党，是温州最早的共产党员。1924年回温州创建浙南地区最早的党组织——中共温州独立支部，后历任中共上海区委委员、南京地委书记等职。1927年四一二反革命政变前夕，在南京惨遭国民党杀害。

六

此时的林斤澜还只有十二岁，刚刚考入温州中学初中部。他虽然是班上年纪最小的学生，但入学不久，便和同班的郑伯永一同被作为初一段代表参加《明天》编辑。那年，《明天》由高中部二年级学生莫洛负责。在编辑部里，他认识了莫洛，还有读初二的唐湜和读高三的赵瑞蕻。他们都是品学兼优的学生，关心政治，心系天下，很快便成为好朋友。此时的浙江省立第十中学已改名浙江省立温州中学。

林斤澜于1923年6月1日出生在温州城区百里坊一个书香门第，原名林庆澜，后改为林斤澜。父亲林丙坤是一位颇具民主意识的教育工作者，是温州沧河小学的创始人，二十多年连任该校校长。母亲鲁氏出生在大户人家，略识文墨，贤惠温良。林斤澜有兄弟姐妹十人。

林斤澜六岁时进入小学读书，就是他父亲办的学校。他长得眉目如画，像姑娘一样清秀，生性也很安静。读到三年级时，转学到省立十中附属小学就读。附属小学离林斤澜的家较远，他就住到附小附近外祖父的家里。附属小学主任王晓梅[1]有先进的教育理念，学校里有新颖的教育模式，教师提倡美育、人格教育，学生热衷参加木刻、写作、演戏等课外活动，师生间传阅着《鲁迅自选集》《茅盾自选集》等书籍。

可是，林斤澜放学回家，外祖父却要给他讲诵《古文观止》，还要求他坚持写日记。外祖父是读书人，一位教四书五经的私塾老先生，不过，他还会给林斤澜讲《水浒》《三国》，因此，对于外祖父，林斤澜也并不反感。有一天晚上，林斤澜把《茅盾自选集》带回家翻看，被躺在烟榻上吸烟的外祖父看到了，外祖父就问："这是学校里的先生叫你看的吗？"林斤澜说是的。外祖父又问："你喜欢看吗？"林斤澜说是的。外祖父挥挥手让他把当天的日记写好，就算是默许。

由于学习成绩优异，林斤澜上完小学四年级上学期，就跳级到五年级下学期。他加入学校的学生自治会，还当选为图书馆馆长，掌握着图书馆的钥匙。十多平方米的图书馆三面墙壁都立着顶到天花板的书架，堆满了书籍。林斤澜经常一个人躲在图书馆里啃着一本本大部头的书。他看的书广而杂，最喜欢的还是外国文学名著，如法国作家大仲马的《基度山恩仇记》《三个火枪手》和小仲马的《茶花女》《私生子》，他那幼小的心灵上，也落下了文学的种子。考到温州中学后，与莫洛、唐湜、赵瑞蕻等学长在一起，却一改原来文静的性格，成了读书会的活跃分子。

郑伯永 1919 年 7 月 2 日出生于温州乐清白溪乡朴头村（今为雁荡镇朴头村）的一个农民家庭。郑伯永两岁时，父亲病逝，家境贫困，仅靠他的母亲在朴头岭头开一间小饭铺维持一家人的生活。郑伯永七岁时，母亲又去世了，两位姐姐含着泪撑起了这个家，并送他到白溪小学读书，后又到大荆镇印山小学就读，一直是优等生。这时，他的大姐郑银英和二姐郑银妹开始了革命工作，接手朴头岭头的那间小饭铺，暗地里成为中共地下组织的交通联络站。朴头岭头是温、台、甬商旅往来的要道，她俩利用交通便利、来往人员复杂，接待大量南来北往的交通员，传递信件，提供吃住。由于接待人员多，开销费用大，小饭铺兼售火柴、糖果、瓜子、草鞋等，但还是入不敷出。

郑伯永十五岁那年，以第一名的成绩考入温州中学初中部。学校张榜时，被录取的生员是按成绩高低排列名次，郑伯永去看榜时是倒着往上看，看到最后一个名字才知道自己已被录取。入学时他被学校免去了学杂费，成了免费生。他本想好好读书，学有所成，报效慈母和两个姐姐的培养之恩。可是，他在新学校听到那么多老师和同学在议论"停止内战"，在高喊"打倒日本帝国主义"，他也热血沸腾了，和爱国的同学们一起勇敢地投入进步的学生运动中，成为野火读书会的成员，是《野火壁报》的热心作者。

[1] 王晓梅（1886—1968），温州永强（今龙湾区）人，1918年温州师范学校毕业，在浙江省立第十中学附属小学任教师、校长十八年。1940年创办三希小学并任校长达十六年。他主张学校面向社会，推行问题教学法、大单元教学法等。

七

1935年那骄阳似火的夏季，令温州中学一批学生感到闷热，又感到兴奋。这不仅是一种青春的骚动，更是一种灵魂的惊醒和生命的呐喊。这个夏天，赵瑞蕻高中毕业了，年轻的心飞向了远方，他考入上海的一所私立大学——大夏大学，读中文系。

九一八事变东北沦陷后，日本侵略军侵犯华北地区。那年12月9日，北平（北京）大中学生数千人举行抗日救国示威游行，要求政府保全中国领土完整，遭到国民党当局的血腥镇压，史称一二·九运动。北平学联迅速给温州中学学生自治会寄来"快邮代电"，通报了有关情况。

胡景瑊、莫洛、张可仙、唐湜、郑伯永、林斤澜等以野火读书会为核心，联合温州瓯海中学（今温州第四中学）、旧温属六县联立初级中学（简称"联立中学"，今温州第二中学）等，成立温州学生联合救国会，组织了声势浩大的游行示威。同学们抛下书本，携起手来，进行罢课罢考，他们高举旗帜，手持标语，呼喊口号，举行大小集会，上街游行演说，响应一二·九运动。17日下午，游行示威再次进行，队伍来到国民党专员公署，递交了请愿书，要求政府对日绝交和出兵抗日。野火读书会还印刷了大量内容通俗的小传单，分发给市民和郊区农民。还编印刊物和小册子，排演活剧，宣传抗战，抵制日货。温州的抗日救亡运动如瓯江浪涛，汹涌澎湃。

1936 年 1 月 3 日，一千多学生、两千多工人和两千多市民，在温州城区钟楼附近集合后，来到当局政府大院门口，再次要求政府采取抗日行动。以胡景瑊、莫洛、张可仙为首的学生代表提出三条具体要求：一是拆除日本商人开设的百货商店东洋堂，二是没收温籍汉奸殷汝耕、池宗墨的财产，三是抵制日货。他们每讲完一条，队伍里就响起一阵掌声。这时，国民党公署温州专员许蟠云看事态严重，不得不走出政府大院，站在学生面前恼怒地说："拆东洋堂关系外交大事，出了乱子谁负责？"挤在队伍前排的女学生林爱雪高声回答："我们学生负责。"这样一对话，推波助澜，队伍里群情激愤，齐声高喊："中国人自己做主！"许蟠云说硬话无效，便转变了态度，最后说："请你们允许政府交涉后再做决定。"有了这样的答复，游行人员才带着胜利的快意散去。

其实，许蟠云在敷衍塞责，他暗中调遣兵力对温州城实行戒严，并派便衣特务守在温州中学门口，监视学生的行动。学校负责人也在校门口拦阻学生上街，禁止学生的爱国活动。

1 月 10 日，云层密布，寒风袭人，大雪将要压城而来。这一天，校方接受当局旨意，贴出布告，开除胡景瑊、莫洛、张可仙的学籍。同学们看到布告后义愤填膺，集中在礼堂开会，抗议学校决定。保安大队包围了礼堂，抓捕胡景瑊、莫洛、张可仙，在同学们的掩护下，他们顺利脱身。次日中午，便衣特务闯进学校，将胡景瑊和张可仙逮捕，关在专署牢房里，连夜审问。在逮捕莫洛时，他已闻讯藏到姑母家里。学校又贴出布告，退学二十四名学生，其中有唐湜、郑伯永。

正担任着《明天》编辑的莫洛，强忍愤怒完成自己的编辑工作，并在"编后记"中写道："请你拿出你的赤热的心、刚硬的意志与粗糙的手来改造社会，来推进时代！愿你们及我自己都能在不久的将来，在一个完全新异的社会里快乐地生活着，继续着推进新社会的伟大的工作！"这是刚满二十岁的莫洛在《明天》发出的革命宣言，是要蹲在血泊中建立一个全新世界的告示。"编后记"的落款是："马骅，开除学籍后的一天，一九三六年一月十三日在温州"。

温州不少社会名流和士绅纷纷站出来为进步学生说话，为逮捕、退学学生奔走交涉。浩大的声势迫使当局不得不有所顾忌，最终收回成命，同意被退学的二十四名学生回校读书，但把胡景瑊、莫洛、张可仙驱逐出温州。

1936年1月18日，广济轮驶离了瓯江码头，驶出了温州湾，前往上海。胡景瑊站在甲板上，久久地凝望大海，海面上溟溟蒙蒙，云雾浓重，海浪不断地扑向广济轮，掀起一片片雪白的泡沫。

莫洛、张可仙也前脚挨着后脚逃亡到上海，他们站在轮船上回望家乡，很想说一声"再见"，但话到嘴边又忍了下去。

野火读书会部分会员：吴性慧（前排左一）、项淑贞（前排左二）、柳泽萃（后排左一）、孙经邃（后排左二）、赵瑞蕻（后排右三）、马大恢（后排右一）

八

大上海给温州学子带来的是无尽的新奇，那各式各样的大楼，那光秃秃的梧桐树，那安静窄小的胡同。外滩的风，多么湿冷；发迹的上海人，过着精致的好日子——上海就是一个传奇。

上海被外国人划了许多块，这里是法国租界，那里是英国租界，有一块是上海老城厢。他们看到外国人的傲慢无礼，看到东方少女面有菜色情状黯然，看到社会到底有怎样的不公平。正是春天时分，他们在夜晚的时候，可以看到路灯下升腾开来的淡淡的蓝色夜雾。

赵瑞蕻在上海求学，依然热血澎湃，频繁地参加革命活动，与同学一起游行、示威、罢课、抵制日货，学潮一浪高过一浪。1935年下半年，赵瑞蕻与同学秘密出版刊物《中国青年行进》，还送给鲁迅先生两期，当面请教于他。

胡景瑊流亡到上海，找到在民立女中教书的母亲。姚平子见儿子长高了，器宇轩昂，在恶劣的政治环境里无畏地战斗，经受磨砺，既高兴又心疼，赶忙烧菜做饭为儿子接风。母亲并没有把儿子留在身边，给他一个温暖的避难所，而是介绍他到革命学者胡愈之主编的《月报》工作，担任资料员和编辑。

莫洛找到了在上海美术专科学校（简称"上海美专"）教学的堂兄马公愚。马公愚比莫洛大二十六岁，早在1924年就寄籍上海，从事教育工作，在书法方面，篆、隶、真、草无一不精，有"艺苑全才"之誉，在当时的上海文艺圈，马公愚与哥哥马孟容被誉为"海上艺苑的双子星"，可见其影响之大。马公愚夫妇为人好客，对莫洛关怀备至，让莫洛在上海没有无所归依的心境。不久，莫洛通过老乡陈适的介绍，到上海民光中学读书。

张可仙找到了同在上海美专工作的父亲，他父亲与上海浙江兴业银行经理、爱国民主先驱章乃器是好友，就托章乃器给张可仙找一份工作，张可仙在上海也有了落脚的地方。

上海的景象与温州大不相同。十里洋场，灯红酒绿，是一座令人迷惘、目眩的城市。社会动荡，贫富不均，新旧交替，让胡景瑊、莫洛他们深有感触，他们的革命思想更加坚定，人生方向更加明确。

章乃器找胡景瑊、张可仙了解温州学生运动情况，并把他俩介绍给北平学联负责人江凌等人认识。江凌正在筹备召开全国学联会议，邀请他俩参与有关筹备工作。1936年清明节前夕，胡景瑊和张可仙来到了无锡，以春游为掩护，参加了为时三天的全国学联成立筹备会议，认识了来自北平、杭州、上海、南京、天津等地的十多名代表。同年5月，全国学联成立大会在上海法租界一座别墅里举行。到会五十来人，代表二十多个地区，胡景瑊和张可仙作为温州代表参会。

赵瑞蕻得知胡景瑊、莫洛、张可仙在上海，很是高兴，取得联系后，又开始碰头、聚会，并会同了温籍进步人士陈其襄

老上海

（上海生活书店经理）、郑嘉治[1]（在上海著作人协会工作）、朱一岩（在同济大学附属工厂工作）、柳泽萃（在国立暨南大学读书）等，在上海成立野火读书会，继续开展革命活动，并与中国共产党领导下的中国左翼作家联盟建立关系。

同时，考到清华大学的徐贤议、考到南开大学的马大恢、考到浙江医专的吴性慧，也分别在北平、天津、杭州成立读书会。读书会基本上是一周一活动，会员共同阅读进步书刊，学习革命理论，探讨救国图强之路。他们还与当地进步组织取得秘密联系，参加当地的救国大会、游行请愿等，虽然多是"飞行集会"，但能推进抗日爱国运动热潮的发展。星星之火，可以燎原。

在"飞行集会"上，胡景城、莫洛、赵瑞蕻等认识了温州老乡林夫以及野夫、张明曹等青年木刻家，他们都是上海美专的学生，与鲁迅都有着亲密的交往。

在温州中学，师生迫于当局压力，野火读书会改名读书会，《明天》停刊，爱国学生在更加艰苦的条件下分散秘密活动。

读书会和学生运动让唐湜确立了心灵方向，他在学生运动中认识了大他九岁的吴毓。吴毓1931年加入中国共产党，对党一片忠心，兄长般的关心着他。在吴毓的影响下，唐湜的革命意志日益坚定，对政治信仰进行了思考，清楚了共产党人的追求。1936年5月，唐湜写下入党申请书，通过吴毓等党员的介绍，在温州城区县前头一间洋式楼房里进行入党宣誓，加入中国共产党。

1936年秋天，赵瑞蕻转入山东大学外文系，他以浓厚的兴趣学习英文和法文，汲取西学文化的新风与锐气，让青春和梦想一起飞扬。

[1]郑嘉治（1916—1973），笔名朱惠，翻译家。温州乐清人，组织

过野火读书会,参加永嘉战时青年服务团。1952年任浙江人民出版社副社长,
后调上海新文艺出版社、中华书局任编辑。

九

20 世纪 30 年代,多元并存的上海"海派"文化已经光彩四射,备受人们瞩目。许多温州学子来到上海,为的是开阔眼界和自强,好几位考入上海美专学习,其中有来自平阳的林夫和来自乐清的野夫、张明曹,他们在鲁迅的影响和指导下成长为中国第一代木刻家,也是温州地区木刻的播种者。

上海美专是由画家、美术教育家刘海粟和几位友人于 1912 年创办的,地点在上海乍浦路,是一所具有现代美术教育理念的新型学校,校中有郑午昌、贺天健和马公愚等诸多名师执教讲学。

林夫是 1932 年秋到上海的,同年考进了上海美专西洋画系,系统地学习了油画、素描、水彩等课程,还在野夫的带动下加入进步同学组织的"M.K 木刻研究会"。他原名林裕,这时改名林夫,英文代号"AO"。林夫在上海没有经济来源,生活陷入贫困,得到野夫的帮助。

野夫原名郑毓英,比林夫大两岁,已从上海美专毕业,在一家电影公司工作。野夫是 1928 年到上海的,先进入上海中华艺术大学(简称"中华艺大")求学,开始接触木刻。这是一所在学生爱国运动中成立的学校,当时校长是陈望道,教务长是夏衍,一批左翼人士进入该校任教,学生大多是进步青年。1930 年 3 月 2 日,中国左翼作家联盟在这里成立,以鲁迅为代表的一批左翼文化界精英在该校拉开了中国左翼文艺运动的大幕,鲁迅曾多次到该校演讲。这马上引起了上海当局的高度注意，于当年5月24日查封了该校，抓走了许多师生，抄出大量红色刊物。野夫转学到上海新华艺术专科学校（简称"新华艺专"），不久转入上海美专，并加入中国左翼美术家联盟，参加鲁迅组织的木刻讲习会学习，他意气丰盛，豪情十足，在鲁迅的直接引领下从事新兴木刻。他还参加M.K木刻研究会，参与发起成立春地美术研究所和野风画会。

在上海美专，林夫遇到了与他同龄的学长张明曹。张明曹是1929年到上海的，同年考入上海美专，受身边同学的影响，加入M.K木刻研究会、野风画会，聆听鲁迅的演讲，结识了鲁迅，加入了中国左翼美术家联盟，走上革命的道路。1931年12月，张明曹加入中国共产党，秘密领导上海美专和新华艺专的学生爱国运动。第二年，他以野风画会的名义，联合上海、南京、杭州、苏州等美术院校的同学，在上海新世界举行"为援助东北义勇军联合画展"，其中有不少木刻作品。

林夫还认识了来自丽水的金逢孙。金逢孙比林夫小三岁，1930年考入上海美专学习西画。

1932年12月21日，林夫、野夫、张明曹等十多名进步青年在冯雪峰的安排下，聚集在野风画会，与鲁迅见面。林夫是第一次见到仰慕已久的鲁迅先生，并聆听了鲁迅的一番"野风闲话"。野风画会也是一个木刻社团，野夫、张明曹都是其中的活跃分子。那天，鲁迅讲话的声音很洪亮，他希

上海美术专科学校

望大家研习技艺提高木刻水平，艺术要为大众，不能"为艺术而艺术"。林夫得到鲁迅的亲自指点，眼前仿佛有了一条光芒四射的创作大道。

国难当头，民族危急，林夫与黄新波、张明曹、金逢孙等志同道合的同学一起，面对国民党的 文化"围剿"，迎逆而进，奋发不止，手握刀和笔，加入中国共产主义青年团，经常参加"飞行集会"，张贴宣传标语，到工人组织中开展革命活动。木刻是革命斗争的有力武器，他们到工厂、码头去采访、速写，收集素材，创作了一批表现遭受外敌侵略、揭示社会矛盾和反映人民疾苦的木刻作品这些作品。参加展览或发表后，受到群众的欢迎。林夫因刻的一幅马克思正面头像在刊物上发表，被法租界工部局逮捕。出狱后，他创作的刻刀更锋利了，作品有着强烈的生命震波和对自由灵魂的渴望，充满保家卫国的正义感，得到鲁迅的肯定。

林夫于1911年2月22日出生在苍南县钱库镇林家塔村，当时该村属于平阳县。父亲林克梓，是身体结实的农民，勤劳能干，每担能挑一百多公斤；母亲褚氏，是聪明贤良的家庭妇女，养育着三男一女。林夫是家中老小，乳名林细裕，方言蛮话"细"与"小"同音。他年幼时体弱多病，到了十一岁时，才被父母送到村里的私塾开蒙，课程是国文和数学。

林夫爱画画，见到书本上的插图，就会忍不住照样画起来，见到田间的花草，手痒痒也要画下来。他在林家塔村读书画画，度过了快乐的童年时光。故乡优美的自然环境和先生同学融洽的氛围，成为他日后漂泊在外的乡愁。1926年，林夫到十几里外的宜山镇就读平阳县立完全小学，取名林裕。此时，美术的种子已在他心里发芽扎根，每天课余，他总要在纸上画几笔，并开始用画作表达自己的思想情感。同学向他索画，他大方地送给同学。可是那几年，他患上了颈部结核病，经多方医治，病情才得到控制，声音却变得沙哑，头向一侧稍倾，一直不能恢复。

1929 年，林夫考入温州瓯海中学读书，在这里，他开始接触政治、时事，阅读到进步书籍。那时，日本加快对中国侵略扩张的步伐，温州学生反日爱国运动日益高涨，共产党领导浙南农民进行武装大暴动。林夫迸发拯救中国、改造中国的思想火花，与同学胡今虚[1]等发起成立"动荡文艺社"，编辑、印发进步刊物《瓯海中学》。他还得到擅长民间风俗画、后来被誉为"温州派人物画鼻祖"的画家苏昧朔[2]的赏识与指导，在学校学生自治会里负责美术宣传工作，逐步走上美术创作的道路。胡今虚虔诚地崇拜着鲁迅先生，积极参加鲁迅倡导的中国新兴木刻运动，还从上海内山书店购来两盒成套的木刻刀，赠送给林夫。林夫受他的影响，对木刻产生兴趣，试做高尔基、鲁迅肖像。

[1] 胡今虚（1915—2003），浙江瑞安人。毕业于上海法学院政治经济系本科。1933 年，与鲁迅多次通信（鲁迅复信 7 封）。抗战胜利后，曾任瑞安简易师范学校校长。新中国成立初任杭女中高中教师。编著有《论鲁迅》《鲁迅作品及其他》和《鲁迅诗注》等。

[2] 苏昧朔（1900—1966），字融和，号睡螺居士，温州平阳人，为平阳"三苏"之一（另两位为苏步青、苏渊雷）。

十

1935 年，日军侵占华北各地，直逼北平。一二·九运动爆发后，上海大中学生立即响应，抗日的怒火熊熊燃烧，林夫和数千名学生奔赴位于吴淞区的上海市政府通宵请愿抗日；12 月 23 日，林夫与上万名上海学生拥向北火车站，准备乘车前往南京向国民党中央请愿抗日，受到当局禁阻。

这一年，林夫从上海美专毕业，在上海一所平阳老乡办的弄堂小学里执教，他继续以木刻为革命利器，控诉旧社会的苦难，呼喊新社会的到来。这一年，林夫通过张明曹的介绍，加入中国共产党。

1936 年 1 月，在上海的林夫收到一封家书，是父母催他回乡"办毕业酒"。林夫怀着对家乡深深的眷恋之情，登上了前往温州的轮船。随着悠长的汽笛声响起，轮船加大马力，抖动着庞大的身躯乘风破浪。他急匆匆赶回了家，发现原来是父母包办婚姻，让他与附近大河川底村的姑娘陈莲根结婚。陈姑娘没读过书，没有文化，与林夫志趣不同。尽管林夫心中万般不满，但他是孝顺儿子，还是选择了屈从。林夫婚后在家里只过了十天，就又去上海，过他的漂泊生活，而妻子陈莲根一直独守空房。

回上海后，林夫便与木刻工作者野夫、黄新波、陈烟桥、曹白、白危等积极筹备在上海举办的第二回全国木刻流动展览会，他们积极征集作品，落实展览会场地。

鲁迅举办的"木刻讲习所"从1931年就开始了，他将新木刻版画引入国内，拉开了新兴版画运动的帷幕，并使得木刻版画形成了独立的体系。接着，新木刻运动以"为大众而艺术"为宗旨在全国范围内展开。在鲁迅的指导与帮助下，全国木刻第一回展览会于1935年年底在北平成功举办，成为不畏强敌、团结抗日的一声惊雷。在场地租赁、装裱用纸、印刷布展中，这群血气方刚、朝气蓬勃却囊中羞涩的青年才俊，遇到经费上的困难。鲁迅、邹韬奋、叶圣陶、郑振铎等得知后解囊相助。1936年10月2日，展览会终于在公共租界和法租界交界处的八仙桥青年会九楼揭开序幕。此时的林夫，已是鲁迅所领导的新兴木刻运动的骨干分子，木刻也成为他生命中的一部分，他与野夫每日在展览现场照料，与黄新波一起负责接待记者和应付法租界巡捕房的密探以及便衣特务。

　　10月8日是展览会的最后一天。大约下午三点钟，一位身材瘦削的长者从电梯里走出来，他穿着黑色宽大的长衫，一顶灰色呢帽戴得很低，遮住大半个脸，但在场的文艺工作者立即就认出是鲁迅先生。鲁迅抱病前来参观，大家深受感动，热烈欢迎，围住他抢着问候。鲁迅说："今年九个月中，足足大病了六个月。"林夫问："先生近来好了吗？"鲁迅回答："稍微好一点，不过也还时常发热，不能随便做事。"陈烟桥问："现在先生还有服药吗？"鲁迅回答："服的，害肺病真没办法，要是我年轻倒还有法子想。"说到这里干咳了几声。"先生可打过空气针（把空气注射于压痛点上的一种治疗方法）？"白危问。"那没有，那没有。打的都是药针，一共打了六七针，现在好一些了。"鲁迅一边说，一边摘下呢帽，清癯的面容，一绺浓黑的胡子，额头冒着微微的汗气，精神很好。

　　展场布置在一个小礼堂里，由于经费拮据，略加装裱的三百

林夫（左二）与鲁迅先生（左一）

来幅展品悬挂在几根绳子上。鲁迅在大家的簇拥中，饶有兴味地逐幅看起来，边看边分析品评，他指着其中一幅画作说："刻木刻最要紧的是素描基础，万不可忘记它是艺术。"他看完所有展品，呼吸急促起来，脸色更加苍白。大家要求他歇息会儿，他有些疲惫，便到展场一角的休息处坐下来小憩，那儿摆着几张藤椅和一张小茶几，陈烟桥、曹白、白危和黄新波围坐在他身边，一会儿，黄新波因事离开了，林夫坐了过来。

关于他们的这次交谈，黄新波、曹白、白危等都有文字记述。透过那些文字，我们知道了鲁迅与青年文艺家倾心畅谈的大致内容，也让我们感受到鲁迅睿智的思想、灵动的诗心和平等的学术交流态度。鲁迅对这一回的木刻展览会总体评价是"自然比以前进步了，但也还有许多缺点"。他们还谈到以前的木刻展览和几次编印画册的经历，鲁迅说："几乎每印一次画集，我都是赔本的。例如《引玉集》《珂勒惠支版画集》《士敏土之图》这些，现在统统都送光了。"

他们也谈到木刻以外的话题，比如关于诺贝尔文学奖的事，鲁迅说："外国人要发给我奖金，不过是因为中国人是黄脸皮的（指照顾有色人种）。我们并不是为了获得外国的什么奖金而工作，我们要拿出真实的成绩来。"鲁迅瘦削的身子微微后仰，手捏烟卷，抽完一支又接一支。他语气柔和，幽默风趣，总引发大家开怀大笑。青年摄影师沙飞见到这热烈而欢快的场景，一连拍了九帧照片。谁能料到，这竟然是鲁迅先生生前最后的留影。

不知不觉三个小时过去了，一抹残阳从窗棂间投射进来，把布置简陋的展览会染上一片橙红。天色就要暗下来，鲁迅先生起身要走了，大家都要送他，鲁迅戴好帽子，说："都不要送，我自己会走。"大家一齐把他送到电梯口，他慈祥地笑笑，自个儿跨上电梯，急急地走了。

展览会闭幕后的第十一天，即1936年10月19日，鲁迅先生病情加重，溘然长逝。巨星陨落，举国震惊。鲁迅遗体在胶州路万国殡仪馆入殓。林夫、野夫每天都到殡仪馆去协助治丧办事处料理琐务。鲁迅丧仪在万国公墓礼堂举行，遗体葬于公墓东侧F区。在整个过程中，吊唁的人数不胜数，大街上人潮涌动，送行队伍绵延数里。林夫、野夫和胡景瑊、莫洛等在上海工作、读书的温州青年参加执旗、拿花圈和维护秩序。

安葬仪式完毕已近傍晚，林夫、野夫、胡景瑊、莫洛和一群温州青年、抗日救亡战友步行归来，他们在沉沉暮霭下肩并肩、手挽手，一起高唱《义勇军进行曲》，歌声像一团火焰，燃烧在每个人的心中。在场的还有温州抗日爱国运动的中坚人物孙经邃、胡今虚、郑嘉治等[1]。

[1]：孙经邃（1917—1947），温州瑞安人，1935年领导温州学生开展一二·九救亡运动，抗日战争初期领导永嘉战时青年服务团，1939年参加中共浙江省第一次代表大会。曾任中共瑞安县委书记、浙南特委秘书。

十一

日机轰鸣，炮火纷飞，国难当头，民族危急。

1937 年 7 月，太阳火辣辣地晒，林斤澜初中毕业，也没心思再读书了，想着参加抗日的事。一天午后，林斤澜在闷热的院子里看书，郑伯永突然推门而入，咧着大嘴对他说："打起来了，北平的卢沟桥开了炮了，抗日战争打响了。"林斤澜一听，兴奋极了，连忙问："打得怎么样？"郑伯永说："中国军队进行了顽强的抵抗，打胜仗了。"这真是大好的消息，林斤澜激动得流下了热泪，叫了起来："太好了，卢沟桥开炮了！"

正值烈日炎炎，酷热难当，林斤澜、郑伯永和同学们走街串巷，奔走相告，把抗日的喜讯告诉更多的人。他们唱起了《义勇军进行曲》《救国军歌》和《大刀进行曲》，这些爱国救亡歌曲十传百，百传千，千传万，很快在温州传唱开来，高昂的歌声激荡着温州人的心。

七七事变又称卢沟桥事变，揭开了全民族抗日战争的序幕，也激励了温州爱国学生的斗志和热情。不久，八一三事变爆发，抗日烽火燃遍大江南北。一阵紧似一阵的枪炮声，牵动着成千上万青年学子的心，他们勇敢地走在抗战的前列。

那年 8 月初，在上海的胡景瑊收到家乡孙绍奎的来信，内容很简单："店中生意兴隆，缺少伙计，请介绍几个人来。"根据当时的抗日战争形势，胡景瑊一看便明白，他把信拿给母亲看，母亲支持他返回温州参加革命。胡景瑊继承了母亲乐观、英勇、坚韧的个性，他背起简便的行李，与母亲道别，前往温州。没有料到的是，母子这一别竟成永诀。

赵瑞蕻、莫洛、徐贤议、郑嘉治等也接到同样的来信，他们旋即收拾行装，踏上了归家的路途。

8月的温州，烈日炎炎，鸟语蝉鸣。胡景瑊、赵瑞蕻、莫洛、徐贤议、郑嘉治与吴文祺、唐湜、孙绍奎、孙经邃、林斤澜等会合。孙绍奎、孙经邃已加入中国共产党。此时温州中学校长已被撤换，张镐因开除进步学生，参与镇压爱国运动，引起社会舆论的谴责和学生家长的联名控告，当地开明士绅联名要求当局罢免张镐。当局迫于压力，决定温州中学校长由杨成勣[1]担任，并允许被退学的唐湜、郑伯永等爱国学生复学。杨成勣系湖南人，是演员白杨与作家杨沫的哥哥。

这一批有志青年在中共闽浙边临时省委派到温州工作的"白区工作团"团长黄先河（又名何畏）的领导下，在籀园图书馆酝酿并发起成立永嘉战时青年服务团（简称"战青团"）。为了有利于工作开展，发起人向国民党县党部申请战青团合法身份，在当地驻军的帮助下，战青团获得合法身份、经费支持与办公场所。

8月21日，战青团在温州中学附属小学举行成立大会，产生了由十一人组成的干事会，总干事为徐贤议，干事有孙绍奎、孙经邃、胡景瑊、赵瑞蕻、莫洛、郑嘉治等，郑嘉治兼秘书长。团员有五十多人，骨干力量是温州中学读书会会员和一二·九运动中的积极分子，一部分回乡度假的大学生也积极加入。

战青团的团员以一种与国家民族同生死、共患难的英雄气概，开展抗日救亡运动，担负起宣传、救护、检查敌货和除奸反谍等任务。战青团慰问当地驻军，广泛联系各界青年，通过出墙报、印传单、编画刊、办画展、设立书报阅览室、开展街头演讲、歌

永嘉战时青年服务团旧址之一——鹿城康乐坊 280 号

咏等多种形式，进行抗日救亡宣传，温州的抗日救亡运动顿时蓬勃掀起。

这一段时间，胡景瑊暂住在温州大户林家，常在林家院子里与前来的战青团成员商量有关事宜，交往频繁的有莫洛等。这年 8 月，莫洛、胡景瑊都加入了中国共产党，他们在战青团负责宣传和学生救亡组的工作。

林家院子里有一棵高大的玉兰树，树下那些年轻的面孔总与玉兰树翠绿的叶片一起，在阳光下闪动着亮光。林家读初中二年级的乖乖女林绵常在玉兰树下埋头写作业，有一次胡景瑊见她在抄写英语，就拍了拍她的脑袋说："你还在学英语？日本人都要打过来了，准备当洋奴吗？走走，听时事报告去。"也正是在胡景瑊、莫洛这些进步青年的感召下，一身诗意的林绵加入了战青团。

为加大团结抗战的宣传力度，"白区工作团"要翻印《抗日民族统一战线指南》一书，唐湜主动担负起此项任务，所需经费一时无法解决，唐湜向思想开明的祖父求助，祖父不遗余力给予资助。唐湜的日程排得满满的，他置身于战青团的各种活动中，也感受到集体的力量。

10 月 19 日，战青团组织召开"鲁迅先生逝世一周年纪念大会"，会后举行大规模的示威游行，赵瑞蕖进行了演讲，吸引了一大批矫矫不群的热血青年。他在演讲时身穿白色西装，被称为"黑暗中的一道白光"。

郑伯永随着时代的洪流，勇敢地投身到学生运动中。一个周末，学校集中全体学生进行演讲，郑伯永就教育制度的改革问题发表了演说："现在的教育体制是读死书，死读书，读书死，已到了非改革不可的地步。"引起了全场同学的掌声。

《明天》停刊后，郑伯永与同学创办了温州中学学生会进步刊物《新路》，担任该刊主编，进一步宣传抗日救亡，传播革命思想，激励师生斗志。郑伯永在《新路》创刊号上发表题为《开拓新路》的署名文章："黑暗的尽处有光明的世界，痛苦的尽处有幸福的乐园；朋友，让我们携起手来，前进吧！毁灭了黑暗的世界，杀出了一条新的大路！""我们为了自己，为了社会，为了千万人的生存。快拿起我们的武器，奋斗，努力，努力开拓新路！"这篇短文尽显他学生时代的革命理想。

峥嵘岁月里，战青团队伍迅速扩大，很快发展到上千人。办公地点从温州市区康乐坊一栋三层小白楼到墨池坊布业公所，再到康乐坊濂昌钱庄，场地越搬越大。到了1938年夏季，团员又吸收了温州中学、联立中学、温州瓯海中学等校学生，发展到8500多人。战青团还设立了读书室，林斤澜把自己订阅的进步刊物都捐了出来。战青团还设组织、宣传、服务、作战四个分部，联合教育、文化等部门和各学校，建立学生联合会、中华民族解放先锋队等团体，成员共有7万多人，成为当时浙南地区影响最广、规模最大的抗日救亡团体，把抗日救亡宣传搞得震天响。

1937年夏秋之交，初中毕业的唐湜担心自己被学校退过

校刊《新路》，共出刊三期

45

《新路》目录，其中有郑伯永、陈桂芳的发刊词

学，不利于在温州中学考升高中，便写信寄给在省立宁波中学读书的好友赵安东，想去投考宁波中学。赵安东很快回信，鼓励他去考宁波中学。

唐湜顺利考入宁波中学高中部。那年初秋的某一天早晨，唐湜坐轮船去宁波，这是他第一次走出温州。耀眼的阳光透过薄薄的云层洒入海面，唐湜手扶船舷，看见天空中海鸥在展翅飞翔，他也想飞翔，更想把命运之舵，牢牢握在自己的掌心。

1937年10月底，赵瑞蕻得知北大、清华、南开三所大学迁到长沙后联合组成国立长沙临时大学（简称"长沙临大"）的消息，便又背起行囊，含泪作别亲友，与两个同乡同学从温州沿瓯江上溯到达丽水，转道金华，再到南昌，前往长沙。他这一走，就与家乡阔别了二十五年，直到1962年才再回温州。

[1] 杨成勋从1936年7月至1939年1月在温州中学任校长。

十二

    1937 年 8 月，林夫、野夫等人在上海筹备第三回全国木刻流动展览会时，日本帝国主义在上海制造八一三事变，对上海发动了大规模进攻，中国守军与日军展开激战，这就是惨烈的淞沪抗战。战火纷飞中，大批上海民众和外来人员踏上逃难之路。林夫与张明曹、金逢孙等被迫放下手中的工作，随着上海浪涌一般的逃难人潮，挤上神华轮离沪返回温州。神华轮的舱房里人声嘈杂，乱哄哄地混成一片。林夫、张明曹、金逢孙来到船舷上，船舷上也有许多人，那是买不起或买不到舱位的统舱旅客，遮风的帆布被海风刮着发出啪啪的声响。

    野夫回到了老家乐清，得知王鸣皋、郑伯永等在牵头成立乐清战时青年服务团（简称"乐清战青团"），便报名参加，受到王鸣皋、郑伯永的欢迎。乐清战青团很快成立了，王鸣皋为总干事，郑伯永、野夫、郑梅欣[1]等为干事，团员发展到近万人。

    有一天，郑伯永带着几位团员来到白溪乡进行抗日救亡宣传，他们先演唱《锄头歌》《大刀歌》等，附近群众听到歌声，越聚越多，一曲歌毕，郑伯永站在人群中说："《锄头歌》里有'五千年古国要出头哇，锄头底下有自由哇！'日本帝国主义侵略军在中国无恶不作，想亡中国，想亡中华民族，而我们白溪有些人却说，'羊倒吃羊头，牛倒吃牛头'，以为不管换什么朝代，只要有田种就可以过日子，那么我们中国人要世世代代做日本人的奴隶吗？当日本人的牛马吗？让他们任意宰割残杀吗？我们老百姓要齐心团结，保卫自己的祖国，就像刚才歌里唱的，'革命的成功靠锄头哇，锄头锄头要奋斗哇！'只有这样，大家才能过和平幸福的日子。"郑伯永的话句句讲到群众的心里去，群众说："是呀，我们是红毛瓶（里光外滑的长颈瓶，多用于装煤油）一样的穷光蛋，穷光蛋要团结起来，组织起来，才有力量，才能掌握自己的命运。""当前国难当头，我们支援前方军队打仗，早日打败侵略军，过我们的好日子。"群众突然有了一种力量，一种充溢全身的坚实力量。

野夫、王鸣皋在乐清战青团里组建话剧宣传队、木刻小组和油画小组，主编宣传抗战半月刊《砥柱》，勇敢地发出抗战的呼声。11月，野夫、王鸣皋和刚从日本回国的王良俭筹备并成立乐清民众剧团，与温州城区的抗战文艺界团结在一起，进行抗日救亡的演出活动，一致抗敌御侮。

王良俭也是乐清人，1933年去杭州国立艺专学习西画，毕业后由叔父资助，东渡日本，在东京美术专科学校学习油画。七七事变后，他就不想待在日本了，肄业回国参加抗战。

张明曹岳父家在温州城区府前街，他在野夫、林夫的帮助下，

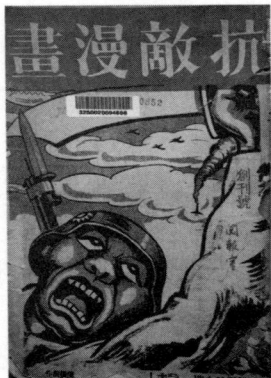

《抗敌漫画》封面

办起"黑白木刻研究会"，地点就设在岳父家里。该会成员均为青年，大家学习和创作木刻，大量作品发表在温州地下党领导的《老百姓》《海防前哨》《抗敌画报》等刊物上。张明曹还创办抗战画刊《抗敌漫画》，自任主编。

金逢孙先后在永康、青田等地教学，以学校为基地散布木刻种子，时常到温州与张明曹、林夫、野夫等碰面，参加温州的木刻活动。

1937年秋，王良俭受到杭州国立艺专校友王朝闻的邀请，到丽水、龙泉山区进行抗日救亡工作，他们经常在晚上召开村民会议，宣扬爱国救国情怀，唤醒民众抗日的思想，点燃民众抗战的热情。山村没有电灯，只有黝黯的油灯，但王良俭相信只要这豆大的灯光不灭，也能点亮漆黑的夜空。

《前哨木刻集》封面

过了春节，新的一年来了。野夫与王良俭发动成立春野木刻研究会，出版《春野木刻集》等，大量作品以抗战为主题，刻画中华民族团结一心奋力抗战的精神，表现中国军人顽强抗敌的战斗场面，也描绘战争之下民不聊生的社会状况，在乐清青年中引起了反响。

经野夫介绍，林夫也到了乐清，在乐清乐成中心小学当美术教师，加入乐清战青团，与王良俭、王鸣皋等认识且成为好友。王良俭、王鸣皋觉得林夫虽然说话不多，不善交际，但心地坦率，忠诚待人，一旦相交，患难与共。林夫感觉到王良俭和王鸣皋的心中都在燃烧着信仰的熊熊火焰，有着崇高的灵魂，而且，王良俭的版画作品善用变化多端的刀法表现工农生活，写实夸张结合，细密粗放自如。王良俭还多才多艺，除了美术，还有音乐、戏剧、演讲的天赋。

张明曹、林夫、野夫在温州城乡的一些墙壁上绘制抗日宣传画，其中以张明曹在温州城中心创作的《团结起来，把鬼子赶出去》《赶出去，日本鬼子》两幅大型壁画最有影响，同时，他的木刻连环画《仇》被列入"游击丛书"出版，曾连续再版四次还是脱销。《仇》用二十幅木刻，讲述抗战期间一位铁匠的家乡遭到日军大炮的轰炸，他带着妻儿逃难，路途中，铁匠被捕入牢，妻子

张明曹大型壁画《团结起来！把日本鬼子赶出去》

被日本鬼子强奸后杀害。在牢房里，愤怒的铁匠找到了一个时机，夺下了鬼子带有刺刀的步枪，刺死了看守的鬼子，逃出牢笼参加了游击队。在那外敌入侵、生灵涂炭的年代里，《仇》对于广大读者来说犹如一股清泉，被赞为"大旱之逢甘霖"。张明曹当选为浙江战时美术工作者协会理事、浙江省战时木刻研究会研究组副主任，并担任永嘉（温州）分会理事长。

张明曹与林夫、野夫等在温州举办木刻培训班，培养木刻青年人才，举办抗敌木刻漫画展览，激起观众的抗战情绪。他们一系列的举动却遭到了反动当局的压制，并被勒令停办《抗战漫画》。日军步步紧逼，政府如此腐败，抗日救亡工作更不能停止，他们没有屈服，把《抗战漫画》改名为"画兵"，继续出版发行。可是，《画兵》又被反动当局禁止，就再改名为"画阵"出版发行。他们用刻刀和画笔做武器，进行不屈不挠的斗争，一些本来躲在家里的温州青年在他们的带领与鼓励下，也汇入了抗日的洪流，成为抗敌先锋。

1938年下半年，王良俭因劳致疾，药后无济，病重在床。野夫、林夫、张明曹、王鸣皋、莫洛等去看望他，王良俭见到自己的战友，苍白的脸上泛起一层微笑，他知道他们是多么真挚地爱着他，他不能与战友一起冲锋陷阵了，只能在心底默默地祝福他们。那年深秋一个寒冷的雨夜，王良俭与世长辞，年仅二十六岁。

1938年11月，莫洛写下了《悼王良俭同志》："静静地睡吧，／良俭同志，/ 友伴们会牵骑一只骆驼，/ 你的担子固然是深重的，/ 但为了你，/ 为了爱，/ 为了祖国，我们会走完这长程艰苦的沙漠。"

[1] 王鸣皋（1916—1945），温州乐清人，乐清战时青年服务团总干事、乐清县人民抗日委员会主任兼乐清人民抗日游击总队参谋长。1945年被叛徒陈济杀害。郑梅欣（1914—1993），原名梅馨，温州乐清人，1938年加入中国共产党，历任中共乐清中心支部青年干事；中共乐清中心区委委员、青年科副科长；中共乐清县委委员，青年部副部长、部长等职。新中国成立后任华东社会主义学院秘书长等职。

十三

　　抗日救亡宣传工作，依然是战青团最主要的工作。战青团先后编辑出版了大量报刊，如《战时导报》《救国导报》《战时商人》《联合》《游击》《先锋》等，发行量数以万计，凝聚着许多战青团团员的心血与汗水。约稿、撰稿、编辑、邮寄等，工作量很大，每天黄昏过后，明月临窗，他们都要在哔剥作响的烛灯前忙碌着，胸中激荡着激情与热流。胡景瑊、莫洛充分发挥自己的文学才华，他们的文章不仅发表在战青团的报刊上，还给国民党永嘉县党部的机关报《浙瓯日报》写时事述评"每周评论"，宣传抗日救亡思想。

　　话剧公演是战青团宣传工作的主要形式，也是战青团反响最大、最受欢迎的宣传形式。战青团组建演剧队，这一群意气风发的青年，用火焰般不灭的激情，排演了《放下你的鞭子》《卢沟桥之战》《古城的怒吼》《张家店》《捉汉奸》等剧目，在市区五马街中央大戏院上演，几乎场场爆满，观众有学生，也有群众，大家观看时情绪激昂，剧目演至高潮时，全场齐声高喊"打回老家去""打回老家去"。还值得一提的是，中央大戏院一直是当年演出的重要阵地，老板许潄玉，将戏院无偿借用给战青团演出和举办抗敌讲座。

　　莫洛、林绵经常扮演剧中的男女主角，在这独具魅力的话剧上倾注了热情，演得投入，引发观众共鸣。林绵还是初中学生，身材娇小，性格开朗，爱穿一身深蓝色的工人装，更凸显了她那天使一般的颜值。晚上演完戏，散场回家，街巷里行人稀少，莫洛就陪同林绵回家，一路上有说有笑。林绵是温州中学初中部读书会的骨干之一，有时约莫洛指导同学写文章，有时带读书会成员到莫洛家里请教壁报的组稿与编辑，莫洛一律认真对待，这也有利于革命工作的延伸。这一对珠联璧合的年轻人在一起的时间越来越多了，也更加心心相印了。

林斤澜干事老练，性情却腼腆，开始不愿意上舞台表演，只在剧团里做幕后工作。有一次，一名就要上台演出的学生被其家长禁闭了，林斤澜一着急就自己化装走上舞台，居然演得活灵活现，有血有肉，得到观众的掌声和称赞。有一次，林斤澜参演一个"街头剧"，当他演到抓住一个在水井里投毒的汉奸时，满街的观众一拥而上，愤怒地挥舞着拳头要暴打"汉奸"。林斤澜见势不妙，只得与"汉奸"一起突围而出。于是，他就成了演剧队的主要演员，在《放下你的鞭子》《卢沟桥之战》等话剧中也扮演过重要角色，因为他长相俊美，大多饰演进步青年，与他同台演出的女学生谷玉叶（后改名谷叶），也以真情实感的表演赢得观众好评。演

《黎明之前》剧照

出结束，他俩在月光下结伴回家，一个情窦初开的少年，却不敢对心爱的姑娘吐露隐秘的情愫。

演剧队还送戏下乡，队员们早早就在安澜码头搭乘小火轮（小轮船）渡过瓯江，到楠溪江流域的岩头、枫林、五尺、表山等山区巡回演出，甚至深入偏远的小村落。演剧队实行军事化纪律，吃饭、睡觉都不给群众添麻烦，不管多艰苦也自己解决。冬天里山区下雨、下雪是常事，他们都坚持演出。令人欣慰的是，每场演出，台下的观众都挤得满满的。队员们演出结束踩着冰凌和积雪叽嘎叽嘎地去祠堂里睡觉，稻草垫底，上铺草席。他们在磨砺与锤炼中不断成长。

九一八事变六周年那天，演剧队在永嘉山村一个祠堂里演出《放下你的鞭子》。正式开场前主持人都要在戏台敲着锣转着圈营造演出气氛，那天的主持人是个老近视，还要饰演剧中的老农民，上台敲锣时没有戴近视眼镜，一圈还没有敲完，一脚踩空从台上摔下来，正好跌在戏台下的馄饨担上，人没有受伤，全场观众哄然大笑。

下乡演出，队员们还遇到语言问题。农村和山区的民众大多听不懂"官话"（新国音），而温州各地方言很不相同，有瓯语、浙南闽语、畲客话等，怎么办？队员们只得修改剧本，尽量减少对白，增添人物的动作，演员还得现学现用当地的方言，以增强剧目的生动和趣味来吸引观众。他们还用各种曲艺形式，如花鼓、鼓词、莲花落等进行演出，莫洛就经常在中场休息时间登台演唱自编的温州鼓词《国难记》，深得观众喜欢。

然而，国民党永嘉县党部多次勒令战青团解散，郑嘉治带领战青团和各县抗战团体代表会面浙江省政府主席黄绍竑，力争群众抗战团体的设立和继续工作，得到进步刊物《浙江潮》主笔严北溟的支持。1938年秋，国民党温台戒严司令部派兵把守战青团团部，正式下达解散令，强行撤下战青团的牌子。这时，中共浙江省委已经成立，刘英任书记，战青团干部火速请示刘英书记。他考虑到国民党反动派手段极其残酷，在温州已有多名党员被逮捕，为了减少革命力量的损失，提出将战青团成员进行转移。面对强大的黑暗专制势力，战青团部分党员和干部转移到农村，团员中的骨干力量分散到工会、农会、妇女会、政工队等组织中去。战青团虽然被迫解散，但播撒下的爱国种子，已经在瓯江两岸生根发芽，开花结果。

十四

在温州中学，读书会吸引着许多向往变革的学生，积聚着足够的热力，他们追随革命者的脚步，行走在对敌斗争的方阵里，金江是其中的中坚力量。

金江的童年记忆里有着苦难的烙痕。他于 1923 年 3 月 2 日出生在温州城区八字桥的一个普通家庭，原名金振汉，后改名金江。父亲金宗臣为人正直诚实，喜爱书画，是一家商店的店员。母亲陈佩兰，家庭妇女，温和仁慈，粗识文字。兄弟姐妹六人，金江最小。一家八口全靠父亲一人挣钱维持温饱，家境十分贫寒。

1929 年，金江的父亲失业，没有了收入，只得选择了远走他乡，带着全家到上海去谋生。那年金江六岁，进入上海明晨小学读书，接受新式教育。金江的母亲会背《千家诗》，有空就教他背古诗词，给他讲《狼外婆》《老鼠娶亲》《田鸡杀蛇》等有趣的民间故事。某一个夏夜，金江和母亲在院子里乘凉，他看到明晃晃的月亮被云朵遮住了，就问："妈妈，月亮到哪儿去了？"母亲回答："月亮添油去了。"这就让金江充满好奇，等待月亮"添好油"从云朵里出来。母亲的教育启迪，让金江喜欢上了诗和童话。

他还特别爱幻想，蹲在地上看蚂蚁搬家，想象自己变成一只蚂蚁，走进了蚂蚁王国；看到一只小鸡病死了，想象母鸡从泥土里找来一种昆虫，给小鸡喂下起死回生。可是，父亲在上海披星戴月地工作，微薄的工资还是解决不了一家人的生计，饥饿经常威胁着他们，金江小小年纪就过惯了缺吃少穿的日子。

上到四年级时，金江参加学校里的一次作文比赛，一气呵成写了一篇《母亲》，结果得了第一名，获得两本书的奖励。他还在老师的指导下，阅读了冰心的《寄小读者》、叶圣陶的《稻草人》和张天翼的《大林和小林》，阅读了意大利作家科罗狄的《木偶奇遇记》、英国作家斯威夫特的《大人国和小人国》和古希腊文学家伊索的寓言。这些作品让金江那颗天真、新奇的心漫游在美好、奇妙的神宫里。他还凭着想象写了几个小故事，投给上海中华书局主办的少儿杂志《小朋友》，居然有两篇发表。

1937年6月，金江小学毕业考入上海敬业中学。那年暑假，卢沟桥事变标志全民族抗战爆发。不久，日军向上海大举进攻。血雨腥风，硝烟弥漫，金江和哥哥姐姐背着行李卷儿，紧跟着挑着铺盖筐篮的父母，挤上了开往温州的轮船。轮船上满是逃难的人，大家在慌乱中回到温州。

1938年1月，金江转学到温州中学初中部春季一年级，虽然有转学书，但还需经过校长亲自主持的口试一关。学生参加口试要行鞠躬礼，金江心情紧张，口试完成离开时忘了行礼，被校长叫住了。校长问他："你怎么没有礼貌？"金江赶紧补鞠了一躬，诚惶诚恐，不敢解释，校长也没再说什么，放他走了。

金江拿着父亲东借西凑的钱去缴学费，新生入学要缴学杂费和校服费，他带在身上的钱不够，怎么办？磨蹭了半天，他鼓起勇气向负责新生收费注册的一位老师说了自己家境的困难，这位老师同情他的遭遇，免去了他的校服费。金江非常感激这位老师。

初到温州中学，金江就上了一节"礼貌课"，又上了一节"感恩课"。他记住了具有容人之心的校长杨成勋和常怀助人之心的老师汪远涵。

金江在课余或休息天到图书馆去读书或借书。从那时起，他开始大量阅读中外文学名著，熟悉了鲁迅、茅盾、巴金、朱自清和艾青等中国作家的作品，熟读了中国古代寓言和印度、土耳其、德国等国的寓言。九山湖落霞潭边有一棵百年古榕，绿荫如盖，金江借来书籍，便坐在大榕树下阅读，专心致志，忘了时间，直到附近普觉寺的晚钟敲响，九山湖掩映在沉沉暮霭中，他才兴味盎然地抱书回家。

然而，一座座城市在烽火狼烟中沦陷于日寇的铁蹄之下，中华民族处在生死存亡的关头。在温州中学，师生为之愤慨，爱国情绪激昂，组织罢课和爱国集会，纷纷走上街头发表公开演讲，介绍中华文明，谴责日本侵略，分析战争形势，反抗压迫暴力。金江追求进步和真理，充满正义感和使命感，彼时的他酷爱写作，就给进步报刊《战时中学生》等写稿，他的文章宣传抗日救亡的道理，经常有"国家兴亡，匹夫有责""誓死不做亡国奴"等词句。他以笔为矛，冲锋陷阵，走上革命的道路。

滴水藏海，千江映月，每一个具体的个人也许是渺小的，但团结在一起就会组成势不可挡的力量。中国共产党吸引了五湖四海的革命者，包括温州中学的学生，他们就像涓涓溪流汇成了大江，挟着雄浑持久的浪声奔涌到大海，就有了革命事业的胜利。

十五

唐湜在宁波中学读书，就住在赵安东家里，赵安东的父亲赵伯辛在宁波中学任教。

赵伯辛的祖父原是台州黄岩人，清末时在温州担任镇总兵，就举家迁到温州。赵伯辛在温州出生，从小学读到初中，其间因祖父去世，家道中落。1917年赵伯辛从省立十中毕业后，考上大学，参加革命活动。这经历与他的同学郑振铎很相像。郑振铎祖籍福建，清末时因祖父在温州任盐官，就在温州住下了。郑振铎出生在温州，从私塾念到初中，其间父亲、祖父相继病故，家境变得贫困。1917年郑振铎从省立十中毕业考入北京铁路管理学校（今北京交通大学）学习。赵伯辛与郑振铎同窗情深，关系密切，走出温州后相隔迢迢千里，依靠书信往来，依然情深谊厚。

唐湜在宁波中学阅读了大量的文学作品，提升了创作热情。静夜中，唐湜在油灯下研读崇尚爱国和自由精神的俄国诗人普希金（普式庚）和英国作家狄更斯的作品，怀着对祖国前途的焦虑，对政治现况的愤懑，写下了一百多行的长诗《普式庚颂》和一篇关于狄更斯的评论，在校刊《宁中学生》发表，发出自己勇敢的声音，奏响昂扬的旋律。赵伯辛看到唐湜的这些作品，眼前一亮，这是一棵文学的好苗子。他找唐湜说："你读过许多文学经典，这很好，但还要读读沈从文的作品，那才够味。"他给唐湜找来了《月下小景》《八骏图》以及完成不久的《边城》，唐湜一读，果然"够味"，从此迷上了沈从文。赵伯辛爱写古诗，对新文艺也很熟悉，订阅不少文艺刊物，如《小说月报》《文学》《现代》，推荐给唐湜阅读。唐湜虽没有听过赵伯辛的课，却得到他的教诲，受过他的启发。

赵伯辛在校内校外都有好人缘。他因精研过佛学，有许多佛学界的朋友，他常在周末带着赵安东和唐湜去宁波一些大寺院里走动，在那里闲谈、喝茶、吃点心。唐湜也认识了几位有文化、有名望的"大和尚"，宁波常庆寺就有几位来自乐清的"大和尚"，与唐湜亲近，拿诗词与唐湜应和，其中有一位毕业于厦门佛学院的年轻和尚，写得一手好诗文，还精通英文，跟唐湜最讲得来。

有一次，一个在宁波中学兼任公民教员的宁波国民党要人，找赵伯辛了解唐湜的情况，并说："温州来了公文，住在你家的那位学生是个'左派'，温州那边有共产党员攀到他，可能也有问题，我要找他谈谈。"这个国民党要人是瑞安人，与赵伯辛关系不错，赵伯辛马上替唐湜辩护，为唐湜说了不少好话。当天晚上，赵伯辛设宴，款待那个国民党要人，喝了不少酒，唐湜、赵安东也在旁陪同。国民党要人问了唐湜几个问题，唐湜按照赵伯辛事先教他的话回答。事情就这样在酒桌上走了个过场，对付过去了。

七七事变发生后，在宁波读书的唐湜听到瓯江口外的黄大岙岛已被日舰盘踞，作为攻击温州的根据地；在中国众多港口一一陷落后，日军把炮口瞄准东南沿海的天然良港温州港。灾难就要降临家乡，唐湜心急如焚，他仿佛看到烈火和浓烟在温州焚烧蔓延，吞噬一切：生命、心血、财富和希望。他没有心思在宁波上学了，第二学期读了一半，背起行李向赵伯辛、赵安东道别，回到温州。

1938年元旦，唐湜在温州遇到已任闽浙边抗日游击总队驻温办事处主任的吴毓，得知中共闽浙边临时省委要在平阳开办抗日救亡干部学校，为浙江培养革命干部。吴毓负责招生工作，希望唐湜入校学习。唐湜正苦于报国无门，这机会难得，他当即答应。他去找林斤澜，想动员林斤澜一同参加抗日救亡干部学校，此时林斤澜还只有十五岁，却已经加入中国共产党。林斤澜也已在报纸上看到招募抗日干校学员的广告，他认为当前形势下，奔赴抗战一线是进步知识分子最直接的选择。

1月15日，唐湜、林斤澜告别了家人，在吴毓的组织带领下，共有七十多名温州城区青年学生，浩浩荡荡地前往平阳山门，其中有谷叶、邱清华[1]、周丕振[2]等。

他们先坐小火轮，再爬山走夜路，在晨光熹微时到达平阳县山门镇凤岭山头，成为第一批到达闽浙边抗日救亡干部学校（简称"抗日干校"）的学员。

[1]邱清华（1920—2015），温州蒲州人，先后担任乐清县委宣传部部长、组织部部长、书记，江北中心县委委员，永乐人民抗日自卫游击总队政治处主任、政委等职，新中国成立后任浙江省政协副主席等职。

[2]周丕振（1917—2002），温州乐清人，抗日战争与解放战争时期在瓯江两岸、括苍地区长期坚持打游击，曾任括苍游击支队支队长、浙江省军区司令部顾问等职。

十六

抗日干校办在山门镇畴溪小学，校舍坐落在繁茂的山林间，有两栋七间二层木构楼房和一间厢房，组成U形，围着一棵重阳木，重阳木宽大的叶片挺立在山风中，没有抖动。

学校里共有两百余名学员，多是满怀爱国热情投笔从戎的青年学生，大部分来自温州城区，也有的来自处州、台州等地。干校校长是时任闽浙军区司令员粟裕，他是湖南会同人，1926年加入革命队伍后，先后参加了南昌起义、湘南起义后，上了井冈山；1934年开始，粟裕任红军北上抗日先遣队参谋长、闽浙江临时省军区司令员等职，建立了浙西南游击区。学员对这位共产党人非常崇敬。在干校开学典礼上，时任中共闽浙边临时省委书记刘英讲了话，做了动员报告。刘英是江西瑞金人，1929年4月，刘英毅然参加红军，投身革命。1935年2月，工农红军挺进师正式组成，粟裕任师长，刘英任政委，向浙江挺进。1936年他在福鼎、泰顺地区开展游击战，逐步建立浙南游击根据地。刘英被国民党反动派宣传成"青面獠牙""飞檐走壁"的传奇人物。而学员眼前的刘英，身材高瘦，面容清癯，举止文雅，大家都以惊异的眼光看着他。他虽然是江西人，却能讲一口流利的浙南方言，讲话思路敏捷，满怀激情，大家都报以热烈的掌声。

抗日干校开设哲学、经济学、游击战术和抗日民族统一战线等四门课程。粟裕讲授游击战术，他现身说法，讲了很多战斗故事，充实而生动。

唐湜、林斤澜以前没有接触过抗日干校四门课程的内容，听起来有些吃力，但他俩凭着刻苦和聪明，学到了不少新知识。

抗日干校像个大家庭，干部、教员住在木楼上，晚上打地铺睡觉。学员住在学校附近的一间破庙里，也打地铺睡，从不叫苦叫累。清晨，军号声一响，学员即起床操练、学习。教员关心学员的学习与生活，学员对教员又尊敬又亲热，学员之间互相帮助，共同进步。课余活动丰富多彩，教员和学员一起唱歌、演戏、登山、夜行军，还有动真格的演习训练。这里群山绵延，天空高远，他们像山风一样，奔跑在天地之间，充满生命的活力，体验成长的快乐。

可是，国民党特务机关盯上了抗日干校，安排年轻特务以学生身份，报名参加学习，成为学员，从而收集有关情报，伺机暗杀我党我军领导人。特务不讲学习、问东问西，引起一些学员的警觉，就向教员反映了情况。这让干校领导高度重视，经过细致调查，确认了这名"学员"是国民党浙江省当局机关特务陈家璧，并从他的行李中搜出了两把匕首。抗日干校立即驱逐了陈家璧，还公开登报揭发。可见，当时国共两党虽已合作，共同抗日，但国民党反共行径没有停止。

转眼就要过年了，美术教

闽浙边抗日救亡干部学校旧址

员林夫提议在学校出一张大墙报迎接新年，他选出十名编委，其中有林斤澜和唐湜。编委各有分工，有的写文章，有的画报头，有的剪红条，有的刷糨糊……一天下来，一幅占据着大半个墙面的墙报完成了。正月初一，全体学生放假，有的回老家拜年，有的到山上玩耍，而林斤澜和唐湜悄然走下山，来到山脚下的畴溪村，跟村民讲抗日的道理。

林夫那年二十六岁，是抗日干校里忘我工作的一名教员。寒冬腊月里，唐湜和林斤澜见林夫不顾山风凛冽刺骨，在校舍和畴溪村街头绘制抗日壁画，张贴抗日标语。他话语不多，只知道默默工作，唐湜和林斤澜却喜欢与他接近。有一次，林夫从怀里拿出一帧自己与鲁迅的合影给唐湜和林斤澜看，并用沙哑的声音说："我与鲁迅先生一起座谈又留下合照，实在难得，这是我人生中最光荣的事情。"唐湜和林斤澜看看照片，林夫坐在鲁迅先生左侧，穿着长衫，眯着眼睛，一撮头发紧贴在额头上，正在聆听鲁迅先生的教诲。这更让唐湜对林夫产生一种好奇心，也有一种崇拜的感觉。

林夫受鲁迅先生的感召，一直在创作反映劳动人民苦难与抗争的木刻作品，如以淞沪抗战英雄为题材创作木刻《忠勇团长谢晋元》和《冲》，发表在《抗战画报》上；他还应郑伯永之约，为《新路》设计封面。他与闽浙边抗日游击总队（原红军挺进师）驻温办事处取得联系，从事革命活动，与邪恶的黑暗势力做斗争。

1937 年年末，任抗日干校副校长的黄先河，在地下党员中物色一批人担任教学工作时，想到在上海有过交往的青年木刻家林夫，就托人邀请他前来从事美术宣传工作。林夫欣然答应，到抗日干校向黄先河报到，并问："干校没有美术课，我来干什么呀？"黄先河说："美术是一种强大的形象教育武器，学校抗日救亡宣传，没有美术可不行。"就这样，林夫就负责抗日干校的美术宣传工作，走上了一条全新的革命道路。

　　黄先河也很欣赏唐湜，觉得他老实本分，又能写一手好文章。唐湜的党组织关系也在黄先河为书记的支部里。

十七

过完了年，春天又来了。大山深处的早春，时有阴雨，寒风刺骨，学员夜以继日地学习，十分勤奋。他们沉浸在波澜壮阔的革命激情里，在冷风冷雨中孕育胜利的曙光。

在一个风和日丽的中午，林斤澜和谷叶、唐湜一起坐在校外的草坪上晒太阳，看着蓝天上悠闲飘荡的白云，一种情绪撞进了他们的心里。谷叶问林斤澜："给家里写信没有？"林斤澜答道："写了。"又问："写了几张信纸？"又答："两张。"旁边的唐湜问："你们想家了吧？"谷叶高声回答："我才不想家，为什么想家？"林斤澜在草地上打一个滚，也高声说："对，对，这里比什么地方都好，没有比这样更快活的日子了。"

有一天，通信员突然来找林斤澜，说是粟裕司令要与他谈话。林斤澜跟着通信员走出学校，走了一段山路，来到一个小庙里，见到住在庙里的粟裕。林斤澜听过他讲的几次课，他讲课很生动，讲到激情时会不停地走动，伴有丰富的手势。粟裕中等身材，看上去很高大，两眼亮闪闪的，神采焕发，穿一身草青色军衣，扎着皮带，打着绑腿。粟裕见到林斤澜，让他坐下，温和地说："过两天我要带一支部队去皖南，打算带走三十来个男学员，你愿意跟我走吗？舍不舍得家？"他还指着挂在墙上的地图，告诉林斤澜去皖南要经过什么地方，要走多少天。林斤澜有些意外，心中却交织着兴奋和激动，郑重地说："愿意跟着您走，舍得家的。"

粟裕问："身体好不好？"林斤澜连忙挺起胸，绷紧胳膊，说："身体好的。"粟裕又跟他说了一会儿话，他却在想自己正值青春韶华，初入部队从未经历过战场上的生死，到战场上要好好表现自己的胆略和牺牲精神，就什么话也没有听

闽浙边抗日救亡干部学校教室

进去。林斤澜辞别粟裕，走出小庙，他想找个人说说话，跟谁说好呢？他想到了谷叶和父母。

1938年3月中旬，粟裕率闽浙边抗日游击总队从山门街出发，挥别欢送的人群开赴皖南，与南方八省红军游击队会师，改编为新四军。3月15日，抗日干校结束办学，学员提早结业，也昭示着他们新征程的开始。

部分学员跟随粟裕奔赴抗日前线，林斤澜却留了下来，转入地下斗争。这是干校领导班子考虑到他文化水平较高，集写作、编报、表演等才能于一身，集体研究决定的。大多数学员和干部、教员到浙南各地和浙江省其他地方，或公开或秘密地开展革命斗争，他们出生入死、南征北战，大多数成为党政军及各条战线的骨干。

林斤澜被安排在新四军驻闽浙边后方留守处抗日流动宣传队里，二十多名队员在连珍[1]、林夫的带领下，高举抗日民族统一战线的旗帜，在国民党统治下的平阳、泰顺、瑞安等地进行抗日救亡巡回宣传。浙南一带群山逶迤，溪涧幽深，他们背着行李，跋山涉水，林斤澜把脚趾走烂了，腹股沟淋巴结发炎，导致大腿肿胀。他忍受病痛，意气风发。每到一个地方，他们忙着发放传单，刷写标语，召开群众大会和各类座谈会，演出

一些短小的文艺节目。他们的抗日救亡宣传受到广大群众的热烈欢迎，也遭受一些国民党顽固分子和地主豪绅的刁难、破坏。

1938年5月，宣传队解散，林夫留在中共平阳县委工作，任县委组织部部长、宣传部部长等职。他牵头创办以宣传抗日救亡为宗旨、公开出版发行的报纸《平报》，社址在平阳鳌江镇。

林斤澜受组织安排，前往温州和台州交界的山区，协助中共台属特委军委书记陈阜、军委委员丁学精，将永（永嘉）乐（乐清）黄（黄岩）三县边境的群众武装联合起来，整编为黄乐边抗日游击队。

那年10月，临时省委解散温州中心县委，停止了黄先河的职务和党组织关系，并牵连包括唐湜、林夫、连珍在内的许多同志，他们也失去了党组织关系。

1938年5月，郑伯永加入中国共产党。12月，中共乐清县委成立，郑伯永担任乐清县委组织部部长。开展革命活动需要经费，他把祖上留下的三间瓦房租给人家，借同村亲戚的田契、地契和房契典掉筹钱。他两位姐姐为地下交通站提供活动经费，也借贷了许多现金，欠下一大笔债务。

这一年，二十二岁的莫洛与友人一起创办海燕诗歌社，编辑诗歌期刊《暴风雨》，创作诗歌《钱塘江》《黄昏》《夜声》和充满爱国激情的长诗《叛乱的法西斯》等，后来都陆续发表。那时候，文学的殿堂向他打开了第一道门，文学的神祇向他伸出了温暖的手。

这一年，林夫创作了木刻作品《伏击》《敌人统治下的生存》和砖刻作品《追敌》等，并陆续发表在东南地区的有关刊物上，是他在浙南游击根据地进行革命文艺创作最丰富的一年，受到各方重视。

这一年，野夫加入中国共产党，任乐清县青年服务团特支书记。

这一年，中共永嘉县委成
立，书记为孙绍奎，成员有夏
巨珍、莫洛和胡景瑊。日寇疯
狂侵略，国民党消极抗日、积
极反共，胡景瑊在西楠溪开始
了他游击战的生涯。

《伏击》，林夫木刻，作于1938年

瓯江下游北岸，是现在温
州市下辖的永嘉县，当时称为西楠溪。西楠溪是一个群山连亘、
峰峦险峻、溪流湍急的地区，这里的山民具有一种倔强、刚直、
英勇的性格。西楠溪是一个具有光荣革命传统的地区，1930年成
立的中国工农红军第十三军（简称"红十三军"），军长胡公冕
和政委金贯真都是西楠溪人，岩头是红十三军的根据地，五尺、
表山是红十三军的主要据点。胡景瑊从一名热血沸腾的青年学生
才俊，成长为一名中国共产党的优秀干部。

[1]连珍（1914—2010），温州乐清人，抗日干校教员，1942年中山
大学毕业，留校任教。

十八

　　林斤澜在偏僻的山村办成人识字夜校，明里是扫盲，暗地里宣传抗日，做联络员，发展抗日武装力量。山里人几乎与世隔绝，不晓得，也不关心茫茫大山外的事情，林斤澜帮助他们学习文化，晓之以理，动员他们参加抗日。

　　1938 年 9 月的一天，林斤澜接到一个任务，到台州天台县把时任中共台属特委妇女部部长丁魁梅[1]接送到温州。丁魁梅曾在杭州师范女校就读，是一位进步女学生，多次撰文为妇女鸣不平。卢沟桥事变后，她离校回到天台老家，组织乡亲们抗日救亡。

　　丁魁梅与林斤澜以姐弟相称，以去温州经商为由上路，连续数天，他们尽量避开大路，选择偏僻的山道和深邃的溪湾行走，危险重重，历经艰辛。丁魁梅抵达温州是与中共浙江省委书记刘英结婚。可这一路上，丁魁梅没有告诉林斤澜自己与刘英的关系，林斤澜也没有打听。丁魁梅与刘英成婚的第二年便有了爱情结晶，女儿刘晓英出生。

　　国民党浙江省当局视黄乐边抗日游击队为"非法武装"，进行"围剿"。1939 年 9 月，黄乐边抗日游击队寡不敌众，被迫解散。

　　此时的温州城区，经过持续的抗日宣传动员，已唤醒了民众的觉悟和抗日斗志。在地下党的支持下，董辛名[2]、莫洛、胡今虚等人共同努力，成立了前哨剧团，剧团成员有莫洛、林斤澜等二十多人。林斤澜、莫洛在董每戡的《保卫领空》、夏衍的《一年间》、陈白尘的《群魔乱舞》和曹禺的《雷雨》中，都扮演了重要角色。大家都很振奋，胸中燃着熊熊的烈火。那时温州经常遭受日机的轰炸骚扰，他们坚持排练、演出，不顾自身的危险。

延安，是中共中央所在地，革命的大本营，也是无数革命志士向往的圣地。林斤澜听说唐湜与小姨王静香、表兄陈桂芳去了延安，心动不已。自从踏上革命的征程后，"到延安去"就成了林斤澜最强烈的心灵呼唤。1940年春，十七岁的林斤澜得到党组织的允许前往延安，他按照组织安排的路线，经长途跋涉，风尘仆仆到达重庆，找到接头点。接头点是一家书店，林斤澜向店员说了暗语，不料店员粗暴地拒绝介绍他去延安。

没能去成延安，又失去了组织联系，林斤澜一下子如跌深渊。重庆的冷春滴水成冰，鸟儿悄声低飞，路人埋头快走，林斤澜在重庆街头晃荡了几天，饥寒交迫，万般无奈之下，想起了在新疆学院任教的茅盾先生，就给他写了一封信，说了自己的处境，还提了想去新疆读书的想法。当时，茅盾虽然在新疆学院担任教育系主任和新疆文化协会委员长，却因身处险境难于脱身而焦虑万分，就回信给林斤澜，让他别去新疆了，就近入读。

林斤澜听取了茅盾的建议，考上了坐落在重庆北温泉的国立社会教育学院。学院一边是嘉陵江，一边是缙云山，步移景异，风光如画。他就读的电化教育专业，授课老师汇聚了一批全国知名文化人、大学者，林斤澜听他们的课，有一种置身于皓月之下的感觉。今天可以听焦菊隐的"名著选读"，从法国留学回来的焦菊隐穿着朴素，还是传统书生模样，他用北京口白讲解一些外国名著中的选段，驾轻就熟，洞察幽微；明天又可观郑君里从骨子里透出的优雅，演员出身的郑君里穿着时尚，一身黑皮衣裤是他的最爱，他在课堂上讲苏联戏剧理论家斯坦尼斯拉夫斯基的《演员的自我修养》，学生深感新鲜，多有启发；后天则可跟史东山

北碚老照片

学习灯光、摄影、布景、化装、洗印等方面的知识，四十出头的史东山已留起小胡子，背微驼，是一个老导演了，他讲话笑吟吟、慢腾腾的，用师傅带徒弟的方式口传心授。林斤澜最倾心于梁实秋讲《西洋戏剧史》《中世纪与文艺复兴》和古希腊悲剧，他讲课出以西学，入以国粹，条理清晰，滔滔不绝，如入无人之境。梁实秋当年在重庆北碚的复旦大学任教，到国立社会教育学院兼课，抗战时期汽油金贵，他不坐轿车，就圆滚滚地仰躺在竹制的滑竿上，被人抬着来上课，他的课堂挤满学生，聆者凝神静心，屏息忘时。

　　十里外的北碚当时是重庆的一个乡镇，自国民政府迁都重庆后，不少中央机关、文化团体和大专院校纷纷迁到北碚，一时间北碚人来人往，热闹非凡，还时常有戏剧、音乐演出和美术、摄影展览。林斤澜与同学相约一起，沿着嘉陵江岸的拉纤小道，徒步前往北碚观赏演出和展览。有一天，林斤澜还在一所学校的大操场上观看了声乐前辈应尚能个人独唱音乐会，他演唱了多首中外歌曲，声音高亢柔韧，富有抒情性，给林斤澜留下深刻的印象。音乐会结束后，他与同学头顶星空，衣沾白露，回到学校已是凌晨。

　　在重庆读书的三年里，林斤澜对未来充满憧憬，对文学兴趣盎然。他的文学之梦，伴着月光、踏着露水而来，伴着战机的轰鸣、踏着生活的苦难而来。

　　[1]丁魁梅(1916—1986)，台州天台人，丁学精姐姐，刘英妻子，革命家。
　　[2]董辛名（1925—1975），活跃在南方话剧舞台上的导演、戏剧家，温籍编剧、戏剧史家董每戡的弟弟。

十九

　　天上是轰炸的敌机，地上是逃难的人群，社会生活陷入混乱，祖国的大好河山沦落在侵略者的铁蹄之下。1938 年 12 月，悲愤交织的唐湜接到黄先河的来信，信中说，他在延安马列学院学习。

　　延安，以理想、信仰和人性之美陶冶与丰盈着人们的内心，是一个让唐湜无比向往的地方。唐湜的弟弟唐文荣[1]已去了延安，来信说自己在延安抗日军政大学参谋班学习，加入了中国共产党。这一次唐湜读了黄先河的来信，更坚定了奔赴延安的决心，他要到火热的战线上，到战争的烽烟中，他更渴望到延安与那些革命英雄进行心灵的对话和情感的沟通，寻找新的文学题材，以笔为武器进行战斗。他的想法得到小姨王静香、表兄陈桂芳的称赞，延安，也同样如一块磁石吸引着这两位年轻人的心。

　　1938 年严冬，唐湜与王静香、陈桂芳相约，从温州启程，前往远在千里之外的延安。三人各背着大大的包袱，凄风苦雨，晓行夜宿，陆路不通走水路，水路不通就徒步，风尘仆仆来到中国的腹地武汉。武汉水陆交通便利，他们坐上了西行的火车，火车开开停停，抵达渭南潼关。西北的冬天格外寒冷，滴水成冰，漫天风雪，白雪覆盖了渭河两岸。他们改乘骡车，渡过渭水，在银装素裹的景色里行进，经历了一次从未有过的旅程。

　　他们来到了咸阳东北部的安吴堡，找到八路军办事处，一打听，不给前往延安的通行证，建议他们去太行山打游击。这突如其来的拒绝，像把三人一下子推入黑乎乎的深谷，让他们一时无所措。三人遇事互相商议，王静香和陈桂芳前去太行山，唐湜只身来到西安，想寻求地下党的帮助去延安。

唐湜在西安待了几天，找了一些人，却并未如愿，年末已到，他怀着复杂的心情回家过年。

这时浙北已经沦陷，省政府南迁金华、丽水等地。1939年初春，唐湜经在丽水中学任教的二舅王季思介绍，去丽水地区专署政工室工作。

同年8月，唐湜得知国民政府军事委员会战时工作干部训练团（简称"战干团"）在省会金华招生，战干团是一个大型军事、政治训练机构，地点在西安。一心想汇入抗战洪流的唐湜立即前去报考，通过严格的体格检查和国文、常识笔试后被录取。因武汉已经沦陷，招考而来的学生做着跋涉，经过江西，徒步荆襄公路来到襄阳，穿过丹凤县龙驹寨到达西安，一张张疲惫的脸也不乏欣慰的笑意。

在西安，他们的课程主要是军事和政工训练。军事训练有基本军事操练、野外演习、实弹射击等；政工训练有政治学、经济学和国防形势等。训练期间经常高唱黄埔军校校歌，发扬黄埔精神。

年轻的唐湜对延安的向往没有丝毫消减，热血沸腾的心中装着有宝塔山的光荣之地。他在战干团学习期间，认识了中国第一个女兵作家谢冰莹，并在她主编的文艺月刊《黄河》兼了助编，还通过她的帮助，与当地的中共地下组织取得联系。不久，单线联系的同志告诉唐湜，已得到许可，于近日进入延安，唐湜大喜过望。然而，就在唐湜出发去延安的前夜，那位单线联系的同志被女朋友告密，唐湜等七人被国民党逮捕，囚禁在西安的监狱里。

囚室里灯光似明似暗，高高的窗子让人无法看到外景，唐湜和难友们时常遭受叱喝和拷打。国破家亡，英雄末路，唐湜说不出的凄楚与焦愁，强壮的身体很快垮了下来，患上了肺病，昼夜咳嗽不止，高烧昏迷。在囚禁的难熬时月里，狱友李诃细心照顾着他，患难时结下十分珍贵的友情。李诃是安徽人，共产党员，比唐湜大两岁，曾在延安鲁艺学习并工作，因腿部受伤致残来到西安就医，被叛徒出卖被捕入狱。

谢冰莹主编《黄河》

时间的脚步是无声的，春去秋来，又一年过去了。温州的唐家一年多没有唐湜的消息，派人出去打探，才得知他坐了大牢。唐湜的母亲心急如火，写信向王季思等三个弟弟求救，三兄弟托人找关系，找到了在国民党部队当官的唐湜学长、好友项景煜，经他全力设法营救，唐湜才在 1942 年 11 月获得自由，算来已经关押了两年两个月。他走出牢房，抬头遥望断雁孤鸿，低头细看落叶残花，仿佛做了一个长长的噩梦。

江山苍黄，尘路茫茫，病体羸弱的唐湜不知在哪里落脚，又到黄河杂志社当助编，原来，唐湜的被捕还累及师辈人物谢冰莹，她也坐了十几天的监牢。

[1]唐湜的大弟弟唐文荣十四岁到延安后就改名王平，在抗日军政大学完成学习后去了中原解放区工作。抗战胜利后，他曾给家人捎去一封信，说："入党后，我的一切属于党，属于人民，现在革命尚未结束，我还不能回家。"家人看了信后为他的"牺牲小我、成就大我"感到骄傲，同时也期盼他能早日平安回家。可是在 1946 年中原突围战役后，就再没有了

唐文荣的消息。这件事像一块大石头压在唐湜的心头。1951年他去湖南时途经湖北武昌，托武昌的朋友查找弟弟的下落，没有结果。在北京，唐湜又多次登报寻找弟弟，同样没有音信。1952年唐湜找到了在宁波军分区当司令员的唐文荣原来的战友，据他介绍，1946年6月国民党军队曾以鄂豫两省交界的宣化店为目标，兵分四路围攻中原解放区。当时唐文荣在中原军区任政治部秘书。6月26日晚，中原军区司令员李先念指挥部队战略转移，唐文荣身背重要文件，与李先念一起趁着夜色突破敌人重兵把守的平汉铁路，进入河南西部的伏牛山南麓，唐文荣身负重伤，滞留在山脚一个村落里，部队转进内乡县。根据唐文荣战友的描述，唐湜找到了伏牛山南麓的那个小村，村落早已荒芜凋敝，许多房子已被战火烧成一片废墟。唐文荣十四岁离开温州后唐湜就再也没有见到过他，思之不禁泫然泪下。唐湜万分珍惜地保存着的那封弟弟的家书遗墨，后来也不知去向。

二十

1939 年春天，经金逢孙介绍，林夫到浙江省战时合作事业促进会工作，该促进会设在丽水城区。林夫致力于木刻和砖刻，编印《红五月》木刻集。野夫在乐清被叛徒出卖被捕，出狱后，带着家人也来到丽水。由于金逢孙的大力帮助，林夫、野夫在丽水组织成立七七版画研究会，创办浙江省美工协会战时木刻研究社，开办木刻讲习班、函授班和绘画专修社，培育新生力量。木刻函授班有学员一百多人，其中有杨涵、陈沙兵、平野、夏子颐、黄永玉等[1]。

学员还在不断增多，木刻工具遇到了问题。当时我国木刻所用的木刻刀，大部分从国外进口，少部分由国内生产，价格较贵。抗战爆发后，外贸航运受阻，国内产的木刻刀供不应求。为了解决工具难的问题，野夫和金逢孙考虑自力更生，于是与丽水籍美术工作者潘仁一起，各出资五十元作为初始资金，请来几位打铁高手，制造木刻刀，又请来几位木匠，制作木刻板、木刻箱，解了木刻函授班的燃眉之急。

外地木刻工作者得知丽水能生产木刻工具，纷纷要求购买。顺势而为，他们就在金逢孙家的几间老屋里创办浙江木刻用品供给合作社（简称"木合社"），招募了工人，扩大了生产，产品通过邮寄的方式供应外地市场，销量可观。当时抗战大后方木刻蓬勃发展，需求量很大，木合社的生产解决了我国在抗日宣传和

《木刻用品合作社生产工场》，杨涵作于1942年

木刻运动中木刻用具短缺的困难。

林夫专注于木刻、砖刻，也经常到木合社与野夫、金逢孙相聚。林夫还把连珍等介绍到设在丽水的小型报纸《诚报》和浙东印刷厂工作。加上函授班的学员，丽水汇集了一群年轻的革命志士。

林夫时有到温州城区，住在瓦市殿巷平阳人开的一家小客栈里，与地下党员莫洛接头，了解有关情况，交给莫洛一批木刻函授班学员创作的木刻、砖刻作品，再由莫洛转交给《先锋》《生线》等抗战刊物发表。

莫洛自己主编的《暴风雨》也发表温州版画家的作品。林夫的木刻《敌人的魔手下》、砖刻《战马》等引起很大反响，莫洛撰文称林夫的版画作品是"献给染着血的祖国和奔走在战火中的战斗者"的。

浙东南战事持续吃紧。那年8月13日，丽水遭到日军飞机轰炸，遍地尽是烟火，木合社工场、浙东印刷厂等建筑成为一片废墟，革命工作无法进行。林夫和连珍计划一同离开丽水，设法前往延安。野夫和金逢孙打算另起炉灶，把木合社办在丽水云和。

林夫和连珍考虑到两人同去延安目标太大，决定连珍先走一步，在桂林等待林夫会合。连珍上路后，林夫回老家筹集到去延安的路费，在一个漆黑的夜晚悄然上路。经过几个昼夜的风餐露宿，林夫到达金华，得知浙赣铁路被日寇截断，无法前往。林夫心有不甘，可面对严峻的局势，不得不返回平阳。此时凄冷的冬天已经到来，浙南大地草木凋零，霜气阵阵。同志失散，时局不定，国民党捕杀共产党员，盯起了《平报》的动向。革命形势急转直下，陷入低谷，林夫心里悲凉，更加沉默寡言了。

野夫和金逢孙在云和办起木合社，却受到国民党顽固分子等多方面的干扰，匆忙决定把木合社搬迁至江西上饶应家坊。他们带着"家当"一路翻山越岭，饱经风雨，到了应家坊已是人困马乏，"家当"也损失了不少。人生地不熟，他们在应家坊只办了一个小规模的木合社，没有什么收入，只能艰难度日，备尝人间辛酸。

1942年初夏，日寇向浙赣铁路沿线大举进犯，金华、江山、上饶等地相继沦陷，在日机的轰炸中，野夫、金逢孙带着家属和木合社的员工从应家坊逃出，木合社里的生产工具、原材料和成品不得不全部抛弃。他们经过上饶铅山县，越过闽赣交界的分水岭，在武夷山脉跋涉。崇山峻岭，路遥途险，行走了七八昼夜，到达福建崇安县赤石镇（今属武夷山市武夷街道），正是午夜时分，月色朦胧，古镇如画，长长的赤石街上亮着几处迟熄的灯笼。一行人疲惫难当，野夫和家人就在一户人家的院子里支起蚊帐，钻进去就睡着了。但那晚，野夫还是被蚊子叮咬，得了疟疾，高烧昏迷。当他再次醒来时，已躺在一个灰寮里，身边的金逢孙说他已昏迷了五天。当时药物奇缺，疟疾的病情凶险，死亡率很高，野夫庆幸自己被救了过来时，得知自己的小儿子郑可夫得了疟疾夭折，顿时失声痛哭。

困苦难当，前途渺茫，大家心灰意冷，也没有条件再办木合社了。金逢孙回到丽水，员工也都散了，野夫在妻子的照顾下留在赤石镇养病。赤石镇倚立在崇阳溪、梅溪和黄柏溪的交汇处，临溪河段水面宽阔，水深流缓，水路运输极为方便。赤石镇盛产岩茶，溪面上的货船载满茶叶，来往穿梭。每逢墟集，远近村落的赶墟人流涌到赤石镇，大街、码头上人头攒动。借助赤石镇的**繁荣**，野夫在这里做了一年的小买卖，待战局逐渐平静下来，他的身体也恢复了健康，就在赤石镇创办了东南合作印刷厂和木合社，并把木合社扩大为中国木刻用品合作工厂，同时附带办了新艺丛书社和武夷画室。他编印美术书刊、印刷画册书籍，出产木刻用具，业务很有起色，可谓东山再起，直至抗战胜利。

[1] 杨涵（1920—2014），温州城区人，在浙南积极从事木刻运动，1943年参加新四军。版画家。陈沙兵（1920—1979），原名陈素屏，温州城区人，画家，曾任温州地委宣传部艺术科科长、北京人民美术出版社创作室副主任等职位。平野（1924—?），原名张大晖，温州城区人，画家、翻译家。夏子颐（1918—2000），别名立如，浙江温州城区人，画家。黄永玉（1924—），本名黄永裕，湘西凤凰县人，他不仅在版画、国画、油画、漫画、雕塑方面均有高深造诣，而且还是位才情不俗的诗人和作家。

二十一

温州中学的野火读书会吸引着许多向往革命的学生，积聚着足够的热力，金江成为读书会的中坚力量，行走在对敌斗争的方阵里。他组织同学高唱《义勇军进行曲》《大刀进行曲》《松花江上》等救亡歌曲，嘹亮的歌声从校园响彻大街小巷。他发现上街下乡宣传抗日，小节目表演比单纯的长篇大论宣讲效果好，就与同学排演了街头剧《放下你的鞭子》《盲哑恨》等，以唤醒同胞救国的心灵。他是班级里的学习委员，主编班级墙报《雏声》，内容丰富，有民族救亡图存的时评、诗歌、快板、木刻、漫画等，贴在春草池边的走廊上，吸引了许多读者。

抗战期间，日寇军舰时而在瓯江口外游弋，觊觎温州，军机飞临温州上空投弹，残杀无辜。1939年4月24日，敌机再次飞向温州，温州中学师生听到空袭警报，立即疏散到松台山、九山一带，他们的校舍遭到敌机轰炸，起火燃烧。过了四天，温州中学再次遭到敌机轰炸，初中部校舍几成废墟，校门口"道义之门"的大匾也被炸毁。庆幸的是，因师生疏散迅速，没有造成伤亡。但死亡的阴影笼罩着温州中学的师生，校领导决定，温州中学迁移到青田水南。

被日机轰炸后的温州中学

师生分批转移，他们乘坐

81

舴艋船溯瓯江而上，需十几个小时才能到达水南村。水南村背靠青山，面向瓯水，约有百来户人家，因山多地少，壮劳力大多在瓯江上放木排和打鱼。村中有一座栖霞寺，建于唐代天宝年间，在北宋时，文学家秦观在处州过着谪居的生活时，时常来栖霞寺游玩和留宿，抄写经文，写诗填词。这给水南村带来不少的诗意和文学气息，也带给温州中学师生心灵上的慰藉。

1941 年 2 月，金江考入温州中学高中部，仍在水南读书。不料在这年 4 月，他得到父亲患病去世的噩耗，悲痛欲绝。此时日寇已侵占温州，他不能前往家里送父亲最后一程，却要和老师、同学一起连夜转移到青田白岩村。金江背着棉被、衣服和十来斤大米，随大部队沿瓯江支流小溪而上，夜行的火把惊飞树林中的睡鸟，野犬的吠声给荒凉的山道更添几分凄清。到白岩村第一天，同学们在一个大晒谷场上竖起一根长竹竿，举行升旗仪式。望着在金色的朝阳中缓缓上升的旗帜，金江和同学们都忍不住流下热泪。

熬过了多少个艰难的日子，金江终因父亲去世家中一贫如洗，高一第二学期不得不辍学了。他告别了学生时代，走上了自食其力的人生道路。

金江小小年纪，便悉数品尝了人生中的酸甜苦辣，这反而磨砺出他坚忍、乐观的性情。他歌颂这种坚强，后来在寓言《从岩缝里长出来的小草》中写道："一颗草的种子落到了岩石缝里，岩石说：'我们太贫瘠了，养不活你啊。'而种子却坚定地说：'别担心，我会长得很好的。'"于是，经过阳光照耀、春风轻拂、雨露滋润，种子冒出了绿芽，健康而结实地成长起来。

二十二

　　1940 年初春，温州政治形势严重恶化，上级党组织指示温州党组织隐蔽精干，莫洛被安排在瑞安乡下的韩田小学教书。韩田村以姓名村，村民大多姓韩，坐落在大罗山南麓，远离尘嚣，宁静空阒，草木浓绿，烟雨朦胧，莫洛不由得想起南宋诗人翁卷《乡村四月》里的诗句："绿遍山原白满川，子规声里雨如烟。"

　　韩田小学办在一座老旧的祠堂里，只有一位校长和一位教员。校长朱道娴，莫洛早先就认识，她原来在温州城区唯一的幼儿园担任主任，因身体虚弱，回了老家韩田。教员就是大名鼎鼎的庄竞秋，姚平子几十年的挚友、中共温州独立支部里的"三女杰"之一，也是莫洛早就熟识的长辈，莫洛和胡景瑊一直亲切地称呼她"竞秋姨"。

　　学校里全是复式班级 [1]，一个教员在一节课里要教好几个班，好几门课程，平时还要进行学校管理。朱校长大多时间居家休养，就把学校托付给莫洛。莫洛的住处就在学校里，一个小房间，学校里有一只旧式闹钟，放在他的床头，上下课由他负责摇铃。一日三餐，莫洛要到朱校长家里用餐，朱校长的母亲，一位老革命，给他烧饭做菜。韩田靠近东海，老母亲自己省吃俭用，每天都要去买海鲜烧给莫洛吃，说年轻人也要补营养。莫洛在她家吃的许多海鲜都是第一次见过、吃过，如泥蚶、泥螺、泥蒜（星虫）。

　　一个月后，庄竞秋回温州城里去了，组织上调林绵来教书。

莫洛与林绵在战青团演剧队演戏时就已日久生情，心中漾起了爱的涟漪，他们在这偏僻的村小里相见，真是喜出望外，喜气洋洋。他看着她的脸，她看着他的脸，两人的眼睛里都是笑。

胡景珹秘密到韩田小学看望他们，他给莫洛和林绵带来许多抗战的最新消息，他们也坦率地谈论对时局的担忧、对未来的打算和自己崇高的理想，表达着忠诚地爱祖国爱人民的情怀。

学校周边水田成片，插下秧苗后，很快便满眼鲜绿，苍翠的乌桕树远远近近、疏疏落落地挺立在稻田间，视野之内，皆像色彩浓郁、笔触厚重的经典油画。课余，莫洛和林绵牵手在田埂上漫步，或并肩坐在乌桕树下畅谈文学。水稻拔节分蘖，乌桕果实累累，一切都充满朝气，显示着希望。夜晚，凉风习习，稻香浮动，虫鸣唧唧，莫洛和林绵偎依着坐在学校前的道坦里，看星光灿烂，看月光皎洁，四周静谧安详，给人一种如梦似幻的感觉。

学校背靠仙岩风景区，他们每个周末都要上仙岩游览，奇峰怪石、连泉叠瀑、天然幽洞、古木茶花，都一一看过，最留恋的还是梅雨潭，朱自清的名篇《绿》，写的就是这个碧潭，"那醉人的绿呀，仿佛一张极大极大的荷叶铺着，满是奇异的绿呀"。这绿，被朱自清称作"女儿绿"。

梅雨潭边有一个升仙岩，传说黄帝（轩辕氏）曾在此修炼成仙，驾龙而去。仰视其状，拔地而起，崔巍嵯峨，一只苍鹰从升仙岩上空悠悠飞翔。林绵闪动着眼睛说："天空那么广阔，苍鹰飞得超然自得呀。"莫洛接着她的话说："是呀，不仅要自在自得地飞翔，还要飞得更高飞得更远。"在憧憬未来、憧憬革命的年月里，这一对爱侣的心贴得很近很近。

在韩田隐蔽的日子里，他们生活安定，心情愉悦，他们撒播知识的种子，也收获爱情的果实。学校放暑假了，莫洛和林绵一起回到温州城里，那年8月1日，二十四岁的莫洛和刚满十八岁的林绵缔结了一生情缘。因为在隐蔽期间，他们既没有举办结婚仪式，也没有告知亲朋好友，只是彼此交换刻有"1940.8.1"数字的戒指。婚房在马家一间破陋的小房子里，也没有多加布置。

婚后不久的同年10月，还在韩田小学教书的莫洛接到党组织的通知，处于白色恐怖中的温州已有多名共产党员被捕，考虑到他的生命安全，速与林绵一起离开温州，到皖南（在安徽省，现已撤销行政区划）参加新四军。

莫洛带着林绵趁着冰凉的夜色，坐舴艋船到了青田，住在一家小客栈里，准备第二天乘坐一辆新四军军用大卡车离开。可是第二天一大早，接头的青年急匆匆前来告知，他俩的行踪已经暴露，被特务盯梢。风云突变，始料未及，夫妻俩只得再雇舴艋船，返回温州。温州的天空散布着乌云，只在天际处有几颗疏星，他们在低垂的夜幕下回到韩田小学。

大约过了一个月，莫洛再次接到前往皖南的通知，林绵暂时留在温州。莫洛乘船到了丽水，找到指定的客栈住下。翌日凌晨，窗外还是残星碎月，突然有人敲门。莫洛打开房门，进来的竟是自己的好朋友郑嘉治，这真叫莫洛喜之不胜。郑嘉治关好房门，放下身上的布包，取出新四军军服、皮带和帽子，要莫洛立即穿戴整齐，趁着天还没亮，乘新四军军车离开丽水。

郑嘉治只是与莫洛简单地说了自己的近况，没有同往。他受刘英委派，代表省委青年部前往延安出席全国青年代表大会，现在任省委青年部副部长，大部分时间在浙东开展工作。

天色渐渐明亮起来，莫洛坐上军车前往杭州淳安，虽然途中遇到几次盘问，但皆能应付过去，不曾发生麻烦。军车平安无事到达淳安威坪，这里有新四军接待站，站里的同志很热情，让莫洛洗漱一番后饱餐一顿。接着，莫洛又坐车到嵊州丁家山，这里有皖南新四军驻地，只见山峦之间，茂林修竹，却充满战斗前的紧张气氛。莫洛向驻在丁家山的中共中央东南局组织部部长曾山报到。

11月下旬，莫洛被编在第一批北移队伍，奉命到长江以北广阔的平原去抗战。部队白天徒步行军，晚上宿营休息，经过江苏丹阳农村，渡过长江，途中偶尔见到信号弹，听到或疏或密的枪声。部队继续北上，经泰兴、泰州、海安、东台等地，莫洛怀着一颗虔诚滚烫的心，在队伍中疾步前进，抵达盐城时，已是隆冬，路边被冰霜凝固的草木在落霞残照下寒光闪闪。

[1] 因条件限制，在农村的一种特殊的课堂组织形式，一个老师同时给各年级上课，各年级直接教学时间比较少，自动作业比较多。

86

二十三

　　1937 年 10 月，赵瑞蕻到长沙后，经甄别考试转入长沙临大文学院外文系二年级读书。长沙临大校本部设在长沙韭菜园的圣经学校校舍，这所由美国基督教传教士建立的大学，其校舍是长沙当时最好的；文学院则办在衡阳南岳圣经学校，红砖外墙，四周绿树环绕。

　　11 月 1 日，阴云密布，日机在天空盘旋，长沙临大正式上课了。授课的教授有闻一多、陈寅恪、冯友兰、金岳霖、朱自清、顾毓琇等，学校还邀请一批社会名流来校讲演，他们的演讲总在学生中引起轰动。

　　赵瑞蕻意外遇到也在长沙临大就读的马大恢，身在战乱的异地，老乡见老乡，真是喜不自禁，也不觉孤单了。他俩回忆起当年与莫洛、胡景瑊等同学一起组织野火读书会、一起阅读进步书刊、传播爱国思想的情景，都很怀念家乡温州和那里的友人、亲人，赵瑞蕻还询问马大恢的父亲马公愚在上海的情况。马大恢说，家父在上海淡泊自守，不趋权贵，用恭楷写了文天祥的《正气歌》，挂在客厅以明志。日本侵略者几次登门以要职相邀，家父均以心肺有病推辞不就。

　　马大恢从温州中学毕业后，考进中央政治学校新闻系读书，这是国民党的党校，马大恢虽然不用缴学费，还能拿津贴，并受到新闻系主任马星野 [1] 的照顾，但他仍然不喜欢这所学校，就不告而别了，考到南开大学读书。在南开大学，他依然很活跃，成为学生运动的领袖，因此被日本特务盯上了。1937 年 7 月 29 日，日军空袭天津，南开大学成为一片废墟，日军不仅要占领城市，还要接管大学。南开大学师生南迁长沙。

1937 年 12 月 13 日，南京失陷，举国震惊。群情悲愤的长沙临时大学师生在韭菜园校本部沉痛集会，要求抗战到底，并组织了战地青年服务团。马大恢参加了该服务团，与前来长沙投奔自己的弟弟马大任一起，报名上前线，到国民党军队进行抗日宣教工作。于是，他与赵瑞蕻道别，说要以血肉之躯保卫中华，遂与许多长沙临大的同学一起，乘火车北上，赴陕西凤翔为国民党第一军工作。

南京陷落后，长沙局势愈加恶化，日寇剑指武汉，开始对长沙进行空袭。兵荒马乱，一些官员、士绅和商人各寻门路撤离奔逃。因形势所迫，1938 年元旦后，长沙临大奉命西迁昆明。

八百多名临大师生心怀悲愤的情绪，又以飒爽的英姿，分成三路赶赴昆明。他们穿着草鞋，挂着拐杖，顾不得早春的瑟瑟寒风和路途上弥漫的烟尘，历时六十八天的长途跋涉，徒步远征，穿越三千六百里的泥泞荒野，高山溪涧，其行程之艰险，且按下不表，最后汇集昆明，师生一个都没有少，完成了中国历史上空前的知识分子集体大迁移，并组建国立西南联合大学，校训为：刚毅坚卓。

昆明三面环山，南濒滇池，气候温和，风光绮丽，称为春城，却因内地战事不断，大量难民蜂拥而入，致使房舍紧缺，校舍不够，文、法两学院暂时在滇南小城蒙自落脚。蒙自靠近红河，水运可通安南（今越南），是一个草木繁茂、古朴清幽的地方。文学院坐落在城外南湖边。南湖是师生课余的休闲场所，湖水碧波荡漾，在星月交辉的夜晚，更是波光潋滟；湖中堆有土山，建成蓬莱、瀛洲等景观；湖堤上的轻烟柳影，更是一绝。可是，蒙自雨天接连不断，城外荒草丛生，蚊蝇乱飞，群蛇出没，令人望而生畏。约半年后，文、法两学院搬往昆明，西南联大才算安顿下来。

　　西南联大（包括之前的临大）会集了中国一大批最优秀的知识分子，赵瑞蕻也有幸得到许多著名教授的教诲和关心。记忆力惊人的吴宓先生，是一位负有盛名的诗人和国学大师，他讲欧洲文学史，讲柏拉图，生动有趣，吸引着赵瑞蕻。言行稳当利落的朱自清先生，在浙江省立第十中学教过书，得知赵瑞蕻是温州人时，询问了许多关于温州的情况，后来多次谈到籀园和温州仙岩梅雨潭。性格慷慨激昂的闻一多先生，大谈田间、艾青的作品，赞扬高尔基、马雅可夫斯基所走的文学之路，让赵瑞蕻听得如痴如醉。说话轻声细语的沈从文先生，讲中国现代文学，讲散文写作，如拉家常，又常有妙语，他还多次推荐发表赵瑞蕻的诗作。总喜欢穿一袭蓝布大褂的冯友兰先生，个子较高，一把短胡子，慢悠悠地讲课，有一种处世哲学，更有一种人生境界。博学多才的钱锺书先生，是外文系最年轻的教授，他是"天才加勤奋"，精通英、德、法、意等多国文字，学贯中西。精力充沛的钱穆先生，讲授"中国通史"课程，既对史实详尽描述，又发表自己独到见解，被学界尊为"一代宗师"。朴实沉静的冯至先生，既研究歌德，又研究杜甫，课余时间创作的十四行诗，有耐人沉思的哲理。善于以史观今的陈寅恪先生，史学研究领域甚广，且对史料穷本溯源，考订确切。英国诗人、学者燕卜荪先生，饮食起居随随便便，讲起课来却一丝不苟，说到莎士比亚、塞万提斯、波德莱尔等作家的生平与逸事，

西南联大

89

西南联大蒙自旧址

滔滔不绝，如数家珍。这些教授的治学精神和做人品德深深影响着赵瑞蕻，也突显了"刚毅坚卓"的西南联大精神。

在那个边陲小镇蒙自时，赵瑞蕻与穆旦等十五名爱好诗歌的同学成立了南湖诗社，聘请闻一多、朱自清两位教授为导师。诗社提倡创作和研究新诗，也不反对旧体诗，这是西南联大第一个文学社团。社员不定期出版诗歌壁报《南湖诗刊》，说是出版，其实就是贴在学校的墙壁上；不定期举办诗歌座谈会，讨论诗歌创作、前途、动向等问题。赵瑞蕻写了一首描绘落霞潭风光、思念故乡与亲人的抒情长诗《永嘉籀园之梦》，也贴在墙壁上。朱自清认真阅读诗社交给他的每篇稿子，并给予点评，他读了《永嘉籀园之梦》，在一次诗社聚会时说："这是一首力作。"眼光中透着殷切的期望。赵瑞蕻激动得心里怦怦直跳，却只说："谢谢朱先生。"

学院搬回昆明后，诗社更名为高原文学社，社员达到四十多人，每两周举行一次活动。

[1] 马星野（1909—1991），温州平阳人，马公愚的学生，新闻学者，与"棋王"谢侠逊、"数学王"苏步青并称"平阳三王"。

二十四

在西南联大，活跃着许多学生社团，高原文学社只是其中之一，社员有写散文的，有写民谣的，有写古体诗的，但以写现代诗为主，不少社员有着强烈的现代化倾向，学习西方诗歌的艺术手法，追求诗的新生。

有一天，高原文学社部分社员在教室里举行诗歌座谈会，突然，一名女学生推门而入，她说："你们的壁报有招收社员的启事，我就照启事上的地址找来了，想加入你们的社团。"赵瑞蕻正对着门口，忙站起来热情地说："欢迎你加入。"

她是新生杨苡，一个清纯的大姑娘，在座的穆旦邀请她一起参加诗歌座谈会。杨苡大方地坐了下来，还发表了意见，说自己喜欢穆旦的诗，才想加入这个组织的。杨苡参加了这次诗歌座谈会，就算加入了高原文学社。

杨苡对穆旦特有好感。穆旦不仅诗写得好，还学识渊博，风流倜傥，杨苡常拿自己写的诗请他提意见。穆旦

赵瑞蕻（右四）和南湖诗社成员、西南联大教授合影于蒙自

平时略显清高自傲，但对杨苡却像兄长一般，认真地读了她的诗，写下一条条意见。杨苡心底里充满对穆旦的感激。

一次学校的文艺晚会上，赵瑞蕻见到了杨苡，灯光映照下的她更显清丽，且有一种出身书香门第的典雅之气，不觉怦然心动，就主动过去与杨苡打招呼。杨苡对赵瑞蕻没有深刻的印象，一见是个瘦高的学长，温文尔雅，又同在高原文学社，就与他谈起了文学社和诗歌。杨苡没有想到，这位本与她没有关系的陌生人，就这样闯进了她的生活。

杨苡的心思没有用在功课上，她爱好电影，爱好音乐，爱好话剧，爱好京戏，她爱好的东西太多了，而这些赵瑞蕻并没兴趣，但为了接近杨苡，也都跟着她去了。两人共同的爱好是诗歌，赵瑞蕻和杨苡那时都写了不少诗歌，相互交换着看、提意见。杨苡在课堂上没有认真听讲，常不知老师所云，赵瑞蕻在课外就主动给她补课，她也没有拒绝。感情的潮水冲激着赵瑞蕻的心胸，本来惜时的他却愿意为杨苡牺牲自己大把大把的学习时间，陪同她上课，还到女生宿舍找她。女宿舍不让男生进，他就找舍监把她叫出来。杨苡的同学都知道赵瑞蕻在追求她，舍监一来叫，她们就笑嘻嘻地说："那个 young poet（年轻诗人）又来找你了。"杨苡粉白的脸腮上就泛起了淡淡的红晕。

杨苡祖籍安徽盱眙（今属江苏淮安），1919 年出生于天津，原名杨静如。父亲曾留学日本，后担任天津的中国银行行长。她在充斥封建礼教的家庭里一天天长大。1935 年一二·九学生运动爆发，年少杨苡看到身边的大中学生投身到救亡运动中去，而她的父母却把她禁闭在家里，心里憋闷极了，想来想去，就给自己崇敬的作家巴金写了信，说了自己的痛苦和茫然。杨苡是巴金作品众多读者中的一员，不料巴金很快回了信，说她就像一只幼小的鸟儿，有雄心飞入自由的天空是好事，但要等待羽毛丰满的时候。巴金的一番话解开了她心中的疙瘩。他俩又通了不少信。1938 年 7 月，杨苡离开天津去昆明读书，终于走出了俨如禁苑的深宅。杨苡的哥哥杨宪益也到英国牛津大学墨顿学院研究外国文学了，姐姐杨敏如考入燕京大学中文系攻读古典文学，在后来几十年的岁月沉浮中，都成了学者、专家，杨苡也翻译了《呼啸山庄》《俄罗斯性格》《天真与经验之歌》等文学名著，成了翻译家。这些容后再述。

盛夏即将过去的 9 月，日寇的飞机飞抵昆明上空，1938 年 9 月 28 日首次投下炸弹，从此以后时常骚扰、投弹，持续到 1943 年年底。其间，联大的图书馆、教室、饭堂和宿舍都被炸毁过，师生和家属伤亡约二十人。每次警报响起后，敌机很快就来了，爆炸声震耳欲聋，由于西南联大校舍位于郊区，师生听到警报后便往周边的田野山园躲藏，并积累了"跑警报"的经验，故未受到重创。赵瑞蕻心忧这个城市的前途和人民的生命，写下了长诗《一九三九年春在昆明》，记录日机空袭昆明的情景，控诉日本帝国主义的罪行。

1939 年秋天，巴金的未婚妻萧珊也到西南联大读书，成为杨苡的同学。杨苡和萧珊相处得特别好，互相关心，互相帮助。萧珊原名陈蕴珍，是上海爱国女中高中毕业生，进步青年，爱好文学，写过一些作品。在秋色浓重的联大校园里，总见她俩在一起的身影。

1940 年快要放暑假时，杨苡发现自己怀孕了。事情来得突然又严峻，她心里慌乱极了，与赵瑞蕻商量后，决定流产，但附近的诊所拒绝给她做手术。杨苡无心学业，不能住在宿舍里，找了一个闹中取静之地，搬出来住了，但对同学来说，杨苡是在玩失踪。

有一次，杨苡走在路上，却遇见了萧珊和巴金。当时巴金在上海完成了激流三部曲最后的一部《秋》并顺利出版，就来昆明与阔别一年的未婚妻相聚，一起出来逛街。萧珊一看到杨苡，就大叫大嚷起来："好个杨苡，你跑哪儿去了？" 杨苡心乱如麻，不知道怎么解释，眼里汪起了委屈的泪水，没头没尾地说了一句："我要结婚了。" 萧珊一听大吃一惊，怎么这样突然哪？

那年盛夏，赵瑞蕻从西南联大毕业，在美籍教授温德主持的基本英语学会任职。赵瑞蕻和杨苡在当地领了婚书，在报上登了一条启事："赵瑞蕻杨静如，兹订于 1940 年 8 月 13 日在西山饭店结婚。国难当头，

巴金、萧珊、沈从文、张兆和等人在昆明西山留影

一切从简，特此敬告亲友。" 8 月 13 日，是他们特意挑选的日子，为了纪念淞沪抗战。他们没有举行婚礼，在西山饭店住了一个星期，同学三三两两来贺喜，热热闹闹的。有一天巴金也来了，那天萧珊正好有事，没有一起来。巴金在房间里坐着，他一向不怎么说话，不像在信中会侃侃而谈。那时杨苡和巴金已通了四年的信，算是老相识了。

西山饭店面朝滇池，贺喜的人走了后，杨苡总是静静地站在窗口，向外望去，霏霏细雨中的滇池雾气蒙蒙。孩子有了，学业没了，赵瑞蕻高兴了，母亲听到她结婚的消息后生气了，该怎么办？杨苡愁肠百结。赵瑞蕻也觉察到她心中的烦乱，将她紧紧拥在怀里，她的泪珠儿如断线的珠子一般扑簌簌滚落下来，打湿了她白皙的面颊。

过了一段时间，巴金和萧珊请赵瑞蕻和杨苡吃饭，席上还有几位巴金的四川老乡，很隆重的样子，杨苡感觉这次吃饭有点微妙，但吃饭时，巴金和萧珊也没有宣布什么，如此一来，这顿饭

成了杨苡心中的一个悬念。若干年后，一次杨苡与萧珊在萧珊家里抱膝倾谈时，才得知那顿饭是巴金和萧珊的订婚宴。

1941 年，赵瑞蕻、杨苡夫妇先后告别了昆明，前往重庆，开始了新的征程。他们想起昆明的湖光山色和雨迹云踪，有离愁有感慨。

赵瑞蕻一直身在异域，也念念不忘温州的好友，在通信非常闭塞的年代，他想办法靠书信来往与莫洛、唐湜他们互通信息，交流感情。

二十五

1940 年春，天气尚寒，风声更紧。3 月 14 日，林夫因事经过鳌江镇，见天色渐黑，就投宿在平报社的宿舍里。那晚，报社里的党员同志都到另外地方开秘密会议去了，报社里寒风萧萧，寂寥冷落。15 日凌晨，突然，门外传来一阵狗的吠叫声，接着，几个国民党特务军警撞门而入，要查封报社，逮捕报社人员。他们铐起了两位报社人员，见到林夫，弄不明白他的身份，也顺便带走。

平报社的党员想方设法营救，两位报社人员被保了出来，林夫因"案情重大"难以保释。平报社年轻党员李士俊 [1] 曾在一家大商行当过学徒，认识几个社会名流，经他们帮助，买通一个狱卒，前往探监。林夫见到李士俊两眼发出光芒，连声问："你怎么来了？'母亲'还好吗？'家里人'都好吧？"他所指的"母亲"就是党组织，"家里人"就是战友。李士俊说都好，问他需要些什么。他想了想说："其他不要，下次来带点纸和笔，我想画些画。"临别时，林夫说："请'家里人'不要惦记，我会料理自己的。"

林夫在平阳监狱关押期间，老父亲通过族人去保释，平阳县长要求林夫写了悔过书或在报上刊登"脱党声明"就可释放，林夫拒绝了，他说："参加抗日活动是无罪的。"

9 月中旬，林夫被押解到温州监狱。11 月，林夫被转送到江西上饶第三战区政治部专员室茅家岭禁闭室（简称"茅家岭监狱"）。这是由一座小庙改成的监狱，坚硬的石头墙，朝南的正门和西侧门被石头堵死，只留东侧门出入，内设大、小禁闭室，在晃动的灯光之下，弥漫着鬼魅的气氛。在茅家岭监狱，林夫被特务审问了三次，每次都遭受严刑拷打，腿部重伤，撕裂般疼痛，但他坚贞不屈，咬着牙苦撑待变的日子。

过了一年，1942年4月，林夫被视作"政治顽固分子"，编入"战时青年训导团东南分团第六中队"。

5月，日军发动浙赣战役，攻陷衢州。6月5日，日寇逼近上饶，国民党第三战区将囚禁在上饶集中营中的新四军将士和革命志士解押到福建。林夫和五百多名"抗日囚徒"在荷枪实弹的国民党宪兵、特务严密监押下，向闽北转移。几经转狱，林夫随身携带的东西一一丢失了，唯独一帧与鲁迅先生的合影还揣在怀里。他多次悄悄地从怀里取出照片，捧给狱友看，他说："我是鲁迅先生的学生，我要像鲁迅先生那样坚持韧性的战斗。"这张照片也极大地鼓舞了狱友的斗志。

在转移途中，集中营第六中队秘密党支部策划暴动，可是此时的林夫身患痢疾，腿部溃烂，身体极度羸弱。负责暴动的同志征求他的意见，他立刻坚定地说："不要管我，坚决干。我如果跑不动，也绝不会拖累集体行动。"

6月17日下午，透蓝的天空，悬着火球似的太阳。转移队伍步行到福建崇安县（今武夷山市）赤石镇崇阳溪畔，在赤石渡口等候过渡。坐在渡口等船的林夫不知道，他亲密的战友野夫，也在这个镇上养病，离他很近很近。

人多船少，需分批过河，轮到第六中队时，已是红日西斜。浩渺的崇阳溪对岸，是群峰连绵、林木茂密的武夷山脉。绵延的青山，缱绻的绿水，在夕阳的辉映下美如画卷。等到第六中队

林夫像

八十多位同志全部坐着木船和竹筏过河上岸后，利用河岸开阔的地形和接近夜晚的时机，暴动负责人发出响亮的命令："同志们冲啊！"刹那间，同志们迅速四散开来，奋力向武夷山峰谷间奔跑。这就是著名的"赤石暴动"。

林夫强支病弱之躯，勇敢地奔跑着，他涉过一片水田，摔倒了，爬起来继续前进，但体力越发不支，步履艰难，无法快跑。而身后响起密集的枪声，子弹从他的身边和头顶呼啸而过，打在不远处的山石上，发出刺耳的钝响。他再一次摔倒，而且不幸中弹，他在血泊中顽强地向前爬着，他累极了，抬头看了看天，黄昏伊始，天边已现艳丽的彩霞，他仿佛看到一匹骏马嘶鸣着从霞光中向他奔驰而来，他一跃跨到了马背上，挥舞着马鞭，抖动着缰绳，何等地英气逼人。他快马加鞭，驰骋在辽阔的山野间。

五十来名战友冲出了枪林弹雨，成功地钻进了茫茫林海，林夫在昏迷中再次落入敌人的魔爪。等林夫苏醒后，敌人用酷刑审讯，他瞪着仇恨的眼睛，没有吐露一句有关暴动组织的话。6月19日，林夫被枪杀在赤石镇附近的虎山寺旁，一个有着坚定共产主义信念、为崇高理想而奋斗的生命，定格在三十一岁。后来据掩埋林夫的宪兵透露，他牺牲时，左手还紧紧地攥着一张被鲜血染红了的照片：他和鲁迅先生的合影。

[1]李士俊（1924—2021），温州平阳人，1939年3月参加革命工作，杭州日报报业集团（杭州日报社）享受地专级待遇离休干部。

二十六

春天的山野，树木萌绿，花草争艳，一路是诱人的景色。1940年4月的一天，郑伯永打扮成山民，选择山间古道行经仙居，赶赴临海。他接受了新的任命，担任临海县委委员、宣传部部长。

上任不到一个月，郑伯永接到了一个重大任务，营救中共台属特委书记刘清扬。那年5月12日，刘清扬和特委常委、宣传部部长林尧到天台开会，15日晚上返程经过黄岩城关时，遇到滂沱大雨，在一棵大樟树下避雨，被国民党黄岩警察局发现并遭到拘禁。台属特委采取营救措施，通过关系，保释了林尧，但刘清扬被黄岩警察局作为要犯，上了镣铐，关押起来。

郑伯永和时任临海县委书记杨炎宾、中共台属特委组织部部长张贵卿、武装部部长丁学精商定营救计划。经过多方努力，从黄岩警察局内线得知消息：刘清扬于6月7日押往国民党省政府驻地永康方岩，途经临海、天台。

郑伯永秘密考察了解押的路线，在临海、天台县交界处的上横陈村附近，地处偏僻，山高林密，是展开营救行动的好地点。7日那天，刘清扬由一个武装班押送，从黄岩到临海，住了一宿，路途上非常平静。第二天，刘清扬由临海押往天台，只有两名手持警棍的警察，没带枪支。郑伯永打扮成牛贩子，一路跟踪，并安排五名农民（党员）带上一支手枪，一起参与营救。

山道弯弯，林海深深，两名警察押着刘清扬到了天台百步岭

天台古道

头时，太阳已经下山，暮色缓缓罩住通往横陈村的陡峭山道。两名警察又饥又渴，见百步岭头有一间小店铺，就带着刘清扬到店里吃点心。五名农民抄近道赶到上横陈村的路口，伪装成插秧农民在那里等候，郑伯永继续跟踪。

两名警察和刘清扬吃完了点心，又继续上路。郑伯永不远不近地跟着。初夏的夜晚，鸟畜的声音消减下来，虫声却此起彼伏，天空中有几颗星星落下微光，郑伯永那双久经黑夜锻炼的眼睛，紧盯着前面的身影。当两名警察押着刘清扬走近横陈村时，一个拿手枪的农民朝夜空开了一枪，其他党员高喊："快把我们银行老板放回来！"五人一拥而上按住两名警察。两名警察被这突如其来的阵势吓愣了，浑身战栗，跪地求饶，哆哆嗦嗦打开刘清扬的手铐。农民把两名警察训斥了一顿，郑伯永上前拉着刘清扬，与农民一起消失在浓重的夜色中。

一年后，郑伯永担任仙居县委书记兼台属特委武装工作团政治委员，成为温台地下党的主要领导人。时局的发展在一天天恶化，抗战进入最艰苦的时期，国共冲突也到了白热化阶段，郑伯永是国民党当局重金悬赏的缉拿对象。他以鞋店商人为掩护做地下工作，收编改造土匪队伍，收缴国民党民团的枪支弹药，扩大游击队的武装力量。

1942年年初，中共台属特委武工队队长李小金叛变，供出白溪朴头村是郑伯永的老家。国民党军警马上包围了朴头村，进行紧急搜查，没有大的收获，就放火烧了郑家老宅，抓走部分群众，其中有郑伯永的大姐郑银英和二姐郑银妹。在阴森恐怖的乐清县监狱里，特务对郑银英和郑银妹施行折磨神经的战术，威逼她们说出郑伯永的藏身地点，指认哪些人是共产党员，她们以沉默和敌人对峙。特务从现实里得到教训，酷刑、屠杀只能激起更强烈的反抗，见三个多月也问不出什么来，只得释放了她们。

此时，郑伯永已在浙南特委、瑞安县委工作，担任浙南特委宣传科副科长、浙南游击纵队温州前线政治部主任等职，又与胡景瑊共事。他们彼此相知，同舟共济。

郑伯永善于做群众工作，团结群众，发动群众，每到一地，就与当地群众交朋友，培养青年积极分子，发展新党员，建立地下党组织。他家族里有人行医，他记住十几个中药方子，又通过自学，会切脉诊病。山区缺医，群众贫穷，有病痛请不起医生，只能靠草药或找巫医。郑伯永在山区经常给山民看病，望、问、闻、切十分认真，还能医治妇女不孕症。"医生看病不收钱"，这消息一传十，十传百，村里人成群结队找他看病，他索性在村里摆上一张桌子坐诊。这让他的部下洪水平紧张不已，这样是不是违反游击工作的行动原则？暴露了身份怎么办？酿成恶果怎么办？洪水平就向他提意见，他目光里闪动着机智，笑了笑说："没有关系，都是自己人。"奇怪的是，坐诊看病这事搞得声势很大，居然没有出过意外。

对于浙南特委宣传科来说，情报工作是重要工作，然而郑伯永对这项工作似乎漫不经心，很少看见他一家一家地调查、询问。但是，他又长目飞耳，消息灵通，对周边情况了如指掌。这秘密就是他在与群众交朋友时，在与病人不着边际闲扯时，筛选、提取其中有用的信息，分析综合，加以利用。还有，他工作过的地方，都有他的"线人"，帮他收集、传递情报，包括一些小孩子，只是其他人不知道而已。

　　一连串的日子过去了，秋去冬来，在残酷的斗争中，郑伯永也有命悬一线的时候，都是群众救了他。有一次他在瑞安陶山工作时，发高烧病倒了，昏昏沉沉地躺在一户农家门头的竹床上。一个叛徒见他昏睡，打算杀掉他，向国民党邀功请赏。叛徒掏出手枪准备行凶时，被这户农家的女主人看到了，她故意大哭大闹起来，引得隔壁邻居都围了过来，郑伯永也醒了，叛徒趁乱溜走了。

二十七

在 20 世纪文学的地平线上，唐湜、莫洛、赵瑞蕻的出发，几乎是同步的。而革命与文学，又都是他们一生的关键词。是的，革命需要文学，文学倾心革命。

毫无疑问，莫洛是革命队伍中的一位优秀诗人。

莫洛参加新四军后，在行军路上不时萌发创作的欲望，并开始用诗歌进行生命存在意义的探寻，记录生活的真相与真情。一天夜晚，他借宿在一间低矮的草棚里，看到周边的田野在皎洁的月色下显得异常寂静和神秘，眼前的星际和银河也并不遥远，他写下了《月亮照在江南》。一天清早，他的小分队横渡长江支流青弋江，江面上晨雾弥漫，渡船碾碎江畔的薄冰，他写下了《渡青弋江》。某个春日，他在街上遇到一位穿灰布单衣的战士，步枪歪斜在肩胛上，而那乌黑的枪口中插着一束红色的蔷薇，他写下了《枪与蔷薇》。

盐城是敌后根据地，常遭敌机轰炸，到处硝烟弥漫，房子倒塌，废墟片片，严酷的战争气氛笼罩在盐城的上空。

有一天，盐城召开"活动分子大会"，莫洛接到通知参会。会议在一个小礼堂里举行，参会人员近百人。

约在 1940 年 12 月中旬，部队要横渡被日军封锁的运河，莫洛和战友打扮成农民模样，三三两两混在农民中间，从日军拉起的铁丝网和一个个碉堡前经过。莫洛看到运河岸边的农民住泥墙草顶的房子，经常遭到日军的劫掠和毒打；看到日军的军车肆无忌惮地行驶，飘扬着日本红膏药的旗子；看到堤岸上巡逻的日军狞恶地拿着刺刀，或腰间拖着一把罪恶的指挥刀……这一幕幕情景啃啮着莫洛的心，他一路上没有疲惫和寒冷的感觉，只感到难耐的痛苦和愤怒。莫洛随部队在根据地盐城，一直到了草长莺飞的春天，他的耳边依然回荡着运河呜咽的风声，眼前依然翻滚着运河汹涌的水浪。一天，他向新四军供给部要了几本练习簿，斜靠在土坡的草地上写了起来，用了两天时间，写出了六百多行的长诗《渡运河》。

他在长诗前的小引中写道："运河，整日以凄咽的声音，诉述着自己的故事；讲着：她是怎样地，因了一个荒唐帝王的逛乐，而以无数人民的生命和血，诞生了她；并且，那些为此而死的悲苦的鬼魂，每在阴寒的夜晚，怎样地围绕着她号泣……""我不是为了去听取她那些无用的阴暗的怨语，而是由于爱和热情，我燃起青春的火焰，去看她：她怎样艰苦地活着，怎样地在未死的心上，开放出向日葵般的花朵，永远朝向祖国辉耀的太阳。"

《渡运河》是新四军先遣部队第一次渡江行程的记录，是一个战士对自己战斗旅程的感情抒写，是一部对战争中的运河进行全貌描写的小史诗，也是新知识分子一曲单纯而高贵的心灵之歌。莫洛怀着崇高、圣洁的信仰，感从中来，情走笔端，诗句自然而深情地喷发，明朗、简朴、饱满。

莫洛在盐城教师学习班和盐城中学当老师，这段时间，是他诗歌创作的旺盛期。从语言到思想，是一种约束里的奔放，轻唱里的高昂，也有一份罗曼蒂克的风度。他写出了《麦熟时节》《风雨三月》《晨晚二唱》等篇章，写战士们一边生产一边战斗的场景，写农民的儿子进入识字班、劳苦的农妇走在田野上的欢欣，写民族的命运从死亡的边沿被拉回来的决心……这些诗作有象征，有白描，完整而成熟，深刻而动人。

莫洛走上了文学的道路，虽然这道路像革命一样艰难，却也像革命一样让他满腔热情，即使走在低凹的坡谷里也是铿锵的步伐。只是他无论走到哪里，都特别思念还在家乡的新婚妻子，这让他饱尝了离别的痛苦。他在孤灯下写下了《羽书——寄林绵》："插一片纯白的羽毛在信封里，／祝愿它为我平安地飞寄给远方的亲人；／小小的信封里装满我的眷恋和思念，／我怕轻柔的羽毛无力驮负我这沉重的感情；／而且我的感情是燃烧着的呵，／我设想收信人拆开信封的时候，／她将会发现一片烧焦了的羽毛，／信笺上每个字都变成了一朵朵火花。"

二十八

温州襟江带海，海上航运历史悠久，内外辐射快速便捷。1937 年全民族抗战爆发，中国对外贸易几近中断，温州港（包括瑞安港、鳌江港）在此时发挥着沟通沿海各港口的作用，大量货物借助温州港口运往中国战场的大后方。再加上杭州、宁波等地的大量难民举家逃到温州，一时间，温州人满为患。

1940 年 2 月，日军八十余艘大小兵舰开向浙闽沿海一带，闯入瓯江口、飞云江口试测水位，搜捕商船、渔船，封锁港口。4 月 18 日，日机对温州沿海进行轰炸，七八艘日舰驶入飞云江口对瑞安港和沿江商店、民房进行炮火射击，瑞安县城沦陷。1941 年 4 月 18 日夜，日军在瑞安沙园登陆，占领瑞安县城，再乘坐卡车分兵两路进攻温州，只遇到国民党军队的零星抵抗。日军长驱直入温州城区，在积谷山、松台山、海坦山架设大炮，占领了国民党浙江省第八行政督察区专员公署和永嘉县政府，升起了"膏药旗"，温州第一次沦陷。国民党政府官员逃往温州乡下枫林、瞿溪等地，日寇烧毁民房，抢掠财物，奸淫妇女，犯下累累罪行。5 月 3 日，日军从瓯江口、飞云江登舰离去。

山河破碎，国难当头，国民党当局却置国家民族命运于不顾，大肆抓捕共产党人，手段之卑鄙残忍，令人发指。姚平子冒着生命危险从上海回到温州，了解温州抗日救亡和共产党斗争等情况，并带来两件丝绵长袍，准备给胡景瑊和四子胡景燊。可是她一到家里，却得知胡景瑊在西楠溪打游击，生死不明；胡景燊于一年前在枫林的一次村民抗日大会上，被敌人暗杀，年仅十八岁。她痛不欲生，不吃不喝，几天后就病倒了[1]。胡景瑊得知母亲病重，寝食难安，党组织批准他秘密探望母亲。当护送他的舴艋船抵达瓯江码头时，码

胡景瑊母亲姚平子像

头被国民党重兵把守无法靠岸，不得不掉头返回，母子未能相见。那年冬天，雪虐风饕，一代巾帼英雄姚平子病逝，年仅四十四岁。

母亲去世的噩耗令胡景瑊心碎。不久，又传来中共中央闽浙赣三省特派员、中共浙江省委书记刘英被捕的消息。乌云重重，大夜弥天，脸庞上挂着泪珠的胡景瑊真想化作一道闪电，把层层叠叠的黑暗撕出一线光明。

姚平子与她的四个儿子，从左至右：胡景濂、胡景瑊、胡景燊、胡景镠

刘英在温州是家喻户晓的人物，因而国民党当局不惜用一百万元的巨额赏金来通缉他。确实，这些年来，刘英与粟裕在浙闽边境的所有行动，让国民党心惊胆落。刘英所率领的挺进师转战浙闽，身经百战，勇猛无比，锐不可当。国民党浙江省党部机关报《东南日报》有文章写道："浙江素称平安之区，自刘粟窜浙后，匪化已波及全省，以目下形势论，浙江共匪不亚于四川、江西之匪。若当局未能迅速肃清，前途实堪可虑。"当局岂不想"迅速肃清"？成立专门机构、设关置卡、放火烧山、画像缉拿，用十万大军、

八个月时间"围剿"仅几千人的刘粟部队，只是没有效果而已。

1942 年 2 月 8 日傍晚，刘英身穿长衫，头戴礼帽，只身来到温州城区小南门的地下联络点恒丰盐店，参加温州中心县委成立会议。这一带的大街小巷，刘英比较熟悉，他来开会就是从僻静的小巷拐过来的，路上没有可疑迹象。快到恒丰盐店时，他看到店旁的梧桐树下站着中共温岭县委书记陈方汀和中共台属特委武工队队长、曾担任过他的警卫员的李小金。李小金见到刘英，一边喊叫"首长"，一边快步迎上来拦腰抱住他。刘英知道情况有变，李小金和陈方汀已经叛变，将手伸进怀里掏枪，然而那次却没有带枪，他转身欲摆脱李小金，此时，潜伏在四周的几十个身材彪悍的特务蜂拥而上，把刘英扑倒在地，因寡不敌众，他力竭被捕。

刘英被戴上脚镣，关押在温州市中心重兵把守的永嘉看守所。中统局浙江调查室主任刘怡生到永嘉看守所审讯刘英，审讯持续了十多天，刘怡生一无所获，他担心永嘉看守所地处市区，共产党会前来劫狱，不能滞留刘英过久，尽快押到永康方岩。正是隆冬天气，天降大雪，瓯江被风雪所阻不能行船，直到 2 月 20 日，刘怡生与众多特务、叛徒一起把刘英押到轮船上，轮船从温州逆瓯江而上前往丽水。到了丽水江窄水浅，轮船不能航行，刘英被铐上十多斤的镣铐，暂时关押在县党部的会客厅里，两天后被押至方岩岩下街的程洪昌旅社，这是国民党浙江省警察大队和特务大队的驻地。

刘英遭受严刑拷打，遍体鳞伤，坚贞不屈。5 月 17 日夜，刘怡生收到发自重庆密电："饬速处决刘英。"18 日清晨，笼罩在晨曦里的方岩马头山麓的程氏宗祠后山响起了枪声，罪恶的子弹射进刘英的胸膛，三十七岁的他仰面倒在怒放的杜鹃花花丛中。他看到花瓣上挂着晶莹透亮的露珠，深深地吸了一口气，一股清新的芳香沁人心脾，这是大地的味道，也是生命的味道。

与刘英一同被枪杀的还有中共衢州特委书记张贵卿[2]，他也因被叛徒出卖，在龙游会泽里村被捕。在刘英被杀害的同一个月，儿子刘锡荣出生[3]。

刘英、丁魁梅夫妇

中共浙江省委被国民党特务严重破坏。1942年3月，中共浙南特委做出组织调整决定，将西楠溪从永嘉县独立出来，成立瓯北县委，任命胡景瑊为县委书记。胡景瑊上任后，成立武工队，锄奸肃反，开辟新区。但国共合作形势一步步恶化，1943年10月，国民党在枫林成立"督剿处"，对西楠溪地区进行"清乡"，计划消灭和驱逐革命力量，镇压和摧残亲共群众。一些群众背着草席棉被和粮食，躲进深山，在阴湿的山洞和茂密的林间安身。

瓯北县委和地方支部以及武工队的同志们白天隐蔽，晚上活动。每次行动，事先都要经过周密的研究和部署。夜深时分，他们外出时有时走大路，有时走小路，有时走弯路，有时向没有路的山上爬，然后再转到路上去，穿过敌人的封锁线时加倍小心。他们涉水过溪、爬山越岭，遇到漆黑如墨的夜晚，摔跤便是常事，甚至滚下陡峭的山崖。他们最喜欢有月亮、有星星的夜晚，当明月高挂或群星璀璨之时，清淡的辉光静静洒在山梁沟壑之上，他们就可以加快脚步了。胡景瑊行走在千回百转的山间小路上，山风拨弄草木，鸟虫悦耳地鸣唱，他的周身被如水的月光润泽，脚步轻快而坚定，长夜未眠也不觉劳累。

胡景瑊与同志们还要趁着浓重的夜色到村到户做群众工作，家家闭门，户户熄灯，有人走动或低声叫门都会引起狗吠，办法是先准备好饭团，见到狗就丢给饭团，狗吃上饭团就不叫了。他们进入群众家里时，走后门不走前门，进屋先遮好门缝和窗口，然后再点灯。就这样，经过多年的奋斗，他们在西楠溪建立了一批固定据点，屿北、蓬溪、岭头、下家岙、罗家寮……一个个山清水秀的小村庄，都成了瓯北县委武装根据地和浙南游击根据地。

[1]姚平子生有四子。长子胡景瑊；次子胡景镠在抗战初期战乱中失踪；三子胡景濂解放战争时期参加革命，是我空军最早的飞行员、教练员之一；四子胡景桑，又名胡景琛，1938年加入中国共产党，1940年牺牲。

[2]张贵卿（1908—1942），原名高一飞，北京顺义杨谷庄沟东村人，曾任中共浙东临时特委书记等职。

[3]刘英有两个孩子，女儿刘晓英就读于哈尔滨军事工程学院，后来晋升少将军衔；儿子刘锡荣浙江农业大学蚕桑园艺系蚕桑专业毕业，曾任温州市市长、市委书记，中纪委副书记等职。

二十九

1941 年 7 月，莫洛得到上级批准，利用暑假去温州带妻子来盐城。他冒着夏阳酷暑，时而步行，时而坐车，时而乘船，昼行夜宿，经过南通、上海、杭州、丽水，有时为了躲避敌军需要绕道，千辛万苦辗转到达温州。家里人见到他又惊又喜，莫洛的姐姐做了一桌好菜为他接风洗尘。莫洛、林绵自然有说不完的别后相思。

可是，温州的安全局势非常严峻，国民党的反共高潮达到了顶点，白色恐怖已成常态，日寇的铁蹄在温州肆意践踏，浙南共产党被迫从城市转入农村，进行游击作战。

莫洛一时找不到党组织，也联系不到胡景城，只得隐蔽到温州城郊。在东躲西藏间，他经常听到尖厉的枪声和轰隆的炮声，看到日军飞机划过天空投下的炸弹和被火光映得通红的夜空。林绵在朔门盐仓的娘家老屋，也被炸毁了，万幸的是，林绵娘家人都不在老屋里。

家里没有钱，莫洛这一路走来也把路费用光了，眼看就要揭不开锅，怎么办？他想不出办法。林绵的母亲见状，费尽脑筋借钱买米，让一家人喝粥度日，维持生活，老人家的帮助，把莫洛的忧情愁绪冲淡了些许。

国民党疯狂逮捕共产党员和进步人士，为了安全，莫洛还得不断变换住处，在夜里才能行动。无论是如水的月光，呱呱的蛙鸣，还是漆黑的夜色，遥远的枪声，都带给莫洛一种不祥的感觉，却又寻不到前行的途径。在痛苦的折磨中，他只有拿起手中的笔，依靠文学，把自己点燃，而后传递给别人，照亮更多生命的希望。写作没有稿纸，就写在能找到的小纸片上；买不起蓝墨水，林绵买了一种很便宜的紫色颜料，冲上水，让莫洛用钢笔尖蘸着写。他文思敏捷，下笔成章，就在这样的环境中创作了大量散文诗，如《播种者》《取火者》《梦的摇篮》等，这些作品不敢投给温州的报刊，就让林绵偷偷寄给丽水、永康、上饶等地的报纸副刊发表。为不暴露身份，他不停地更换笔名，有马百里、马而华、卜曼尔、夏夜萤、朱漫秋、树榛、韦弦、雨华、万芒、朱郊、杜蒙、陶照、林荧、林渡、衣凡、M.林等，但用得最多的还是"莫洛"。

1942年7月11日至8月15日，温州第二次沦陷，温州城被日军占据一个多月。日军企图进一步占领浙赣铁路，发动浙赣战役。这段时间，惴惴不安的莫洛与林绵、岳母等几人躲在乡下娄桥一户农家二楼的一个小房间里。当时林绵已经怀孕了。

这户农家临河，时有小木船从门前经过。有一天，几个头上盖毛巾的日本兵划着一只舢板船经过这里时，居然把船停靠在门前，上来两个扛枪的日本兵，耀武扬威地站在门前的河埠头，一个手里拿着地图，一个东张西望，指指点点。莫洛赶紧戴上一顶箬笠，装作不识字的农民，站在门口观察日本兵的举动，同时故作好奇地看看那张地图，只见地图上画着屋前的小河、小河上的石桥和附近各处小村落，详细极了。日本兵瞧都没有瞧他一眼，一会儿划船走了。

1943年10月，永嘉县委书记范亦宸、组织部部长夏巨

抗战时期，日军先后三次侵占温州。照片为日本随军记者在1942年7月11日至8月15日第二次侵占温州时所拍摄

112

珍先后被捕，叛变投敌，永嘉县委和下属党组织遭到灭顶之灾。叛徒对西楠溪党组织分布和瓯北县委干部情况都很熟悉，国民党以叛徒为耳目，加大对西楠溪地区的"反共清乡"，不少党组织被破坏，党员被抓捕杀害，浙南特委江北办事处主任吴毓、中共瓯北县委组织部部长徐顺圣也不幸牺牲，瓯北县委与浙南特委中断了联系，革命形势跌到低谷。在腥风血雨中，胡景瑊想方设法联系上中共浙东区委，将暴露身份的近一百名党员转移到浙东抗日游击根据地。

1943年1月，除夕的前几天，莫洛与家人回家过年。那天深夜，四五个手持短枪的特务在叛徒的指引下，闯进了莫洛的家里。莫洛与林绵刚刚熄灭了灯火躺下睡觉。特务用强光手电筒照来照去，高声喊道："快点起来。" 莫洛起来了，孩子惊哭了，林绵抱着孩子很是紧张。特务在房间里搜寻查看所有的文稿、信札、书报、照片等，把他们自认为重要的拣出来打成捆，提着，押着莫洛要走。

林绵本来也要一起被带走的，其中一个特务见她抱着大哭的孩子，就说："女人就留下吧，有孩子吃奶，带进牢里很麻烦。"但要林绵写下"保结"（担保身份、行为清白的文书）。这时，家里人都来了。家里有人替林绵写下了"保结"，林绵按了指印，留了下来。她无法相信眼前的一切是真的。襁褓里的孩子已经不哭了，瞪大一双眼睛看着自己的父亲和母亲。

莫洛的姐姐问特务要把莫洛押到哪里去。特务说是警察局，姐姐就要和莫洛一同去。于是，莫洛在姐姐的陪同下，走过鹅肠一样的街巷，向警察局的方向走去。冬夜是彻底的寒冷，而莫洛感觉不到寒冷，他内心涌动着憎恶与仇恨。

警察局门卫把莫洛的姐姐挡在门外。莫洛被押进了警察局，经过简单的审问，便被投进阴森狭小、臭气浓烈的牢房。牢房里已有不少人，都是被抓过来不久的"政治犯"。

出卖莫洛的，是夏巨珍。这个叛徒，莫洛真是太熟悉了。从小学、初中到高中，莫洛与夏巨珍都是同班同学，又一起参加学生爱国救亡运动，一起流亡到上海，一起参加并领导战青团。在莫洛的印象中，夏巨珍积极进步，他在地下党县委会工作时，还鼓励莫洛去皖南参加新四军。没有想到的是，他竟然是软骨头，被捕后变节投敌，为"立功"、捞资本，设计种种圈套，诱捕他所掌握的每位党员和进步人士，给党和革命带来巨大的损失。

　　三个月后，莫洛在亲友的营救下被释放了。此时，枫杨树已经绽芽了，阳光晒在身上不燥不热。春天，还是挡不住地来临了。

三十

在西安，唐湜贫病交加，他依然咳嗽不止，高烧不退，还伴有胸痛。在兵荒马乱、危机四伏的异地他乡，他思念南方海滨的家乡和家乡的亲人。一个明月高照的夜晚，对家乡的思绪如潮水般一股股涌起，他提笔写下了诗歌《海之恋歌》，壮志未酬，瞻念前途，他难掩心中的悲凉，泪水也悄然而落。

客死他乡，还不如先回家治病疗养，恢复健康，等熬过被死神笼罩的季节，再做其他打算不迟。1943 年 3 月，天气稍有转暖，唐湜便坐船穿行在多雾的嘉陵江上，有时云开雾散，古老的村落、广阔的原野、婆娑的竹林，一一收入眼底。

唐湜回到久别的温州，回到熟悉的家园，在亲人的照顾下，居家治疗，卧床养病，但他也不闲着，在病床上阅读了艾青、何其芳的作品，写出了诗歌《海上》、散文诗《山道》等，他还创作了一批历史题材的小品，如《渔父》《卜居》，借屈原之口，宣泄了自己对现实的不满和悲愤的情绪。

苦难，往往也是一个大熔炉，能冶炼人的意志，提升人的境界。唐湜遭逢苦难后，懂得宏图远志的实现、瑰丽梦想的成真，不是一帆风顺的。1943 年秋天，唐湜的肺病基本治愈，体力得到恢复，他听取在浙江大学任教的二舅王季思的建议，进入龙泉山中的浙江大学分校，研读西方文学。这个选择，成了他一生中最重要的转折点，无论是对于心灵的塑造，还是生命的意义，以及

浙江大学龙泉分校

后来他的人生历程、文学创作，都是至关重要的转折点。

浙江大学分校设在龙泉坊下，坊下是僻静的山村，很少受敌机干扰，浙大师生习惯称它作"芳野"。王季思与同事夏承焘、任铭善、徐声越等住在一座用毛竹、树皮搭建的教工宿舍里，四边是茂密的松林，风雨来临时便松涛阵阵，大家给这座竹楼取名"风雨龙吟楼"。

1943年暮春，莫洛应时任《东南日报》社长严北溟的邀请，奔赴丽水碧湖担任《东南日报》文艺副刊编辑，兼资料室主任。严北溟是湖南湘潭人，中国哲学史专家，进步人士，莫洛是《东南日报》的重要撰稿人，得到他的赏识。

抗日战争时期，杭州沦陷后，浙江省政府迁至丽水松阳、云和、景宁、龙泉等地，丽水地区成为浙江抗战的大后方和政治、经济、文化中心。随着省政府迁移，《东南日报》社也迁往丽水碧湖、龙泉等地。

1941年开始，莫洛更加热衷于文学，也渐渐疏远自己擅长的诗歌写作而转向散文诗写作，一直到20世纪80年代，他的创作仍然以散文诗为主体。是什么原因促成了他的这一改变？用他自己的话，是因为"感觉到我写散文诗似乎更顺手，也较适合表达自己的思想感情"。这种变化，与他艰辛曲折、饱尝社会动荡之苦的经历有着直接的关系，使他更加沉浸于思考。通过大沉思、大拷问，获得大提升，他的思想进入一个新的阔大与高远的境界。在《播种者》中，他写布谷鸟的畅鸣，写播种者"仰起头，咬咬牙齿，坚决地，用沾着泥的双手，撕开自己的胸膛，捧出一颗血红的、热腾腾的心，放进土穴里"。在《取火者》中，他写油灯的黄晕，写取火者"热情地伸过手来，我也毫不迟疑地把手递了出去。两只手握住了，我感到有一注强烈的电流灌到我的身上来"。在《梦的摇篮》中，他写天使的欢笑，写梦中的自己"试着拍击翅膀——果然，我飞起来了。啊哈！我飞得非常兴奋，忘记了疲倦，不息地飞，飞，飞……"莫洛从《渡运河》斗士般的高吟，到《梦的摇篮》，以及后来的《爱的种子》(1943年)、《生命树》(1945年)、《大爱者的祝福》(1947年)，便是新人类爱的低唱，他用温热的手掌抚摸着眼前的叶片与花蕾，也用温情的眼睛凝视掠过的鸟雀和飞虫，万象都在他深沉又明快的笔下充满情感，蕴含哲理。

莫洛在《东南日报》负责副刊"江风"和"文艺新村"的编辑，报社也搬到了龙泉。人海茫茫，风流云散，而唐湜和莫洛能在异地的偏远山区相聚，真是有缘。莫洛向唐湜约稿，唐湜的许多诗歌、散文，以及一些历史题材的小品文，经莫洛之手编发在"江风"上。

莫洛也向金江约稿。金江已在温州中学高中部读书，他寄来一些诗作，莫洛也很快编发在"江风"上。

莫洛在龙泉工作时，林绵在身边，长子已牙牙学语，于是在报社附近租用了十几平方米的农民小屋，布置了一个温馨的小家。这间小屋靠近一片松树林，也紧邻浙江大学龙泉分校。唐湜和浙大几个志趣相投的同学一起，常常到莫洛的小家聚会聊天，也来感受这个小家提供的友情与温暖。莫洛夫妇向来好客，总把家里能吃的东西拿出来，还煮了一锅大米粥，招待大家。

龙泉依瓯江而立，山清水秀，是浙江入江西、福建的主要通道，素有"瓯婺八闽通衢""驿马要道，商旅咽喉"之称，当时水路交通兴旺，瓯江水运船只有四千多艘。唐湜和同学们在莫洛家里聊完了话题，又饱餐一顿后，就去江岸边散步，清澈的江水中倒映着两岸的青山，远处的船帆星星点点，富有诗情画意。他们在月色清莹中返回学校。

1944 年 9 月 9 日，温州第三次沦陷，日军在乐清修筑飞机场、公路、电台、弹药库等，司令部设在乐清磐石，做久占之计，保障其在太平洋和南洋各战场的供应线，直到 1945 年 6 月 26 日日军全部撤出乐清，经台州、宁波转至上海。这次温州沦陷时间最长，日军侵略期间烧杀、奸淫、掳掠，无恶不作，罪行累累，罄竹难书。

瓯江南北，战云密布，胡景瑊发起建立民兵组织，既要对抗日军，又要对付国民党。民兵一手拿锄、一手拿枪，一面生产、一面战斗，敌弱我强就打仗，敌强我弱就往山上跑。民兵出没在山野密林中，忽来忽去，东一枪、西一枪，有力地打击了敌军的嚣张气焰。郑伯永在飞云江等地冒着敌人的炮火，与阵地官兵同筑防御工事。

屿北是瓯北县委的主要驻地，1945 年 3 月，国民党警备队带着反共地头蛇攻打屿北，胡景瑊带领屿北民兵，用火枪、锄头，击退顽军的进攻，民兵乘胜追击，缴获了敌人二十多条枪和其他军用物资，史称"屿北武装起义"。在此基础上，乐清、瓯北两县抗日游击队合编为永乐抗日游击自卫总队，顽强抗击日本侵略军，胡景瑊为政治委员。

莫洛给胡景瑊许多帮助，他借助在《东南日报》当编辑和资料室主任的便利，收集各地报刊，掌握各种信息，通过多方关系，把重要信息传递给胡景瑊，同时，他还拿出一半薪水，资助浙南游击纵队。

三十一

在龙泉山中的两年，热血青年唐湜已经多了几分冷静与成熟，在看待问题上有了自己的理念，他毅然决定"学剑不成先学书"，集中精力从事文学创作。虽然选择的道路不同，但只要永葆革命斗志，始终坚持共产党的政治本色，到达的彼岸是相同的。战时的苍穹浓烟滚滚，人民饱受战争之苦，无数仁人志士为了国家独立、民族解放而血染旗帜，牺牲一切，其情其势在呼唤战斗的文学和文学的繁荣。但唐湜敏锐地觉察到当时的浙江文坛已没有以前的蓬勃气象，曾云集在战时省会金华的革命作家邵荃麟、聂绀弩、骆宾基等早已离开，去了内地，进步的文学寂寥了许多。

唐湜在大学里大量阅读异国诗人的诗行，莎士比亚、雪莱、济慈的诗句像云雀鸣啭、夜莺轻啼，最让他着迷。浪漫主义的激情引起唐湜意气风发的遐想，1944 年春天，他开始了长诗《森林的太阳与月亮》的抒写，第一部写了两千多行，描写了一个罗曼蒂克的天真寓言，在《青年日报》"语林"副刊上整版整版地发表。唐湜很快迎来创作的成熟期，写出散文《红泥路》《送春行》《江上吟》等，陆续发表在东南地区的报刊。他的散文也诗意葱茏，在读者中产生很好的反响。

浙江大学毕业时的唐湜

他以出众的才华，在文坛崭露头角。唐湜还为延安一些作家的作品撰写评论，却被国民党新闻检查官没收。在抗战时期写作进步、优秀的文学作品，要逾越的同样是耸立于世路上的重重险阻，而他总为救亡图存疾呼，为针砭浊世严词。诗化的言语富有战斗性，永远向着阳光。

唐湜在大学里有两位英语老师，一位是英国人，他很喜欢唐湜，说唐湜英语水平提高快，翻译的语句生动有灵光，给唐湜的作业、考试都打高分。他教育唐湜学习英文无须一板一眼，文学翻译更要别具一格，既不同于原文，又不同于普通翻译，如铜、锡两种金属混合，成为既硬又韧的青铜合金。唐湜在英语老师的指导下一点一滴地领悟，在古今中外的文学世界里捕捉语言的高妙和思想的深邃，追求一种诗性丰盈的表达。另一位从牛津大学留学回来的英语老师，强调规则和习惯，并不喜欢唐湜，也没有给他高分数。师生艰苦地生活在龙泉山中，过着半饥半饱的日子，而外国老师在学校有特殊待遇，每天供应鸡蛋、牛奶、火腿、牛肉，英语老师常把唐湜叫过去一起分享。

舅舅王季思对唐湜非常关心，学业上给予指导，生活上悉心照顾。王季思与人为善、热心诚恳，对待工作一丝不苟、事必躬亲，对待学生宽厚仁爱、关怀备至，他收藏的图书、资料，随便让学生翻

唐湜（后排左一）与二舅王季思（后排左二）等在一起

120

检，多年积累的卡片、笔记也提供给学生。遇到什么开心事，就请唐湜和自己的学生吃点好吃的，学生都亲切地叫他"王老虎先生"。

这个绰号是有来历的。有一次，爱好体育的王季思在操场上踢足球踢累了，回到"风雨龙吟楼"自己的房间里，趴在桌子上小憩，此时正好有斜阳映照进来，把他的身影投射在板壁上。同住一室的夏承焘见状，拿粉笔把他的影子轮廓勾勒下来，结果像一只老虎，夏承焘又在板壁上加了"睡虎图"三字。由于王季思平时不苟言笑，举止严肃认真，好与人争执论理，"王老虎"的绰号就在同学中传开了。

1945年春天，唐湜认识了瑞安姑娘陈爱秋，并建立了恋爱关系。唐湜和陈爱秋的相识相恋，得益于唐湜的同学、陈爱秋的表哥马锡鉴牵线搭桥。马锡鉴受陈爱秋的父母之托，给二十出头的表妹陈爱秋找一门好亲事，马锡鉴想到比自己小一岁的同学唐湜，品貌非凡，有逸群之才，可谓最佳人选，他找唐湜商量，唐湜愿意见见他的表妹。

一个晴朗的日子，唐湜在马锡鉴的陪同下来到位于瑞安林垟的陈宅，与陈爱秋相见。陈爱秋秀外而慧中，亭亭玉立，双眸透着灵性，给唐湜很好的印象。唐湜问了她的学业情况，她刚刚中学毕业，准备就读瑞安县立简易师范学校（后改名瑞安师范学校），对未来前途充满憧憬。而唐湜仪表堂堂，彬彬有礼，举手投足中有一股清新之气，就读于浙江大学外文系，有大量诗作发表，已是小有名气的新派诗人，这让陈爱秋产生了爱慕之情。陈爱秋的父母也看重唐湜，了解了他家族的基本情况，知道其家族在温州也小有名气。唐湜读书用功，为人诚实，很得长辈宠爱。

陈爱秋比唐湜小四岁，五兄妹中排行最小，是父母的掌上明珠，从小受到良好的教育。她的父辈是飞云江南岸林垟镇商人，在当地办有石油公司，还是美孚石油公司在温州的代理商之一，生意做得大，名声很响亮。林垟是典型的江南水乡，一个商贸集镇，民国初期形成一条商业街，因两侧店铺屋檐相对，巧留一线天际，俗称"一字街"。可是有一年，"一字街"发生火灾，殃及石油公司，引发爆炸，损失惨重，陈爱秋父亲改行，经营一家百货公司。

唐、陈两家可算门当户对，唐湜和陈爱秋初次见面，也埋下了爱情的种子，而后又见过几次，彼此的心更近了，性格、情趣和理想也都相投。不过，陈爱秋的父母有些担心，对马锡鉴说："唐湜在持家理财上可能会糊涂，唐家有多少田地他都不清楚；爱秋在这一方面也不上心，以后那些田地谁去打理？"马锡鉴说："唐湜博学多才，文笔极佳，年纪轻轻就进入文坛，以后还要靠这些田地吃饭？"陈爱秋的父母一听，也觉得在理。

三十二

风吹着颤抖的调子，清晨，鸟儿在阳光中醒来，十八岁的金江带着一群比他小不了几岁的学生，走在铺满露水的山野中，走在一片新绿里，撷采朵朵诗和童话的鲜花。此时，金江已在温州永临小学教书，他和学生愉快地生活在一起，把书里看来的寓言和童话故事讲给学生听，引起了学生极大的兴趣。

抗战还在继续，每晚，金江和学生都要拨动收音机的螺旋，调整波长，收听广播电台的新闻，收听中国军队歼灭了多少敌人、把日军打退到什么地方等消息，大家倍感鼓舞。1945年8月15日，他们收听到日本宣布无条件投降的消息。这是真的吗？收音机里的消息那么清晰，带着遥远的，又是眼前的，巨大的强力扑面而来。大家激情沸腾，拉着手跳跃，欢呼，高喊"胜利了""鬼子投降了"，欣喜若狂。

日本天皇宣布无条件投降，"膏药旗"在中国大地纷纷倒下，抗日战争胜利了。

十四年抗战，中国人民饱受屈辱，备尝苦难，胜利喜讯传来，温州城里彻夜灯火通明，

版画《冒着敌人的炮火前进》，野夫作

123

欢声笑语震天动地，街上男女老少，兴奋得手舞足蹈，也有人跳着笑着就哭了。喧天的锣鼓声中，不认识的人也拉起手来跳舞，从城区到农村，到处语笑喧阗。

抗战胜利后，莫洛和家人随东南日报社迁往"人间天堂"杭州，他收入微薄，但省吃俭用，依然给胡景瑊和浙南游击纵队资金上的帮助。一年后，东南日报社被国民党接管改组，莫洛因政治身份遭到解聘，他把拿到的遣散费全部交给浙南游击纵队，一家人的生活陷于困顿之中，又到了靠借债"举家食粥"的地步。在这种境遇中，莫洛创作了《叶丽雅》和《黎纳蒙》两组散文诗，发表后深受读者和文学界好评。叶丽雅是一个聪明、天真、阳光、怀抱理想的少女，黎纳蒙是一个青春、沉郁、彷徨，善于思考的知识分子；叶丽雅有丰满的生命旅程，采撷着生命的花束，黎纳蒙在黑夜里接受痛苦，在白昼中接受幸福。作者把叶丽雅作为自己理想的化身，用光芒去照耀别人，又通过与黎纳蒙的对话，来表达内心的真实情感。

1946年春天，金江来到了杭州，这是他第一次来杭州，一切都让他感到新鲜。他饱览了杭州的山容水貌，花情柳意，陶醉于西湖的平透开阔，温柔娴静。他在杭州留下镇一家私塾里教了两个月的书，经学长莫洛的介绍，结识了诗人圣野。圣野是东阳人，比金江大一岁，在浙江大学师范学院英语系学习，他喜爱诗歌，尤其喜爱儿童诗，课余兼做综合报纸《天行报》"原野诗辑"的编辑，他曾向金江约稿。

金江又去了宁波，通过朋友介绍，在镇海中学任语文教师。他收拾心情，把精力倾注在诗歌上，阅读了大量的现代诗作，着迷在那些或纯粹或抽象或深刻或晦涩的诗句里，他夜以继日地在方格稿纸上写着长长短短的诗行，在诗里抒发着内心的澎湃、奋斗的豪情。他的诗歌陆续发表在《天行报》《前线日报》和臧克家领衔发起创办的《诗创造》上。莫洛在《浙江日报》编文艺副刊"江风"，也约到金江的许多诗作，都很快编发。

有一次，金江午夜醒来，清朗的月光穿过窗户映照在他的脸上，他突然灵感来临，匆匆点灯拿纸笔写下了《遥远的爱》："我每夜做梦，／梦见春天，／梦见太阳，／梦见新的祖国，／梦见自由的人民……／我梦着，／我想着，／我的脚步向着遥远走去。"这首诗，发表在《浙瓯日报》副刊"展望"上。

三十三

瓜熟蒂落,谈婚论嫁,1946年阳春三月,红情绿意,草长莺飞,唐湜、陈爱秋两家张灯结彩,喜气洋洋,唐湜和陈爱秋喜结连理。婚礼在温州东城举办,既热闹又简单,嫁妆非常丰厚,有大量的绸缎、布匹和各种绒线等。亲朋好友出席了婚宴,在上海读书的大妹唐金金也特地赶来参加哥哥的婚宴;唐湜的小妹唐小玉活泼又可爱,白净的瓜子脸,一双水灵灵的大眼睛,她好像特兴奋,在婚礼现场跑进跑出,又唱歌又跳舞[1]。新郎穿着盛装,越发飘洒俊逸,新娘略施粉黛,尽显纯真之美。那一年,唐湜二十六岁,陈爱秋二十二岁。这一对新人在温州老城区大同巷安了家,虽是租用的房子,但布置得温馨,两人心里装满了爱的欢乐。

那年初夏,唐湜告别妻子,去浙大继续学业,后又去上海暨南大学借读。在上海,唐湜意外地遇见好友赵安东,他在上海一个规模很大的印染厂当技师兼染色科长,而他的父亲赵伯辛却已去世多年。原来,宁波沦陷后,赵伯辛一家逃避到天台,赵安东参加了革命,担任中共天台县委书记,后来暴露了身份,遭到国民党特工的追捕,他在生死之间逃亡上海,一家人也就都到了上海。赵伯辛在上海觉得

唐湜与陈爱秋

126

苦闷，整天借酒消愁，忧郁而终。赵安东到一个印染厂当了学徒。

唐湜每天放学，就到赵安东那儿混饭吃，也在那儿写文章，投给上海的有关报刊，在当时很有影响的文艺刊物如《文艺复兴》《希望》等陆续发表一些诗歌、散文和评论，这就开始了他在上海的文学活动。由于投稿，唐湜认识了胡风、臧克家、李健吾等。次年，唐湜又回浙大读书。

1946年夏天，林斤澜从国立社会教育学院毕业，他思考以后的路该怎么走。他来到了嘉陵江边，柔和的水流从他身边潺潺而过。人生就像一条江河，有源头，有堤岸，也有水流的方向，漂泊在外的游子，故乡和亲人就是他的方向，一股乡愁涌上了林斤澜的心头。他坐上嘉陵江的宽头帆船，出了重庆，经湖北、江西，回到了温州。

可是，在百里坊的老家宅院里，林斤澜却不见他思念的家人。一打听，原来自温州第二次沦陷，父亲就带着家小一直避难在乡下。林斤澜到乡下找到了家人，才知道父亲在乡下的最主要原因是国民党一直要利用他，要给他任职，他痛恨国民党的腐败，坚决不从，所以到了抗战胜利后，也没有回城里来。

林斤澜又去找那位经常出现在他梦里的女同学谷叶，她在联立中学教务处工作。人生辗转，心有不舍，今又相见，一如既往，久别重逢的爱情，有什么理由不去珍惜呢？那年冬天，他们就结了婚[2]，两人同庚，都二十二岁。后来林斤澜在《一事能狂即少年》一文中写道："我一生只做一件事，写短篇，一生也只有这一个女人。"

1946年夏天，林斤澜得知脱离日本殖民统治、光复不久的台湾，物资缺乏，

20世纪40年代的林斤澜

人心动荡，百业萧条，便只身离开温州，从上海坐轮船去了台湾。

台湾被日本统治了50年，刚刚回到祖国怀抱，还到处是日语、日文、日本建筑、日本礼节，大街上是木屐咯啦咯啦的声音，晚上睡着榻榻米。台湾物产富饶，自然风光迷人，真是一个宝岛。林斤澜写信给谷叶，要她也到台湾来。谷叶同意了，就到了台湾，她有音乐方面的特长，在台中中学当音乐教师。林斤澜在国立彰化职工职业学校教书，暗地里与当地民众一起反对国民党统治的专制独裁。

1947年，金江的第一本诗集《生命的画册》由文风出版社出版。那一年，爱情降临到金江身上，他认识了长相漂亮、气质脱俗，比金江小七岁的舟山姑娘沙黎影。在沙黎影眼中，金江才华横溢，待人热忱，是个可靠的青年。

[1]唐湜的大妹唐金金，20世纪40年代在上海交通大学读书时成绩优异，思想进步，是学生会负责人之一。1947年，为反对国民党反动统治，唐金金组织上海交大的同学参加"五四"纪念活动和"反饥饿、反内战、反迫害"大游行。她积极要求加入中国共产党，但党内领导考虑到当时上海的白色恐怖，建议她暂时不要入党，完全以学生身份参与革命活动有利于保护自己。1948年，唐金金与同在上海的表妹王天蓝（王季思大女儿）乘坐四舅王国桐（王季思的弟弟）的商船，从上海至天津再抵达北京，就读于中国共产党领导下的干部学校——华北联合大学，改名王萍，加入共产党。她毕业后，因国家建设的需要到东北地区从事电力工程工作，成为新中国的一名电业管理干部。唐湜的小妹唐小玉，天生丽质，在新中国成立后参加中国人民志愿军文工团，在朝鲜战场上被敌机投下的炸弹炸伤。她外表甜美，内心刚毅，在部队入党、提干，多次立功受奖。复员后在天津工作。

[2]根据林斤澜的回忆和文章，他是1946年冬天结婚的，而据林斤澜的女儿林布谷所知，父母是20世纪50年代初在北京结婚的。本文参照林斤澜的回忆和文章。

三十四

　　清晨，天已经亮了，赵瑞蕻肩背铺盖，手提日常用品和书籍，在重庆松林坡下渡口，乘坐一只狭长的小篷船，沿嘉陵江北上。青绿色的江水起伏不定，浪拍船底发出汩汩的声音。船行一段水路，江水已经碧蓝，两岸江滩的大小石子明净不凡。船遇浅滩和急流，船夫就急用撑篙，有时还跳下船背起纤索，拉船前行，到深潭时则荡桨，小篷船终于到达目的地柏溪。

　　抗战时期，原在南京的国立中央大学辗转迁至重庆，办在松林坡，随着转学而来的学生日益增多，校舍拥挤不堪，中央大学就在重庆郊外的柏溪征得 150 亩土地，创办了分校。校方安排了小篷船，每天来往校本部和分校一次。1942 年冬，赵瑞蕻经西南联大外文系老师柳无忌先生推荐，认识了时任中央大学外文系主任范存忠，在范存忠的安排下，赵瑞蕻到中央大学柏溪分校任教，在外语系教英文。

　　柏溪是一个小山村，依山傍水，竹木挺秀，薄雾如纱，每当朝阳或落日把山村镀成金色，更是美不胜收。这个清

20 世纪 40 年代初的赵瑞蕻

129

寂村庄给赵瑞蕻带来不少创作灵感，除教学外，他写出了不少现代诗，如《阿虹的诗》《金色的橙子》等，发表在月刊《时与潮文艺》。他用散文化的笔调翻译了法国作家司汤达的不朽名著《红与黑》，这是第一个中译本，1944年作为世界古典文学丛书之一，由作家书屋出版，赢得了中国读者的喜爱，在我国新文学翻译史中有着重要的地位。他还翻译了法国作家梅里美的小说《卡门》（一名《嘉尔曼》）、法国诗人兰波的名篇《醉舟》和英美作家的一些作品。

抗战胜利后，赵瑞蕻一家随中央大学迁至南京，从此就定居南京。赵瑞蕻在柏溪的四年里，生活异常清苦，常用红薯充饥，房屋墙壁用灰泥涂抹，冬季采用烤炭取暖，但他的心情始终愉悦，村民的善良纯朴、老师间的彼此信任、与学生建立的深厚友谊，都令他难忘。

赵瑞蕻到南京后，依然兢兢业业地教学和写作，又翻译了司汤达的短篇小说集《爱的毁灭》，由正风出版社出版。但时局依然动荡，人心惶惶，国民党又用80万大军大举进攻解放区，对国统区的民主运动进行疯狂镇压，使南京这座本来舒适安详的城市淹没在嘈杂的喧嚣中。

1946年7月15日，爱国诗人闻一多被国民党暗杀。赵瑞蕻听到消息后，含泪写下诗歌《遥祭》，是满腔怒火的喷射，也寄托了深切的哀思。

1947年5月20日，北京、上海、杭州等地几千名学生聚集在南京，举行"挽救教育危机联合大游行"，学生们高喊"反饥饿、反内战、反迫害"口号，史称五二〇学生运动。赵瑞蕻、杨苡、杨宪益毅然走上街头，为学生签名、捐款。凶悍的国民党军警用水龙冲击、用棍棒毒打游行的学生，爱国学生的鲜血染红了南京街头巷尾。赵瑞蕻、杨苡、杨宪益穿梭在滚滚人流中，抢救和慰问受伤的学生。苍山如海，残阳如血，他们期盼共产党胜利的旗帜卷过长江，插上紫金山的主峰。

三十五

1947 年盛夏，唐湜正在温州家中过暑假，却前后收到臧克家和曹辛之的来信，说要创办诗刊《诗创造》和出版一套《创造诗丛》，约唐湜参加。接到这样的来信，唐湜自然高兴，他便写了诗歌《华盖·古砚教授》和评论《梵乐希论诗》，寄给了曹辛之。《华盖·古砚教授》是两首新诗，《华盖》写一棵大树，《古砚教授》写自己的一位老师；《梵乐希论诗》是关于曹葆华译作《现代诗论》的一篇札记，梵乐希即瓦雷里，法国象征派诗人。

唐湜又在家中整理了一册自己的诗作剪报，寄给臧克家。忙完这两件事情，暑假也就结束了，唐湜返回杭州，继续学业。

那年 10 月初，唐湜去了一趟上海，臧克家领衔发起创办的《诗创造》丛刊已从 7 月份开始出版，每月一期，32 开本，篇幅在 40 页左右，由曹辛之主持具体编辑业务，资金上主要依靠集资和贷款。臧克家主编的《创造诗丛》丛书也出版了，入选了十二位年轻诗人的 12 本

《诗创造》第 2 期《丑角的世界》封面

132

诗集，其中唐湜的诗集以"骚动的城"为名，诗集中的九篇诗作与书名都是臧克家挑选确定的，这是唐湜的第一本诗集，其中有《山谷与海滩》《荒凉的、骚动的城》《沉睡者》等，表达了现代青年的自觉反思。《诗创造》和《创造诗丛》都由星群出版社出版。

上海对于唐湜来说是熟悉的。他觉得上海是一座魔都，绿色的电车伸着集电杆连接电线叮叮当当地行驶在路中央的铁轨上，来来往往，而人力车、自行车、摩托车也在铁轨两侧不停穿梭。"屈臣氏汽水""上海啤酒""老半斋酒楼"等广告牌和招牌字也令人眼花缭乱，霓虹灯悬挂在洋房的高墙上闪闪烁烁，那些酒吧、舞厅、花园，总有西装革履的型男和涂脂抹粉的媚女进进出出。娱乐场所里刮起了一股绵绵糯糯的流行歌曲之风，老上海的韵味在这些歌声中浓得化不开。那时候，上海也有许多贫民区，穷苦人在冷风中瑟瑟发抖，啼饥声、呻吟声、咒骂声，不绝于耳。但上海又得风气之先，西学盛行，充满活力。

有一次，唐湜拿着自己的长诗《森林的太阳与月亮》，与浙江文友张林岚一起到宝山路附近的臧克家寓所，向臧先生讨教，遇到了正在那里的陈敬容与曹辛之，他们从此成了亲密的诗友，有着频繁的往来。

陈敬容与曹辛之同岁，都出生于1917年，比唐湜大三岁。陈敬容是峨眉山下的乐山人，在乐山、成都读书时深受五四新文化思想的影响。她十六岁远离乡园，独自一人来到陌生的北京城寻找她的老师曹葆华，在北京大学和清华大学中文系旁听，自学英、法语言，与何其芳、卞之琳、方敬、辛笛等人相识，

陈敬容像

曹辛之像

受他们影响开始抒写自己对巴山蜀水的依恋，写出了《十月》之类神完气足的短章。而后她辗转兰州、重庆等地，于1946年夏天到了上海。

曹辛之常用笔名杭约赫，他自幼酷爱文学艺术，学生时代便在报刊发表诗文与木刻。为宣传抗日救亡，他在家乡宜兴地下党的领导下，创办文艺刊物《平话》。1938年赴延安，入陕北公学、鲁迅文艺学院美术系学习，之后调入李公朴为团长的抗战建国教学团，赴敌后晋察冀边区工作。1940年奉调重庆，在生活书店做装帧设计工作。1945年出版第一本诗集《撷星草》，不乏对当时现实的讽刺和揭露。抗战胜利后，他复员来到上海，在生活书店负责出版部。

1947年的上海，反动逆流汹涌，局势紧张，时有报刊被当局查封，而文坛却依然活跃。《诗创造》办了几个月，发表了许多反映国统区民众溺浮于水深火热中的生活与斗争、风格清新明快的作品，也发表了不少国外现代派诗歌和强调政治性的诗论，得到作者和读者的广泛拥护，团结了一批革命作家和进步诗人，来稿不断增多。《诗创造》没有明确的主编，各位编委被职务所牵羁，繁杂的编务工作基本上落到曹辛之身上。

唐湜在杭州读书，从10月份开始就几乎每个周末去上海，除了与友人谈诗论文外，就是去西门路弄堂内的曹辛之家，这里兼做星群出版社和《诗创造》编辑部。唐湜协助曹辛之阅稿、校对，还主动与陈敬容一起担负起"翻译专号"和"诗论专号"的编辑。不久，唐祈从重庆来到上海，在一所中学里教书，每天课后也来帮忙。唐湜与陈敬容、唐祈关系很好，曹辛之也很器重他们，形成了《诗创造》编辑部的"四人核心"。

唐祈与唐湜同岁,都是1920年生人。唐祈祖籍苏州,出生在南昌,他读完中学后跟随父母远赴西北边塞之地兰州,在甘肃学院文史系学习。"大漠孤烟直,长河落日圆",边疆的情韵激发了他的诗心,开始创作中国新边塞诗。抗战时期唐祈到了陕南,在西北联大历史系学习,成了大学里的剧社社长、话剧明星。

唐祈像

1942年,唐湜在西安欲赴延安时,看过唐祈主演的《结婚进行曲》。1946年唐祈来到重庆,参加中华剧艺社并创作了不少现实主义诗作。

有一天,曹辛之交给唐湜一份辛笛的《手掌集》的校样,唐湜一读,这是一部采用意象表现手法,又具有中国古典词韵的诗集,不禁读得入迷。唐湜读完后写了一篇六千多字的评论《辛笛的〈手掌集〉》,说作品"圆润而晶莹,和谐而中节",说作者"向未来探索,向希望倾听"。辛笛当时在上海金城银行工作,给《诗创造》在贷款上予以大力支持。唐湜与辛笛偶有见面,畅谈过中外诗歌。

辛笛祖籍淮安,1912年出生于天津,家境丰裕,十岁就开始学英文,读中学时就有诗作和翻译发表。1931年考入清华大学外文系,学习西洋文学,任《清华周刊》文艺编辑。1936年与弟弟辛谷合出诗集

唐湜(左)在辛笛的书房里(1985年)

135

《珠贝集》，其中《航》《冬夜》等已在读者中广为传诵。同年，他留学英国爱丁堡大学，成为诗歌现代派运动领袖艾略特的亲炙弟子，与英国青年诗人史本德、刘易士等时相过从。1939年秋回国后在光华大学、暨南大学任教。1941年到上海。

三十六

    每到周六，唐湜就从杭州来到上海，与陈敬容、唐祈、曹辛之聚在一起，看稿、编稿、校对，曹辛之还要做版面设计。他们也一起去附近素有"上海卢森堡公园"之称的法国公园散步，欣赏法国古典园林的风貌。他们要找一家安静文艺的咖啡店，每人点一杯香气弥漫的摩卡，一边细细品味，一边传看诗稿、漫论诗文，直到黄昏，便来一场"月下诗会"。唐湜不无自嘲地吟咏："雄豪的高论，似箭在弦上，／叫进步的追求、时髦的伤感／相互应和，可多么像诗人／波德莱尔迷人的音乐之林"。

    那些日子里，唐湜的目光被未曾谋面的诗人穆旦、袁可嘉、杜运燮、郑敏的诗风所吸引。他们都曾就读于昆明的西南联大。这所学校里弥漫着浓郁的诗的空气，师生爱读诗，爱谈诗，爱写诗。唐湜从穆旦等人的诗作中看出他们对人生、对艺术严肃的态度，他们用深沉的思考和现代手法去探索和抒写社会与人生。在诗艺和政治观上，他们受到奥地利诗人里尔克和英美诗人奥登等外国诗人的影响，有着抽象的哲理和理性的机智，有着广阔的诗的天地。唐湜觉得自己的诗心与他们是相通的。通过萧珊的牵线搭桥，唐湜、曹辛之等与穆旦、袁可嘉、杜运燮、郑敏取得联系，彼此间有了书信往返，切磋诗艺，互相遥祝，期待未来。

    1947 年隆冬，毕业于西南联大、在上海致远中学教书的汪曾祺给了唐湜一本印刷粗糙的《穆旦诗集》，说："你读读这

唐湜（右）与陈敬容合影（在陈敬容家）

本诗集，给穆旦写一篇诗评吧，诗人是寂寞的，千古如斯。"唐湜按照好友汪曾祺的吩咐，把《穆旦诗集》带回学校一首首地读，一种难得的阔大、丰富和雄健的力量充满心胸，唐湜连忙提笔，洋洋洒洒写下一万多字的《穆旦论》，"他所表现的不是一个虚浮无根的概念，却是他的全人格，新时代的精神风格、虔诚的智者的风度与深沉的思想者的力量。他是一个搏求者，一个以'带电的肉体'去搏求的诗人"。唐湜对这位当时在上海还不大有人提起的"陌生诗人"的高度赞扬，引起了不少同行的惊奇。

　　唐湜正值风华正茂的年纪，为文学的梦想全力以赴，奔波、忙碌于杭州、上海两个城市之间。心头的理想光照、激荡着他的诗情，他写下了不少诗作，还细读了陈敬容的散文集《星雨集》和杜运燮的诗集《诗四十首》，写下了评论《陈敬容的〈星雨集〉》和《杜运燮的〈诗四十首〉》。唐湜写道：陈敬容的散文"那里面男性的气息是怎样无间地融合在女性的风格里"。杜运燮的诗"急速如旋风，有一种重甸甸的力量，又有明朗的内在节奏，像一个有规律的乐谱"。另外，唐湜还写了评论《冯至的〈伍子胥〉》《路翎与他的〈求爱〉》《衣修午德的〈紫罗兰姑娘〉》等，这些评论都交给李健吾发表在他主编的《文艺复兴》上。

　　唐湜还应李健吾之约，为《文艺复兴》的"现代文学专号"

写了《中国新诗与散文的发展道路》《中国新小说的发展道路》两个长篇论文，是中国现代文学史领域的研究。可惜后来两个文稿被撤。

唐湜得知后，把两篇论文交给月刊《春秋》的编辑沈寂，《春秋》杂志发了几个章节，由于沈寂去了香港没有连载下去。到了新中国成立之初，两篇论文才在天津的《进步日报》整版整版地全文连载，这是后话。

三十七

　　清早，上海还在晨雾的笼罩下，弄堂开始苏醒了。唐湜和唐祈已经看完一大沓自然来稿，提出是否录用于《诗创造》的初步意见，到时再交给曹辛之审定。唐湜每到上海，还是住在暨南大学宿舍里，唐祈就从学校过来与他同住。他俩形影不离，被友人戏称为"二唐"。这一天早上，"二唐"看完稿件正在一家早餐店吃大饼、喝热豆浆时，早起的报童叫卖着报纸经过他们身边，唐湜便买了两份报纸。

　　当时的上海是中国的新闻中心，也是世界的新闻重地，有《申报》《新闻报》等大报和诸多小报，报贩、报童麇集。"二唐"在报纸上看到物价上涨、周璇在香港主演爱情片《长相思》、"学生自治会"组织学生上街游行等新闻，也看到一篇署名文章，批评穆旦、袁可嘉、郑敏等的作品，还指出《诗创造》走上市侩主义的道路。这使"二唐"大吃一惊，惶恐起来。此时已是1948年的早春。

　　一周后，唐湜在上海听闻某诗刊编辑部开会讨论怎样与《诗创造》里的那一拨"唯美派"做斗争。与此同时，《诗创造》编委也出现意见分歧，编辑部里的空气十分低沉。前辈诗人李白凤建议领衔发起创办《诗创造》的臧克家"收回"《诗创造》，臧克家听取了李白凤的意见，提出让唐湜、唐祈和陈敬容退出《诗创造》，要求曹辛之转变文艺路线。

辛笛即将踏上开往美国的"克利夫兰"号邮轮，去考察银行储蓄信托业务，他已是金城银行信托部经理。曹辛之、唐湜、陈敬容、唐祈赶忙聚集到辛笛家中，商量以后的路该怎么走。辛笛说："我们另办一个吧。"辛笛为人通达，做事果敢，大家一听都说："好，另办一个。"辛笛留他们在家中吃饭，讨论商定刊名为"中国新诗"，英文刊名为"*Contemporary Poetry*"（《当代诗歌》），经费还是以金城银行贷款为主，曹辛之是主要编辑者，还确定了办刊方针。

这一批年轻的诗人，对诗歌发展的道路进行了新的探索，他们本着一份良知和社会责任担当，把自己的全部精力和热情投入文艺事业之中。曹辛之、唐湜、陈敬容、唐祈开始筹备《中国新诗》的创刊，写信给穆旦、袁可嘉、杜运燮、郑敏等诗友，约稿并征求办刊方案。1948年初夏辛笛回国，即着手大量的创刊事务，并确定曹辛之、辛笛、陈敬容、唐湜、唐祈与方敬为编委，曹辛之为主要编辑者。后来方敬因远在重庆从事教育工作无法参加。6月，《中国新诗》第一集"时间与旗"问世，刊中"代序"《我们呼唤》由唐湜执笔起草，"我们面对着的是一个严肃的时辰……我们是一群从心里热爱这个世界的人，在伟大的历史的光耀里奉献我们渺小的工作"。

同时，《诗创造》组建了新的编辑班子，负责约稿或选稿，办刊风格与之前大不相同，曹辛之负责编务工作。

《中国新诗》第一集、第二集封面

《中国新诗》的开本、每期篇幅、出版时间与《诗创造》相同，也以丛刊的形式出版，发稿以现代诗为主，兼顾翻译和诗论。由于刊物正视现实，追求进步，许多作品反映国统区人民的苦难、斗争和对光明的渴望，容易引起国民党的注意，没有用已被国民党监视的星群出版社出版，而以森林出版社的名义出版，这两个出版社其实是"一套人马两块牌子"，都是曹辛之负责。

曹辛之、唐湜他们在筹划创办《中国新诗》的同时，编辑了一套《森林诗丛》丛书，入选了八位年轻诗人的八本诗集，其中有方敬的《受难者的短曲》、田地的《风景》、辛劳的《捧血者》、杭约赫的《火烧的城》、陈敬容的《交响集》、莫洛的《渡运河》、唐祈的《诗第一册》和唐湜的《英雄的草原》，于1948年5月出版。这是继《创造诗丛》后，星群出版社推出的又一套诗丛。该丛书没有主编，没有统一规范的序跋；因经费困难，为了节约纸张，做成袖珍小型本的三十六开本。曹辛之不仅负责丛书的装帧和出版，还为八本诗集逐一撰写了广告语，其中唐湜《英雄的草原》的广告语是："这是首史诗型的长诗，一个虔诚的理想主义者的寓言。作者具有一份宏大的气息，一份可惊的浪漫蒂克的力量，波澜万丈，使人迷晕又振奋。"

为了每一期《中国新诗》能够顺利出版发行，曹辛之与编委们阅稿、编写、排印、校稿、寄刊物，耐心细致地处理一切日常事务。通货膨胀带来纸张、印刷、排工等费用的上涨，他们还要自掏腰包填补经费上的不足，其中的艰难只有他们自己最清楚。可喜的是，他们的工作得到文坛前辈冯至、李健吾、卞之琳等和中国共产党干部、革命作家冯雪峰、戈宝权、蒋天佐等的热切关怀和鼎力支持，使他们备受鼓舞。

三十八

　　中国是一个诗的国度，诗的历史源远流长，可是到了 20 世纪三四十年代，中国诗歌渐渐落后于世界潮流。《诗创造》和《中国新诗》的出版发行，给上海乃至中国文坛带来了一股新鲜的气息，推出了一批诗歌作者，孕育了中国现代诗的新生代。穆旦、袁可嘉、杜运燮、郑敏的诗作明显受到西方文学的熏染，常有多层次的构思与深层的心理探索，像一幅幅现代主义的意象画，但他们又都酷爱中国历代诗词和史书典籍。而唐湜、曹辛之、辛笛、陈敬容、唐祈则汲取了中华古典文化的乳汁和营养后，较多地接受了现实主义精神和中国艺术传统的风格，形成了他们的文学思想和艺术特征，但在创作上又擅用现代化的表现手法。

　　这九位诗人都生长于家国离乱之际，学成后多有漂泊的经历，怀着强烈的爱国热忱和一颗跳荡的诗心，关心国家命运和人民疾苦，积极而勇敢地参与到新民主主义革命中。他们在严峻的处境中醉心于诗歌创作，诗的风格和对诗的观点是接近的，甚至是一致的。其作品既继承民族诗歌的精髓，又借鉴西方现代诗歌的技法，极力倡导文学作品要个性化地表现现实，展示时代。这九位诗人通过《诗创造》和《中国新诗》这两块园地，特别是《中国新诗》，以诗会友，阅读彼此的作品，相互学习，相互借鉴，共同提高，共谋发展，逐渐形成一个具有鲜明特色的新诗流派，诗歌作品靠近或跟上世界潮流。

这仿佛是来自南方与北方的两股浪涛汇聚在一起，大海也随之变得汹涌澎湃起来。唐湜在浪涛中搏击，一展自己的雄姿。他阅读了更多欧美的现代诗作与诗论，探索如何用作品来表现错综繁复的社会生活，特别是现代人的心理变幻。他先在理论上下功夫，写出两万多字的《严肃的星辰们》，此文先从唐祈与他的《诗第一册》说起，"那么从容、俊逸、风姿英发，不苦涩滞重，也不轻脱油滑"。再来评说莫洛和他的《渡运河》，是"真实的单纯化了的新知识分子的战斗史诗，一曲新人类的高歌"。而《交响集》和它的作者陈敬容，"是一种繁促的哀弦，蜀山碧水间的乱离之音与蜀人的敏感气质"。最后落到杭约赫和他的《火烧的城》，在"光怪陆离的驳杂中有喜剧的统一"。唐湜还写了评论《郑敏静夜里的祈祷》，说郑敏的诗作有"丰盈的思想与生动的意象"，带给他"莫大的喜悦"。此外，唐湜还为《中国新诗》写了《论风格》《诗的新生代》，为《春秋》写了《论意象》《沉思者冯至》，为《大公报·文艺》写了《论意象的凝定》，这些评论融合了中国古典诗论与外国现代诗论的风格，并加以体系化，编成了评论集《意度集》。唐湜又从理论文章到创作实践，诗情迸发，大胆突破，写出了四十多首抒情小诗和两篇长诗，编成诗集《交错集》；创作了《我的欢乐》《遗忘》等诗作，编定诗集《飞扬的歌》。

　　1948 年，唐湜大学毕业。这一年，他在上海结识了巴金，并由巴金、李健吾介绍，加入中华全国文学文艺工作者协会。

　　这一年，唐湜得知季思二舅经老乡、历史学家刘节介绍，从杭州南下广州，到中山大学任教。这一教就是四十一年，可谓是落地生根，无怨无悔。在这漫长的岁月里，王季思随着时代大潮时起时伏，几乎没有停止学术研究的步伐，他发表论文，出版专著，享誉海内外，成为中国古代文学史论和古典戏曲研究的名家。

可是，《中国新诗》遭到来自诗坛的集中抨击，被说成"南北才子才女大会串""野草闲花，烂桃坏杏，蔚为大观""中国新诗的恶流"。唐湜以《论〈中国新诗〉——给我们的友人与我们自己》、袁可嘉以《诗的新方向》等文章，正面阐释了《中国新诗》出现的背景、特点、意义和编辑的追求，予以回应。

时局变得异常紧张，白色恐怖笼罩着上海。国民党特务嗅出《诗创造》《中国新诗》的进步性和革命性，对臧克家、曹辛之实行跟踪。1948年11月，曹辛之的家被反动派查抄，星群（森林）出版社和《诗创造》《中国新诗》编辑部也被查封。幸好曹辛之不在家，逃过被捕的劫难。唐湜那时在江苏昆山教书，照例周末回上海编刊物。那天下午，唐湜走到西门路弄堂口，被一位等在那里的出版社学徒拦住，告诉他有特务在守候。唐湜转身快步离开，躲过了特务在出版社内张开的罗网。

臧克家、曹辛之过了几天躲躲藏藏的日子后，不得不仓促出走上海，逃亡到香港。《诗创造》和《中国新诗》没有来得及向读者告别，便夭折了。《诗创造》共出版十二期，题名有"带路的人""箭在弦上""黎明的企望"等；《中国新诗》共出版五期，题名有"时间与旗""黎明乐队""收获期"等。从《诗创造》创刊到《诗创造》和《中国新诗》同时停刊，前后约一年半时间，连续出版未有间断，这在阴霾密布、管制甚严、进步杂志难以生存的国统区上海，

温州城与瓯江东门码头（老照片）

可算是奇迹。《诗创造》和《中国新诗》在中国新诗发展史上，留下了不可或缺的光辉一页。

华灯初上的上海，闪烁着五颜六色的霓虹灯，深秋的夜风挟带着凉意钻入行人的衣衫。那天下午唐湜幸蒙那位学徒相告，躲过了一场灾祸，他连夜离开了上海，到昆山辞去教书的工作，回到家乡温州。父亲唐伯勋在温州市区中山公园附近建造了一栋两层住宅，砖木结构，庭院宽敞，西洋式门面，显得气派，距离文化名山积谷山、华盖山不远，有闹中取静之美。唐湜和陈爱秋觉得新宅不错，就搬过来与父母一起居住，此时长女唐洛中已经出生。经亲戚介绍，他在瓯江边的温州师范学校教书。

瓯江是温州的母亲河，滔滔瓯江水，让唐湜时常想起上海的母亲河黄浦江和在上海的那些日子。往昔历历在目，思念留在心底。

三十九

抗战结束，内战开始，中国大地再次硝烟弥漫、战火纷飞。此时的胡景瑊、郑伯永，已远离了诗人的生活，其人生轨迹与好友莫洛、赵瑞蕻、唐湜都不同，在腥风血雨的温州，一直走在改名换姓的游击之路上。

1943 年，胡景瑊与陈玉华结婚。陈玉华出生于瑞安，比胡景瑊小五岁，长期从事浙南游击根据地的地方工作，1939 年加入中国共产党。他们相爱于革命事业中，共同为民族独立解放事业奉献所有。

1945 年 10 月，胡景瑊调任浙南特委宣教科科长，他还作为浙南特委书记龙跃[1] 的主要助手，参与解放战争时期浙南游击根据地的重大决策。郑伯永依然与他并肩作战。

郑伯永的鼻尖上有一点天生的红晕，有人叫他"老红"，他并不忌讳，甚至写文章时署名"红鼻子"。他能文也能武，带兵作战，不管面临多么复杂、危险的处境，都能镇定地布置和分派工作，看上去丝毫不紧张、不慌乱。他给士兵上理论课，深入浅出，娓娓道来，讲很多有意思的故事，大家都喜欢听。那几年，浙南特委的官兵生活在洞宫、括苍和雁荡山脉的崇山峻岭之中，没有

胡景瑊像

文艺活动。郑伯永为了丰富大家的精神生活，就把附近村子里的唱词人（唱温州鼓词的艺人）请到官兵驻地来，唱《陈十四娘娘》《十二红》《乔太守乱点鸳鸯谱》等，大家围坐在一起津津有味地听着，觉得很有趣，幽深的山坳里也有了阵阵笑声。

时光流逝如水，1947年的春天又在芽苞开始鼓突、嫩绿变得鲜亮中来临。就在这个季节，胡景瑊受龙跃指示，主持创办浙南特委机关报《时事周报》，在得力助手郑伯永的共同努力下，《时事周报》办成四开、四版、油印，前三版为新闻和评论，第四版为副刊"新民主"。报纸出版发行后，受到广大群众的喜爱与欢迎，一张报纸在工人农民中传阅，往往要经过数十人之手，发行量也不断增长。评论文章大多出自胡景瑊之手，他的文笔更加娴熟，描写、叙述、说理，清晰而准确，不仅及时传递时局变化的信息，揭露国民党发动内战的罪行，也写进了自己逐梦的勇气和希望。

1947年7月，浙南特委决定进一步发动游击战争，配合解放军主力作战。瑞安县委首先将原武工队改建为瑞安县队，又称浙南第一县队，指战员三十多人，张金发[2]为队长，龙跃为政治委员，郑伯永为副政治委员。张金发和龙跃是兼职，瑞安县队工作由郑伯永负责。建队一个月后，部队在飞云江南岸的圣井山一带活动时，遭到国民党军队的包围袭击，瑞安县队在张金发和郑伯永的带领下，冲出机枪的密集火力，成功突围。

不久，瑞安县队联合浙南特委警卫队前往瑞安湖岭，歼灭驻守在湖岭山脚的国民党一个自卫中队。那天下着暴雨，队伍在郑伯永和程美兴[3]率领下来到飞云江边过渡。洪水已淹没了码头，轮渡和木船都已封渡，只有郑伯永安排的渔船在奔腾的江水里乘风破浪，经过两个多小时队伍全部渡过飞云江，直扑国民党自卫中队。敌人在枪炮声和喊杀声中，一个个吓得抱头鼠窜。这次战斗，俘敌三十余人，缴获长短枪三十余支。

部队官兵穿上缴获的敌军军装，连夜向瑞安仙降警察所进发。漆黑的夜空，像浸透了墨汁，郑伯永让熟悉路况的村民带路，火速来到仙降，突袭仙降警察所。仙降乡乡长郑作丰正在所内，郑伯永亮明自己的身份，威严地说："我命令你们立即缴枪投降。"郑作丰见势慌忙把手伸进裤兜，一名战士一个箭步扑上去牢牢锁住他的手腕，又狠劲一扭，夺下他暗藏在裤兜里的手枪。所里二十多名警察见大势已去，举起双手投降。郑伯永当众宣布郑作丰的罪行，那名战士用刚从他手中缴来的手枪处决了他。

战斗结束了，郑伯永带着队伍来到飞云江，坐渡船回驻地。此时，天空中飘飞的朵朵云霞照映在碧波荡漾的飞云江上。郑伯永站在渡船中凝视东方，那是飞云江入海的方向。

发源于洞宫山白云尖的飞云江，自西向东流经泰顺、文成，在瑞安城关注入东海，它是温州第二大河流，郑伯永是多么的熟悉啊。飞云江中上游山势高峻、峡谷空悠、水深流急，为典型的山溪性河流，大队人马走水路出行方便，进深山峡谷隐蔽性强；沿江又有许多埠头和乡村，人群居住相对密集，便于革命宣传，壮大革命力量。它与温州第一大河流瓯江一样，是英雄寻找生命意义、成就圣洁梦想的地方。郑伯永已经在飞云江畔战斗了五年整。

[1] 龙跃（1912—1995），江西万载人，1930 年参加工农红军，抗日战争和解放战争时期，在浙南坚持农村游击战争。1949 年任中共温州地委书记、温州军分区政委等职，1953 年调到上海，任上海市政协副主席等职。

[2] 张金发（1916—2007），福建省崇安人，1930 年参加闽北红军，1935 年来到浙南，历任永嘉县委武工队队长、中共永嘉县委书记等职，新中国成立后，任浙江省农业厅蚕桑管理局和特产局副局长等职。

[3] 程美兴（1915—2004），江西省贵溪县人，1931 年 6 月参加中国工农红军，历任中共永瑞中心县委永瑞办事处副主任、县委组织部部长、浙南游击纵队参谋长，浙江省军区副参谋长等职。

四十

1948 年 7 月 1 日，《时事周报》改名"浙南周报"，内容上增加了浙南地方新闻。同年 12 月，胡景瑊、郑伯永携手创办浙南特委机关刊物《浙南月刊》。在游击环境中办报办刊，没有固定的编辑和出版场所，要克服许多困难。他们还亲自撰写各种新闻报道和革命故事，干着编辑兼记者的工作。

郑伯永是文学征途上虔诚的跋涉者，新中国成立前夕，他在百忙之中挤出时间从事文学创作，有两篇颇有分量的报告文学以"夷夫"为笔名发表在当时共产党在香港出版的《群众》杂志上。他一手毛笔字秀丽浑厚，下笔千言，文章总是一气呵成。冬天山上寒冷，晚上他要写作，就向村民借来一只泥盆或一个破缸头，放入木炭，生火取暖。郑伯永长期在浙南山区工作，生活在老百姓中间，知晓地方上的事，了解民间疾苦，这都是他文学创作的源泉。他与干部、战士、学生、士绅、商人以及国民党各乡（镇）长、保长有密切接触，因此他脑子里活跃着社会上各种人物的形象。他的作品风格朴实清新，语言雅俗共赏，善用群众口语。

内战的残酷现实，让金江又悲愤又失望，血腥的气息让他有一种从未有过

郑伯永像

的窒息感。并且，他经常失业，如无根
的蓬草，居无定所，到处流浪。有一天，
他到了嘉兴海宁的硖石镇，这是诗人徐
志摩的故乡，他拜谒了硖石镇东山上的
徐志摩墓。徐志摩是新月派代表诗人，
他一生热爱生活，追求真善美，主张"生
活是艺术"，他不惧怕、不屈服封建社
会的枷锁禁锢，顽强地与封建社会做斗
争。这一次拜谒，让金江作为诗人的灵

二十五岁的金江

魂再次飞翔，他反复念着"我不曾投降这世界，我不受它的约
束！"（徐志摩《翡冷翠山居闲话》）写下了《访诗人徐志摩墓》
一诗："我爱新月，／新月在天。／你爱春天，／春在眼前。"
他渴望着黎明的来临。

　　1948年下半年，金江回到了温州，回到了自己的家，见到了
久别的母亲，想起猝逝的父亲，不禁泪流满面。温州老城还是熙
熙攘攘的样子，石板路被岁月的脚步打磨得更滑更亮，老房子的
沧桑承载着过去和现在的时光。局势动荡，经济萧条，物价飞涨，
温州百姓生活在水深火热之中，使用的金圆券面值是千万元，大
米每斤涨到金圆券三十八万元，黄金每两涨到金圆券三亿元。第
二年春天，金江和沙黎影在贫寒的日子里结婚了，婚后两人同甘
共苦，相濡以沫。

　　远在台湾岛的林斤澜，也在经历人生中最黑暗的时光。1947
年2月28日，愤怒的民众在台北组织了大规模武装暴动，国民
党军队对民众进行残酷镇压，史称二二八起义。二二八起义被国
民党军队镇压，大批台湾民众、学生及社会知名人士被屠杀，林
斤澜被人告密而被捕，关押在台北监狱里。

　　林斤澜关押在台北的监狱里一年多，看着身边的人一个个被

枪毙，在对求生绝望的时候，命运却有了反转，他被释放了。放出来不久，他又遭到搜捕，他躲在一艘煤船的暗舱里，命悬一线，最终逃回了上海。

1946年5月，野夫把东南合作印刷厂从崇安赤石镇迁到南京，同时把木合社迁到温州，办事处设在上海。那一年，中国木刻研究会改编为中华全国木刻协会，野夫当选为协会常务理事、驻沪协会负责人，他与陈烟桥等木刻家在上海筹办了规模宏大的"抗战八年木刻展"，在开展的前一天，即9月17日，野夫、陈烟桥、金逢孙等部分中华全国木刻协会成员到上海万国公墓拜谒鲁迅墓。那一年，温州、南京、上海，他开始了跨越三地、奔波千里的人生，当然，他的工作重心在上海，他受聘为上海美专教授。

无疑，野夫是被后来人总结为"敢为人先、特别能创业"的"温州人精神"的典型代表，他是一位具有开拓性的实干家。

抗日战争胜利后，张明曹重返沪上，致力于中国画创作。无论是木刻还是国画，张明曹的作品总有一种动人心魄的力量，这种力量，来自他犀利的思想，更来自他饱满的激情。

四十一

辽沈、淮海、平津三大战役歼灭和改编了国民党部队主要兵力，国民党政府到了风雨飘摇、大厦将倾的时刻，全国处于革命胜利的前夜。1948 年 11 月，中共浙南特委改称中共浙南地委，同时成立中国人民解放军浙南游击纵队司令部和政治部，龙跃为地委书记、游击纵队司令部司令员兼政治委员，胡景瑊为地委宣传部部长、游击纵队政治部主任。

此时，国民党内部四分五裂，党内派系倾轧，有的想脱离国民党阵营，向共产党靠拢。原国民党温州专员、时任第五军二〇〇师师长叶芳也想寻找新的出路，弃暗投明。

叶芳毕业于黄埔军校第七期步兵科，长期在国民党军队带兵，后来进入邱清泉为军长的第五军。邱清泉比叶芳大九岁，毕业于黄埔军校第二期工兵科，之后被派到德国留学，回国后委以重任。叶芳与邱清泉既是校友，又都是温州人，彼此很是信任，叶芳在第五军出任骑兵团少将团长等职。1949 年 1 月，已升任为第二兵团司令官的邱清泉在淮海战役中被解放军击毙，所部全军覆没。这给叶芳一个沉重的打击。叶芳在京沪杭警备总司令汤恩伯的推荐下，投靠了国民党浙江省政府主席陈仪，陈仪任命叶芳为国民政府浙江省第五区专员兼保安司令，并经国民党政府国防部批准，任第五军二〇〇师师长，成为温州地区的最高长官。不久，陈仪策动老部下汤恩伯反蒋起义，汤恩伯密告蒋介石，陈仪旋即被免职，以"勾结共党，阴谋叛乱"罪遭逮捕。叶芳见世事难料，邱清泉、陈仪两座靠山接连倒塌，他政治前路未卜，彷徨痛苦。

那年年初，叶芳途经上海时，住在他的老师胡公冕家中。胡公冕是温州人，1921年由陈望道、沈定一介绍加入中国共产党，与谢文锦同为温州最早期的中共党员，还作为中国代表团成员参加第三国际在莫斯科召开的远东各国共产党及民族革命团体第一次代表大会，受到列宁的接见。1923年9月，胡公冕根据党的指派，拜谒孙中山先生，加入国民党，在黄埔军校担任过教官。1930年胡公冕在温州领导农民暴动，任中共红十三军军长，后被捕、出狱，居住在上海，表面上脱离共产党，暗地里受周恩来领导从事秘密工作。

胡公冕与叶芳探讨中国出路的问题，他鼓励叶芳认清大势，掌握部队，伺机起义，为家乡和人民多做好事，并分析了共产党必胜、国民党必败的道理。叶芳感觉自己进入了险地，但是否起义踌躇不定。

1949年3月，温州政局发生剧烈动荡，国民革命军陆军中将周嵒上任浙江省政府主席后，迫使叶芳辞去国民党温州专员兼保安司令职务，将由自己的堂弟周琦接任。叶芳陷入山穷水尽的境地，又无依无靠，便派自己的心腹、二〇〇师新兵团政工室主任卓力文与中共地下组织联系。

浙南游击纵队司令部也在全力争取叶芳，促使叶芳做"温州的傅作义"[1]，促成温州和平解放。此时，卓力文以商人的身份，乘坐舢板船前往温州城西南郊的郭溪镇，拜访国民党退役中将张千里和张的连襟、开明士绅陈达人。卓力文通过陈达人的介绍，会见中共浙南地委委员曾绍文和浙南游击纵队第八支队政治处主任吴文达，商谈和平起义事宜。

1949年4月，浙南地委机关和游击纵队入驻文成李山村。4

月 21 日深夜，四野寂静，龙跃和胡景瑊还在昏黄的煤油灯下商量争取叶芳起义、和平解放温州一事。这时，一个重大的消息从通信电波里传来：当天，中国人民解放军百万雄师横渡长江。胜利的喜讯从天而降，机关同志、部队官兵和李山村村民奔走相告，已经沉睡了的山村一片沸腾。龙跃、胡景瑊也十分兴奋，两人彻夜不眠，起草了一份《迎接解放军渡江南进宣言》，龙跃还亲笔写信给叶芳，提出谈判的日期是 5 月 1 日，地点在郭溪附近，还附上三十两黄金，派人秘密送到叶芳手中。

中国人民解放军攻势凌厉，兵锋所指，所向披靡，新中国成立指日可待，温州也处于黎明前的暗夜。5 月 1 日，浙南游击纵队主力部队驻扎在郭溪镇附近的周岙村，部署解放温州的各项工作。

周岙村是革命老区，因村民大都姓周而得名，村前有一条小溪，碧波盈盈，卵石历历，家家户户面溪而居，周边有青山和田园，此地进可攻温州城区，退有崇山峻岭可守，现在忽然来了这么多军人，村里比正月十三闹花灯 [2] 还热火朝天。

周岙村正月十三闹花灯

[1]: 1949 年 1 月，华北"剿总"总司令傅作义率部撤离北平，正式宣布《关于和平解放北平问题的协议》公告，促成北平和平解放。解放军正式进入北平城，宣告北平和平解放。

[2]: 每年正月十三，周岙村都举行周岙挑灯活动，这是古老的闹花灯传统民俗文化活动，是浙南地区的元宵灯会民俗之一。

四十二

温州和平解放谈判旧址景德寺

温州和平解放谈判地点安排在周岙村东面郭溪岭头的景德寺。始建于宋代的景德寺曾经破败不堪，1925年经"国民党师长"潘鉴宗出资重建，建成粉墙黛瓦、飞檐翘角的正殿和附属三间瓦房，弘一大师于1927年在此驻锡一年左右[1]。景德寺四周绿树成荫，流水淙淙，几乎与世隔绝，很少有人到这里来。

1949年5月1日晚上，叶芳派来的代表团有二〇〇师政治部主任王思本、新兵团政工室主任卓力文、师部秘书金天然、独立团政工室主任吴昭征四人，王思本为首席代表。他们都穿着便服，准时来到景德寺。浙南游击纵队的代表政治部主任胡景瑊、副政委曾绍文、参谋长程美兴和前线司令部参谋长郑梅欣已经等候在景德寺前，穿着统一的蓝灰色军装，头戴八角帽，胡景瑊为首席代表。浙南游击纵队的一个警卫中队负责警卫工作。

景德寺里里外外打扫得干干净净，像是迎接重大节庆的来临。谈判双方在正殿前互相问好，热情握手。

龙跃像

谈判会议在景德寺正殿右侧的一间瓦房里举行，房间板壁上挂着中国共产党党旗，并排摆放了三张八仙桌，桌面铺着蓝白格子的被单，准备了茶水。两盏煤气灯把房间照耀得如同白昼。从上海来的中共代表王保鎏列席会议，洪水平[2]为浙南游击纵队派出的记录员。会议由胡景瑊主持，他分析了当前形势，称赞叶芳师长深明大义、四位代表前来共襄义举，功在千秋，并提出谈判方案。在方案中，双方虽有不同意见，但最终商定：5月6日晚上，叶芳率部起义，浙南游击纵队接管温州城；5月4日再举行二次会谈。

5月2日凌晨五时许，天色已微微发亮，远处隐隐传来鸡鸣声，双方代表在《关于叶芳将军率部反正起义之协定》上签了字。谈判通宵达旦，其间，龙跃曾经来过景德寺，只是没有露面。

5月4日，第二次谈判仍然在景德寺进行。我方代表团以胡景瑊为首席全权代表，再增派两位代表；叶芳代表团以二〇〇师参谋长吴兆瑛为首席全权代表，也增派两位代表。谈判很是顺利，双方达成十二条协议，由代表签字。掩蔽在丛林之中的千年古刹景德寺见证了双方谈判的历史时刻，这是一段不能忘却的红色记忆。参加谈判的我方代表有胡景瑊、曾绍文、程美兴、郑梅欣、周丕振、刘日亮，叶芳代表有王思本、吴兆瑛、卓力文、金天然、吴昭征、徐勉、夏世辉，温州的党史和革命史都会留下这些名字。

这几天，莫洛特别忙碌。胡景瑊告诉他浙南游击纵队进城需

叶芳像

要大批军装、军帽，他赶忙联系亲戚出资，又购买大批布料，请师傅赶制军装、军帽，这一切工作都是在绝对保密中进行的。

唐湜大学毕业后，先到江苏昆山陆家滨中学任教，不久就回到家乡，任教温州师范学校。他得知温州即将和平解放，不露声色地协助莫洛筹备军用物资，赶写宣传标语和安民告示。

[1] 潘鉴宗（1882—1938），原名潘国纲，以字行，温州瓯海人，温籍散文作家琦君的养父，浙江省陆军第一师师长，热心地方公益事业。1927年返里参与筹设瓯海医院，创办鉴宗小学，将5000余册藏书捐赠籀园图书馆。弘一大师，原名李叔同，出生于天津，音乐家、美术教育家、书法家、中国话剧的开拓者之一。1918年，三十八岁的李叔同选择遁入空门，三年后来到温州，在温州庆福寺驻锡十二年，后被尊称为弘一法师、弘一大师。

[2] 洪水平（1925—），温州城区人，中学时代参加爱国学生运动，1947年进入浙南游击根据地，先后在浙南特委宣传部和中国人民解放军浙南游击队政治部工作。

四十三

1949年5月6日下午，叶芳在温州城区新河街叶芳公馆召集所属部队营级以上军官开会，宣布起义和全城戒严。同时，龙跃在周岙村下令浙南游击纵队主力部队向温州城进军。当晚，我军接收了温州城郊的莲花心、翠微山、松台山等重要制高点，接着，浙南游击纵队兵分三路进军温州市区：一路从太平岭后西郊入城，一路从九山入城，一路从小南门入城。伴着午夜的钟声，我军有条不紊地占领了国民党机关大楼以及警察局、电厂、电信单位和码头等，这一切基本上在和平的气氛中进行，没有发生重大的战斗。

7日拂晓，天色朦胧，我军三发照明弹腾空而起，向世人宣告温州和平解放。温州城区在民众的睡梦中结束了国民党的统治，这是我国南方地区唯一通过地方游击队而实现和平解放的中心城市。

朝阳东升，彩霞满天，瓯江两岸沐浴在绚丽的光泽中。温州城里早起的人们开门见到大街上穿蓝灰色军服、戴八角帽、荷枪实弹的浙南游击纵队官兵时，惊喜万分，围着军队问长问短。群众越聚越多，有的使劲鼓掌，有的高呼口号，个个情绪激动，喜不自胜。也有人疑问："温州解放啦？怎么没听到一声枪响？"有官兵回答："温州是和平解放。"

"温州解放了！""解放军进城了！"在睡梦中的金江被隔

温州和平解放

壁邻居的叫声惊醒，从床上一跃而起，连脸也不洗就跑到大街上，他看到拥挤的人群里有一队身穿蓝灰色军装的队伍精神抖擞地走过，旗号上写着"中国人民解放军浙南游击纵队"，才知道真是浙南游击纵队进城了。金江顿时感到一股力量在胸中喷涌，有着难以形容的感奋。金江听到旁边有人说："昨天晚上军队为了不扰民，战士们都露宿街头。"他又听见一位老者喃喃自语："天亮了，天亮了。"金江接过老者的话说："漫长的黑夜过去了，是的，天亮了！"

《浙南日报》刊登温州城解放消息

温州城沸腾了，街道两旁人潮涌动，市民热情鼓掌，高呼口号。金江有同样的疑问：温州解放怎么没听到枪声？他认为"解放"总要短兵相接、枪林弹雨、炮声隆隆。但他很快就明白这是温州和平解放。此时，金江在队伍中看到了郑伯永和邱清华，金江冲上前去与他俩紧紧相拥。

温州和平解放的消息顿时传遍温州城内外，临街商店、人家纷纷挂起红旗，有人一时买不到红布，就剪去国民党旗帜上的"青天白日"，悬挂在窗口。我军纪律严明，不入民房，在大街上井然有序地行进。群众称赞："你看，解放军纪律多么好，哪像国民党那些烂糊兵。"沿途民众敲锣打鼓，鼓掌欢呼。大街上出现了一队女兵，人群中有人惊呼："看，这是一队女兵。"有人接着说："男女平等嘛，男的可以当兵，女的也一样可以当兵。"女兵个个精神抖擞，面带微笑，向群众招手致意。人群中又爆发一阵热烈的掌声。

　　具有光荣革命传统的温州中学师生，排着整齐的作战队形与军队肩并肩行走在大街上。每一个人都笑逐颜开，整个温州城喜气洋洋，像过年过节一样。是的，这是人民当家做主的佳节，他们在经历国恨家难、颠沛流离、贫病愁苦的煎熬后，一夜间换了天地、翻身得解放，怎能不欢庆自己的节日呢？

　　胡景瑊在波涛般的人群中，心中涌动复杂的情绪，他想起中华民族遭受欺凌的屈辱和不屈不挠的抗争，想起中国共产党在危机四伏时的镇定和风雨兼程中的艰辛，想起自己学生时代与同学们的惺惺相惜和苦苦追求……他看到了莫洛、唐湜、金江也挤在欢庆的队伍中……

　　这一天，莫洛、唐湜、金江欢天喜地，连吃饭都忘记了，在市民欢庆解放的队伍中，手持彩旗，走街串巷，高唱"解放区的天是明朗的天，解放区的人民好喜欢。民主政府爱人民呀，共产党的恩情说不完"。歌声中饱含着胜利的喜悦、新生的欢腾和前行的激昂。

四十四

温州城区解放了，但仍然千疮百孔，一片破败景象。城墙、码头和工厂、学校以及民房大都遭到过敌机的轰炸和战争的破坏，社会混乱，通货膨胀，百姓失业，人民挣扎在饥饿线上。接手温州城区的党的干部在困难和挑战面前，重建正常的社会、经济、生活秩序，让社会稳定，秩序良好：商店正常营业，学校正常上课，工厂正常开工，社会青年参加部队或干部训练班。浙南周报改为《浙南日报》（《温州日报》前身），接收了原浙瓯日报社的场地和设备器材，开始铅印，让每张报纸都飘着一股墨香，胡景瑊任该报社长兼总编辑，郑伯永任副社长兼副总编辑。

在较短时间里，浙南全境解放。1949 年 8 月 26 日，中共温州市委成立，胡景瑊为委员兼宣传部部长，同一天，温州市人民政府成立，胡景瑊出任首任市长。

辽沈、淮海、平津三大战役取得胜利后，"打过长江去，解放全中国"的口号响彻上海滩。

1949 年 5 月 12 日，中国人民解放军第三野战军发起了上海战役，十五天后解放了上海。市民们欢呼雀跃，载歌载舞，整座城市沉浸在快乐、庆祝的海洋里，林斤澜也得知家乡温州解放的好消息，他走在上海的街头，挤在游行的队伍中，迎着飞舞的彩旗，笑逐颜开，心花怒放。那年 7 月，林斤澜进入苏南新闻专科学校学习，校址在无锡西郊的惠山北麓，时任中共苏南区委宣传部部长的汪海粟兼任校长，学员两百多人，有后来成为作家的高晓声。林斤澜在学校担任了学生会主席，组织同学学习《中国人民政治协商会议共同纲领》，到无锡农村参加劳动。

金江被温州市人民政府任命为温州市立第五小学校长，担任温州市第一届人民代表会议代表。他作为一名党外知识分子，心中有报国之志，一心向党，投身教育事业，还写下长诗《黄河传》，热忱歌颂新中国，表达了自己愿把一切献给社会主义革命和建设事业。

1949年10月1日，是中国人民伟大的节日，天安门广场上那面染着无数革命先烈鲜血的五星红旗，随着毛泽东主席那一声庄严的宣告而冉冉上升，沉睡了百年的东方雄狮，终于昂首屹立于世界之林，走向辉煌。

新中国成立后，莫洛担任温州市文联主席、温州中学副校长，还与郑嘉治一起筹办温州首家新华书店，为了建设和繁荣温州的文艺和教育事业，披星戴月，殚精竭虑。唐湜为了庆贺胜利，征得妻子陈爱秋的同意，卖掉了她的几件金银首饰，自费出版了第二本诗集《飞扬的歌》和第一本评论集《意度集》。赵瑞蕻任教的中央大学改名南京大学，他以炽热的爱国之心，书写了《土地上的光》等诗作。温州地委宣传部部长兼浙南日报社社长的郑伯永，

金江（前排左一）、莫洛（前排右一）、唐湜（后排右一）和文友在一起

莫洛（左）、唐湜（右）与金江（中）在一起

163

根据浙南革命根据地的人民生活和斗争经历，创作了短篇小说《染血遗书》《我的舅妈》等，新社会的一切激荡着他心底的创作热情。他们在一起聊起了林夫被国民党杀害在武夷山麓，人事未远，不胜唏嘘。

中国历史开辟了新的纪元。唐湜、莫洛、赵瑞蕻、胡景瑊、金江、林斤澜、郑伯永等的故事，还可以继续写下去，但就此收笔，也未尝不可，他们的赤子之心，应该在这四十四节文字中有了一种表达，做了一些解说。而他们的生命，像瓯江一样蜿蜒曲折，宽广丰富，奔腾向前，我稚拙的笔是不能胜任的，之所以能坚持写出这8万多文字，是被他们的精神所感染，也凭了一颗拳拳之心。

逐梦而歌

当我读着唐湜的《纳蕤思》：

想迷人的纳蕤思在水滨徘徊，
在左右水仙的瞳仁里找得出自己吗？
叹息渐渐远去、远去，
一池镜花，恍若玉树临风独立；

我的脑海里便会出现一位沉挚的诗人，满怀着对未来朦胧的
企望，时时拿起欧罗巴的芦笛来吹奏，吹出自己心里的一片彩云。
这位诗人就是唐湜，一生历尽坎坷与不测，对文学却有着近乎偏
执的痴迷，少有搁下歌唱和抗争的诗笔。

一

唐湜夫妇和孩子

1949 年 5 月 7 日，温州城在一片安宁中迎来了和平解放；10 月 1 日，中华人民共和国成立。唐湜难以抑制内心的喜悦和兴奋，为了庆贺胜利，征得妻子陈爱秋的同意，卖掉了她的几件金银首饰，筹划自费出版了第二本诗歌集《飞扬的歌》和第一本评论集《意度集》。《意度集》是新中国成立后的第一部诗论集，在现代诗歌发展史上具有重要意义。

新中国成立之初的温州城，千疮百孔，一片破败景象。城墙、码头和工厂、学校以及民房大都遭到过敌机的轰炸和战争的破坏，社会混乱，通货膨胀，百姓失业，人民挣扎在饥饿线上。新中国要在困难和挑战面前，重建正常的社会、经济、生活秩序。

那年暑假，唐湜在温州城区偶遇自己在上海暨南大学借读时的老师沈炼之。他见到唐湜甚感亲切，连忙说："你也回温州啦，好极了，温州市政府要我当'市中'的校长，我该怎么办呢？要靠你们大家支持。你来吧，来'市中'教高中的国文课。"1946 年，唐湜在暨南大学借读时，沈炼之是暨南大学文学院院长兼史地系主任，因为都是温州人，彼此就走得很近。沈炼之为避战乱回到家乡后，一直靠教英语养家糊口。

唐湜在沈炼之的诚邀之下，向温州师范学校申请辞职，来到"市中"教书，教三个班级的国文课。所谓"市中"，就是温州市立中学[1]。教员中有唐湜在浙江大学、暨南大学的同学，也有温州中学的旧友。不认识的那几位，对唐湜也十分友善，他们很快便成了朋友、知己。沈炼之就任市立中学校长时，广罗人才，还将戴家祥、陈铎民[2]等招聘到学校任教。

市立中学高中部国文课以前教古典文学，唐湜一来，就推行新文学作品，这也是新时代对教育工作的迫切要求。没有课本，唐湜就自己选文章编课本，编讲义。他选了现代散文和诗歌，散文有冯至的《山水》、巴金的《海底梦》、李广田的《画廊集》和何其芳的《画梦录》等，诗歌有胡风的《欢乐颂》和艾青、何其芳的一些诗作，也选了李健吾、冯雪峰等的诗文。唐湜所编写的讲义，多为这些作品所写的评论。唐湜有不轻的口吃毛病，但一讲起这些热爱的、熟悉的作家、诗人的作品，能妙语连珠，侃侃而谈，很顺畅地讲很长的时间。同学们也被唐湜的热情所感染，饶有兴趣地听讲。

唐湜在温州市立中学教书，关爱学生，勤勉教学。周末和假期下工厂、去农村，与工人、农民交朋友，努力熟悉新的生活，他用那支写过黑暗和痛苦的笔改写新人新事，歌颂劳动人民，反映新的时代。如为校中壁报写了长诗《论学习》和《歌唱我们的火炬》。唐湜还说："'文章本天成，妙手自得之'的浪漫主义观念实在是要不得的。""诗人是一只蜜蜂，一个工作艰苦的工匠。"

有一天，一位穿着灰色长衫的瓯海中学（现为温州市第四中学）国文教员来找唐湜，说读过他的《意度集》，颇感兴趣，要和他谈论当代文艺。唐湜觉得这位教员大有来头，就把他领到自己的办公室，与他谈了好一会儿。这位教员知识丰富，触类旁通，特别讲起中国古代的历史文化，真是头头是道，丝丝入扣。他还翻看办公桌上唐湜批改过的学生作文簿，说唐湜对学生作文的修改与评语有"针对性、确切性与启发性"。然而，他交谈时绝不谈及自己的身世，只说写过不少政论，姓张名嘉仪。

此后，张嘉仪又找唐湜谈诗论文，唐湜知道了他是个作文的高手，刀笔的老手，他完成不久的一本关于中华文化的书（《山河岁月》，初名为"中国文明之前身与现身"），得到有"中国最后一位大儒家"之称的梁漱溟的肯定，还来信要张嘉仪到北京去工作。而且，他是作家张爱玲的丈夫。

唐湜的好友莫洛与张嘉仪更为熟悉。张嘉仪是经刘景晨、夏承焘的介绍，认识时任温州中学校长金嵘轩，并被聘到温州中学任教，也结识了莫洛等温州文化人。他多次约莫洛外出散步，有时也来莫洛家里坐坐、聊聊。莫洛不在家时，张嘉仪来莫洛家就找林绵说话，林绵对张嘉仪的印象不好，她知道张嘉仪在温州中学的绰号叫"粪苍"，"粪苍"也叫"红头苍蝇"（丝光绿蝇），是讲他不讲卫生，穿在身上的灰色长衫长期不洗，"门前襟褵粑一样"[3]，见到漂亮女学生就黏过去，一点也不知羞耻。

温州解放后，教育部门给各中学的教师发放聘书，张嘉仪没有接到聘书，来找莫洛商量，说"温州中学可能不再聘任我了"。莫洛于是去找胡景瑊和郑伯永，说："张嘉仪颇有学识，能胜任高中国文教学，最好聘用他。"胡景瑊和郑伯永都说：此人的情况我们不了解，社会关系可能比较复杂。但同时，胡景瑊和郑伯永对张嘉仪还是比较宽松，1949年暑假后，同意张嘉仪转到瓯海中学教书。

很多年之后，唐湜和莫洛等才知道张嘉仪原名胡兰成，曾在燕京大学旁听课程，是汉奸，曾勾结日寇盘踞武汉，追随汪精卫，抗日战争时期出任汪伪政权宣传部政务次长。时代不容许小丑跳梁，日寇一投降，胡兰成化名张嘉仪，潜逃来温州隐蔽了四年。这些情况，让唐湜和莫洛都大吃一惊。

后来胡兰成在《今生今世》一书中，用许多笔墨写莫洛和林绵，其中有这样的文字："马骅又名莫洛，夫妻战时在大后方办左翼文学刊物，归来家徒四壁，我见了他几回，不禁爱惜，买过十只鸡蛋送他，叮嘱他要注意自身的营养。我与他论文学，他倒是敬重我。我去他家里，夫妻以给小孩吃的新蒸米糕盛了一碟请我，我写了一首诗送他……"胡兰成把给莫洛的赠诗用宣纸裱好，亲自挂在莫洛家的板壁上。

百废待兴，温州的文化建设也要步入一个新时代。1951年6月，唐湜应亲密的文友莫洛、郑伯永之邀，参加温州区（市）文学艺术工作者代表大会[4]。这次会议在温州市总工会礼堂开了四天，从6月3日开到6日，来自瑞安、平阳、乐清、青田、泰顺、玉环、永嘉、文成等县及温州市文学、美术、

1949年5月23日，马骅（莫洛）在温州区（市）文学艺术工作者代表大会上做《今后工作计划报告》

戏剧、音乐、鼓词、说书等协会共107名代表参加了大会。

唐湜是第二次在自己的家乡参加这样性质的大会。温州和平解放半个月后，即1949年5月23日，唐湜就与一百来位温州文艺界代表集中在中山公园礼堂，参加了温州市艺术工作者协会成立大会，通过会议章程后，选举产生该协会委员会执行委员11人，候补委员11人，画家、中国新兴木刻运动倡导人之一张明曹当选为主席。同年年底，温州还先后成立美术、音乐、文学、戏剧工作者协会。

这次大会，代表性更广，议程更丰富，开得更为隆重。时任中共温州地委宣传部部长郑伯永在大会上做了《关于今后文艺工作者的努力方向》的讲话，诗人马骅（莫洛）代表筹委会做了《今后工作计划报告》，两人均强调了"改造旧有艺术，发扬新兴艺术，为人民大众服务"的文艺工作宗旨。大会以协商的方式，选举产生了温州区（市）文学艺术界联合会第一届委员会执行委员53人、常务委员13人，马骅当选为主席。温州区（市）文学艺术界联合会是温州市文学艺术界联合会（简称"温州市文联"）的前身，从此，温州文艺工作者有了一个"娘家"，它标志温州的文艺工作进入了一个新的历史阶段。

会议期间，莫洛对唐湜说，温州解放以来，自己的工作紧张而忙碌，先后受命担任《浙南日报》副刊主编、参与创建温州市新华书店、担任温州中学副校长等，要做一件件具体而繁杂的工作。唐湜深知莫洛能谋善断，雷厉风行，虽然繁忙，一定张弛有序。

温州市立第五小学校长金江是唐湜亲密的文友，也是这次大会的代表。会议期间，他与唐湜探讨文学与教育。金江深有体会，孩子的成长不能缺少儿童文学的滋养，学校和课堂都在呼唤优秀的儿童文学。然而在教学过程中发现，孩子的文学读物太少了。金江决定写寓言和童话，主攻寓言，因为寓言和童话是儿童文学的重要门类。金江说："身为一名教师，我有责任为孩子写文学作品，给他们提供精神食粮。"唐湜同为教师，也有同感，他很赞赏金江的踏实作风，期待他的作品早日面世。

[1] 温州市立中学是温州第二中学的前身，由温州蚕桑学校、旧温属六县联立初级中学发展而来。

[2] 戴家祥（1906—1998），字幼和，温州瑞安人，历史学家、古文字

170

学家、经学家。陈铎民（1902—1993），原名陈基圣，温州平阳人，长期从事教育工作。

[3] 门前襟、褙粑，温州方言。门前襟即衣襟；褙粑，就是打袼褙。门前襟褙粑一样，是指吃饭时屡次把汤汁滴到衣襟上，就像把旧布裱糊了一样。

[4]1949 年 7 月，中共浙江省委决定将中共浙南地委改称中共浙江省第五地方委员会，8 月 26 日，浙江省人民政府第五区（温州地区）专员公署成立，同日，中共温州市委和温州市人民政府宣告成立。10 月，中共浙江省第五地方委员会改称中共浙江省温州地方委员会（简称"地委"），同时，浙江省人民政府第五区（温州地区）专员公署改称浙江省人民政府温州专员公署。地委、第五区专员公署和市委、市人民政府以及各县县委、县人民政府的成立，标志着温州的党委和人民政权建设进入了一个新的阶段，人民当家做主的愿望开始实现。

二

1951 年年底，唐湜接到巴金来信，邀他去上海文协 [1] 工作。唐湜对上海情有独钟，可以说是他的第二故乡。1946 年他在上海暨南大学借读，结识了李健吾、臧克家、陈敬容和曹辛之。此后两年里，唐湜参与臧克家领衔发起创办的《诗创造》编辑，并与诗友曹辛之、辛笛、陈敬容、唐祈等一起创办、编辑《中国新诗》，收获了许多富有理想色彩的美好和温馨，也遭遇过能惊出一身冷汗的惊心动魄。

《意度集》封面

唐湜暂别了家人和市立中学的师生，只身来到上海，在上海文协外国文学组工作，与翻译家周煦良等一起翻译苏联短篇小说，集体翻译并出版了《苏联卫国战争小说集》，他个人翻译并出版了《坡道克之歌》（安东诺夫作）。三个月后，他回到温州，继续在市立中学教书。

《坡道克之歌》封面

1952 年春天，在家乡温州教书的唐湜收到诗友唐祈的来信，时任人民文学杂志社小说散文组组长的唐祈，邀请他去北京人民文学杂志社一起工作。这让唐湜喜出望外，他向往京城浓郁的文化氛围，带上御寒的衣服再次告别家人和市立中学师生，前往北京。可当时书信往来和车马速度都很慢，待唐湜到达北京，唐祈所说的位置已经有人了，他只得先去北京市第十一中学教书，也给报刊写些稿子。

　　唐祈是上海解放后到北京的。诗友曹辛之也在北京，在人民美术出版社任科长。好友相聚，分外欢喜，他们仨时有在一起赏诗品酒聊文坛。有一次聚会，唐祈把杜运燮带来了，唐湜和曹辛之见到神交已久的杜运燮，既惊讶又高兴，连忙询问他的近况。杜运燮说自己近几年都在为生活奔波，为梦想奋斗，1946 年到马来西亚和新加坡，既当过中学老师，也当过报社翻译，直到新中国成立后回国，途经香港，在香港《大公报》担任了文艺副刊编辑兼《新晚报》电信翻译，1951 年来到北京，在新华社国际部当编辑。

　　杜运燮原籍古田，1918 年出生于马来西亚霹雳州，在那里度过了小学、初中时代。1934 年回国后在福州读高中。1938 年他考入浙江大学农学系，后转入厦门大学生物系，一年后又转到西南联大外语系，在那里写出了《滇缅公路》等诗作，得到朱自清的赞赏，被闻一多选入《现代诗抄》。毕业后参加中国远征军，赴印度、缅甸前线参战。抗战胜利后，杜运燮返回出生地马来西亚。

　　几天后，曹辛之告诉唐湜，袁可嘉在党中央宣传部英译毛选委员会工作。唐湜与袁可嘉通信较多，但从未见面。于是，曹辛之就带着唐湜去英译毛选委员会的办公地北京西城堂子胡同十七号的大院里找袁可嘉。袁可嘉见到唐湜和曹辛之，喜不自胜。袁可嘉和唐湜同是

杜运燮像

173

浙江人，说起话来更有亲近感，其欢愉之情难以言说。袁可嘉还兴致勃勃地说起自己的工作：英译《毛泽东选集》的主持者是美共中央中国局的创始人之一徐永煐，委员会里汇聚了众多中英文精深的学者，有金岳霖、钱锺书、黄子通、杨庆堃、陈振汉、王佐良等。

唐湜一听自己一向仰慕的钱锺书也在委员会里，就向袁可嘉提出能否带他冒昧地去拜访钱先生。袁可嘉欣然答应。唐湜曾托李健吾给钱锺书捎过一本《意度集》，李健吾和钱锺书是亲密的清华同窗，不料钱锺书读了《意度集》，写信给唐湜说：《意度集》"能继刘西渭（李健吾笔名）学长的《咀华》而起，而有'青出于蓝'之慨"。

眼前的钱锺书四十岁光景，穿着长袍，与唐湜、曹辛之交谈并不敷衍，说自己是从清华大学奉调而来，是 miser of time（时间的小气鬼），工作之余偷工夫读自己想读的书，但对《毛泽东选集》的翻译一定要认真。他亲切自然，不经意间流露出幽默风趣来，让人开怀一笑。

袁可嘉笑眯眯地坐在一旁陪同，唐湜很感谢袁可嘉这一次引见。袁可嘉1921年出生于余姚县袁家村（今属慈溪），在宁波中学读完初中，到重庆南渝中学读高中时开始写新诗，歌颂抗战中的勇士。1941年考入西南联大外语系，师从闻一多、沈从文、冯至和卞之琳等。1946年大学毕业，任教于北京大学西语系。他的诗作并不多，如在《中国新诗》上发表过的《南京》《上海》与《沉钟》等，唐湜认为是"多思辨性的现代风的凝练之作"。袁可嘉博闻强识，写过多篇"论

袁可嘉像

新诗现代化"的正统欧化论文。

　　陈爱秋带着孩子也到了北京，一家人住在西城区护国寺街一个四合院里，房间用高级木地板铺成，据说是梅兰芳的旧居。陈爱秋到大学里学习财经知识，又怀有身孕，秋冬的北京天气寒冷，空气干燥，风沙很大，整天给人一种"大漠风尘日色昏"的感觉，让她难以适应，心想还是生活在气候宜人的温州为好，征得唐湜的同意，她带着孩子回温州了。

　　[1]1938 年 3 月中华全国文艺界抗敌协会（简称"文协"，后更名为中华全国文艺界协会）成立于武汉。1945 年 10 月筹备成立全国文艺界抗敌协会上海文协分会，当年 12 月 17 日在上海举行上海文协成立大会。

三

《戏剧报》封面

1953年深秋，唐湜遇到久别的狱友李诃。十四年前的1939年夏天，血气方刚、向往革命的唐湜为了追求理想，第二次来到西安，欲赴延安，不料被国民党逮捕，关押在西安监狱里，与李诃成为同狱难友。李诃是安徽人，共产党员。后来唐湜由同乡营救才获得自由，李诃也在友人的帮助下出狱。患难时的友情弥足珍贵，他们都特别珍惜。

1954年2月，唐湜经时任《剧本》月刊编辑部主任的李诃介绍，进入《剧本》编辑部工作。正在那时，《戏剧报》（月刊）创刊，缺少人手，负责人到《剧本》借用人员，就把唐湜借去了。

《戏剧报》是中国戏剧家协会的机关报，社长是著名剧作家田汉，由于他担任文化部戏曲改进局局长、艺术事业管理局局长和中国戏剧家协会主席，工作繁忙，不大过问《戏剧报》的具体工作。唐湜到了《戏剧报》，被分派在戏曲组，任编辑兼记者。

唐湜去北京的初衷是从事诗歌创作，但他熟悉中国戏剧艺术，对外国戏剧也素有研究，就放下诗笔，专事戏剧工作。那年又适逢戏剧界几件盛事，如莎士比亚冥诞纪念活动、华东戏曲会演等，他都积极参加。唐湜白天阅稿、采访，晚上写稿、看戏，干得得心应手，心情也很欢快。他在报刊上发表了许多文章，约稿也越来越多。

华东戏曲会演在上海举行，展演华东各省市的地方戏，精彩纷呈，唐湜看了一个月，大开眼界。有一天，来上海观看会演的田汉把唐湜叫到自己的房间，递给他一大沓剧本、参考书，口授简单的提纲，让他起草一篇纪念古希腊早期喜剧代表作家阿里斯托芬的文章，期限是一个星期。唐湜不再去看戏，把自己关在房间里，一个星期后，交给田汉两万字的稿子，田汉看了稿子后表示满意，做了几处修改后让秘书拿去打印，不久，这篇文章发表在《人民日报》和《文艺报》上。

此后，田汉还多次交代唐湜撰写各种文章，如关于挪威戏剧家易卜生和爱尔兰剧作家萧伯纳的论文，都得到田汉的肯定和赞赏。1955 年 4 月，唐湜担任"梅兰芳、周信芳舞台生活五十年纪念大会"宣传组与研究组的秘书，给文化部副部长夏衍和中央戏剧学院院长欧阳予倩起草大会讲话稿。后来夏衍的讲话稿发表在《戏剧报》，他把所得稿费转给唐湜。

5 月的一天，唐湜听说穆旦在天津南开大学执教，与他取得了联系。穆旦得知唐湜在北京，立即动身来京相见。此前唐湜与穆旦已于 1949 年元旦在南京见过一面。

那次唐湜去南京一位朋友家玩，得知穆旦在南京的联合国世界粮农组织救济署工作，就去找在南京中央大学教书的温州同乡、挚友赵瑞蕻，赵瑞蕻是穆旦的西南联大同学。赵瑞蕻任教于中文系，他在教学和文学创作、研究、翻译等方面的目标很远大，任务也艰巨。唐湜拿着赵瑞蕻写的地址和介绍信，找到穆旦的寓所。当时已是傍晚，他俩一见如故，沐着和煦的灯光，谈话非常投契，古今中外，天南地北，畅谈一夕，顿成至交。

穆旦原名查良铮，祖籍海宁，1918 年出生于天津。在南开中

穆旦像

学读书时，就开始写诗。1935年考入清华大学外文系。全面抗战爆发后，他在西南联大学习英语、俄语，他的老师、英国现代派诗人燕卜荪用现代西方诗歌打开了他的眼界。穆旦的诗作受到老师闻一多的赏识，十几首入选他编的《现代诗抄》，数量之多仅次于徐志摩。他当时还出版了诗集《探险队》，诗名在西南联大很响亮，毕业后留校任教。

1942年穆旦投笔从戎，参加中国远征军入缅抗日，在杜聿明军任翻译官。抗战胜利后，他的诗集《旗》收入巴金主编的《文学丛刊》并出版。1948年他自费赴美留学，1953年初回国。

唐湜引穆旦去见唐祈与曹辛之，穆旦与唐祈、曹辛之虽是第一次见面，却已有故交知己的情感。穆旦请诗友们到王府井大街上的萃华楼吃烤鸭。此后，穆旦几乎每月来一趟北京与诗友相聚，当时他在系统地翻译普希金、拜伦、雪莱、济慈的诗，每出版一本就带来一本送给诗友。杜运燮工作繁忙，露面不多。陈敬容也在北京，是《世界文学》月刊法文组的负责人，深居在恋人蒋天佐的"金屋"中，只与他们在翠华楼叙谈一次。

穆旦有一次还带来同族叔伯兄弟查良镛，与唐湜等诗友一起吃饭。查良镛带来几本小说手稿，穆旦提出让唐湜看看，给小说写一篇评论。唐湜当即翻看了一会儿，是武侠类的小说，他找不到写评论的思路，就回绝了。查良镛就是后来成为"中国武侠小说宗师"的金庸。金庸和穆旦是清代诗人、文学家查慎行的后裔，兄弟俩长得像，都方脸大耳，气度潇然，有世代书香门第的那种雍容风范。

1956年端午节，是纪念屈原的日子，臧克家等人正在筹备的诗刊社邀请在京诗人参加诗歌朗诵会。唐湜与穆旦、曹辛之、陈敬容、袁可嘉、杜运燮应邀参加，和当时活跃在诗坛的青年诗人公刘、北京三联书店编辑刘岚山坐成一桌。已调到《诗刊》编辑部任创作组组长的唐祈忙着张罗这次活动。一会儿，唐祈带来一位端庄秀美的女诗人，也坐到这一桌，她就是郑敏。唐湜、曹辛之、陈敬容、唐祈都是第一次见到郑敏，第一次握手相聚[1]。唐祈介绍说，郑敏在中国社会科学院外国文学研究所工作，从事英国文学研究。诗歌朗诵会开始了，大多在朗诵公刘的诗，唐湜与诗友们一边听着朗诵，一边谈论诗歌，在诗域漫游。郑敏优雅而娴静，偶尔插上几句，语调温润平和。

郑敏祖籍福州闽侯，1920年出生于北京。随着全家的迁移，她的小学、中学从北京转徙至南京、重庆等地。1939年郑敏考入西南联大外文系后转入哲学系，同时选修中文系课程，受益于冯至、闻一多、陈梦家、卞之琳、李广田等老师，深入接触中国新诗和英美现代主义诗歌，并开始诗歌创作。她大学毕业后在重庆做过教师和翻译，她的《诗集：1942—1947》也列入巴金主编的《文学丛刊》。1948年她到美国留学，由于朝鲜战争爆发，直到1955年6月，她和一批留学生才回到祖国怀抱。

唐湜与同乡同伴林斤澜在北京重逢，依然如故，纯真的感情不会随时间的流失而消逝。他们追忆起学生时代和那段峥嵘岁月，林斤澜说唐湜是"在革命队伍里写诗，在诗歌队伍里闹革命"。唐湜说林斤澜还不是同样带着五四文学精神和革命文学理念的矛盾与统一前行的。两人越谈越畅快，拊掌大笑，乐不可支。

当时，林斤澜在北京人民艺术剧院创

郑敏像

作组从事专业写作。他十多年前在重庆的国立社会教育学院就学时，有了文学理想，正在为更好地实现理想专心创作，写出了四幕剧《布谷》等。而唐湜以浪漫的情怀，一边读着莎士比亚、雪莱、济慈的诗篇，一边创作诗歌和评论，在报刊大量发表，被林斤澜说成是"诗国的旅行，添加评论的彩虹"。唐湜以他出众的才华，开始惊动中国文坛。

[1]唐湜与郑敏第一次相见的时间，有不同的版本。唐湜在《九叶诗人："中国新诗"的中兴》（上海教育出版社 2003 年出版）一书第 178 页说，他与郑敏是 1978 年第一次见到。在《来函十六封及说明》（刊于《新文学史料》2000 年第 3 期）一文中提到，1956 年端午节，诗刊社邀请在京诗人参加诗人节和诗歌朗诵会，他与郑敏都受到邀请，并都前往参加，由此认识。本文以后一种说法为准。

四

20世纪50年代，中国文联和下属各协会的宿舍大院建在朝阳区西部的芳草地。唐湜刚到《戏剧报》工作时，住在王佐胡同（单位租用民房）。1954年下半年，唐湜的小女唐绚中已经出生，陈爱秋再次带着孩子来到北京，一家人搬到了芳草地中国剧协的宿舍，安了家。在芳草地，唐湜的小儿子唐彦中降生，这样，家里四个孩子，甚是热闹[1]。

这期间，陈爱秋去石景山钢铁厂当会计，又因孩子尚小需要照顾不得不放弃工作，在家里专心致志地做一个贤妻良母。一家六口充满了温馨与甜蜜，在芳草地度过许多美好的时光。

芳草地一带旧时是布满乱葬岗子的荒郊野外，到他们居住在芳草地时，已是一派热气腾腾的市井生活景象，一排排红瓦平房还给人一种气势感。唐湜的大女儿唐洛中当时已经十来岁了，长子唐维中也七八岁了。每天早晨醒来，两个小孩子能感受到院子里的鸟语花香，如果是风和日丽的天气，他俩吃了早餐就找小伙伴在平房区里追逐嬉闹，大院里回荡着他们的欢声笑语。下午临近日落时，夕阳擦过屋顶斜照在院子里，他俩就站在家门口等待自行车的铃声，在晚饭前，他俩总能听到那熟悉的铃声，便欢叫起来：爸爸回来啦。刹车声刚落，爸爸的身影就出现在夕晖中，显得挺拔高大，他的头尖差点顶住了门框。兄弟姐妹见爸爸手拿几串冰糖葫芦，顿时欢呼雀跃，抢着要尝那甜甜酸酸的味道。晚上，刚刚蹒跚学步的唐绚中吵着要骑马，唐湜趴在床上，让小女儿当马骑，房间里不时传出孩子细碎的说笑声。那段时光里的那些场景，像一块块温润发光的玉石，永久保存在唐洛中和唐维中的心里。

唐湜在《戏剧报》工作起来如鱼得水，却依然孜孜以求，精进不止。唐湜多次访问著名京剧表演艺术家、戏曲教育家萧长华，写了三篇独特的戏剧理论文章在《戏剧报》发表；他写了《京剧舞台上的赤壁之战》《卢胜奎论》《侯永奎与〈刀会〉》等，发表在《人民日报》《解放军文艺》等报刊，引起较大反响，收到许多读者来信。同时，他又写出了十七万字的《戏曲论集》，翻译了三部泰戈尔诗剧，汇编了一本自己的莎士比亚研究文集，取名《莎士比亚在中国》。这些书稿进入了出版程序，有的即将交付印刷。

唐湜一家在北京（1957 年）

唐湜的子女

唐湜从小爱好昆曲，在《戏剧报》工作时，参加了北京昆曲研习社，这是一个昆曲票友组织，唐湜因此结识了散文家、红学家俞平伯和他的夫人许宝驯，与"张家四姐妹"中的"二姐"张允和、昆剧表演艺术家俞振飞、袁敏宣都有交往。有一次中元节，唐湜在北海放湖灯、唱昆曲，虽然嗓子一般，兴致却高。唐湜还多次与票友一起去颐和园雇一艘大船，一边游船一边唱昆曲，心情愉悦而舒畅。颐和园里和风送暖，水波荡漾，长堤缀绿，是唐湜在北京时最爱去的地方。

这一切，留给唐湜最美好、最幸福的记忆。不料好景不长，1955年春夏之交，坦诚忠厚、醉心事业的唐湜，却掉进了历史的大波涛大旋涡之中，翻卷沉浮。

[1]唐湜有四个子女，长女唐洛中出生于1948年，长子唐维中生于1949年，小女唐绚中出生于1954年，小儿子唐彦中出生于1955年。

五

　　唐湜是一位勤奋的作家，当他又可以像常人一样工作和生活时，便马上爆发创作的激情，他拿起枯涩的笔，在稿纸上漫步，写成了20万字的戏曲评论集《论三国戏》，又有了一次新的突破。

　　在北京的这几年，唐湜时而来温州参加各种文艺活动，与文友相聚欢谈，也做些文学讲座，只是他口才一般，没有产生像莫洛、金江所做讲座的良好效果。

　　莫洛已于1954年2月调往浙江师范学院（后并入杭州大学）中文系任教，家乡温州有什么文艺活动，他都会如约赶过来参加，热情荡漾。革命的资历和作家的身份对于莫洛来说，不是高高在上的理由，不是拒人千里的鸿沟，而是一种面向新时代的开阔的胸襟、宽广的格局和善良的内心，他以不竭的追求精神和个体的思想光芒，赢得了各方面的普遍赞誉和尊重。他倾心教学，对待学生就像对待自己的孩子一样，和蔼可亲，谆谆教诲，循循善诱，不惜耗费大量时间为他们批改作业，修改文章。他讲课时声如洪钟，生动有趣，往往教室内外都挤着学生。他在中文系教学，达22年之久。

　　金江1954年1月创作的寓言《小鹰试飞》在《大公报》发表了，这是新中国成立后面世的第一篇寓言作品。接着，他创作的童话《"小飞马"的遭遇》发表在《红领巾》杂志。这些作品有广阔的想象空间、深沉的爱，富有诗心和童真，让小读者耳目一新，反响热烈。金江创作热情高涨，夜不能寐，思绪像展翅翱翔的大鹏，美妙的灵感纷至沓来，美好形象跃然纸上，先后创作出一百多篇寓言和童话，发表在《人民文学》《长江文艺》《少年文艺》《红领巾》等报刊。1956 年，金江的第一本寓言集《小鹰试飞》由中国少年儿童

莫洛（右四）、马允伦（右三）、唐湜（右二）、金江（右一）与少年儿童

出版社出版，同年，该出版社又推出他的第二本寓言集《乌鸦兄弟》。

那几年，唐湜在北京与林斤澜偶有见面。林斤澜调到北京市文联文学创作组，成了专业作家，不过，他已不大写剧本了，改写小说，而且专攻短篇小说。他觉得剧本要写生生死死、悲欢离合，需要很多情节、故事，不是自己擅长的，也不符合自己的个性。1957 年春，林斤澜的短篇小说《台湾姑娘》发表于《人民文学》，在社会上引起广泛反响，从那以后，他开始活跃在文坛，他的小说也频频在《人民文学》等杂志发表。

赵瑞蕻还在南京。中央大学改名南京大学，他依然任教于中文系。他是个责任心、事业心很强的人，以炽热的爱国之心为土改创作了《土地上的光》，为抗美援朝创作了《三个美国兵》，赞颂新的时代，歌唱新生活。他翻译出版了苏联诗人马雅可夫斯基的经典长诗《列宁》，翻译出版了《马雅可夫斯基研究》。从1953 年这个明媚的春天开始，他致力于新兴的比较文学研究，在南京大学中文系创建了比较文学与世界文学专业，培养出一批批

比较文学硕士研究生。那一年，赵瑞蕻被教育部高等教育司派往民主德国，在莱比锡大学（也称卡尔·马克思大学）东亚学系任客座教授四年，讲中国现代文学史、鲁迅研究等课。他的妻子杨苡取得更大的成就，出版了译著长篇小说《呼啸山庄》《永远不会落的太阳》《俄罗斯性格》《伟大的时刻》《天真与经验之歌》等，其中《呼啸山庄》这个译名是由她首创。杨苡的哥哥杨宪益不仅是翻译家，还是外国文学研究专家、诗人，可谓著作等身。

1953 年 5 月，郑伯永主动放弃一切行政职务，调到在上海的中国作家协会华东分会，从事专业文学创作，成为全国为数不多的有着革命战争生活经验的专业党员作家。他也像莫洛一样，热心家乡的文化事业。在文学创作中，他觉得要写的题材实在太多，而浙南革命根据地火热的斗争生活和那些可歌可泣的人和事，最是时刻呼唤着他的心灵，丰富生动的革命故事和许多人物形象，潮水般涌上他的心头，浮现在他的眼前。他夜以继日，笔耕不辍，把写作看成了一项新的战斗任务，写出了《高振友》《深山春讯》等中短篇小说。1955 年，因工作需要，郑伯永调回浙江，在省委文教部担任文艺处处长兼省文联秘书长，牵头创办了文学月刊《东海》，主持召开全省文学青年创作会议，创建东海文艺出版社，吸引和团结了一批省内外作家，培养和扶植青年作者，出版许多反映抗日和解放战争的文学作品，开创了浙江省文学工作的新局面。

这一年 11 月，时任浙江省委宣传部（后改文教部）副部长兼省文化局局长黄源，决定组织力量改编《十五贯》。黄源原名黄启元，字河清，作

《十五贯》剧照

家、编辑家、翻译家，对郑伯永很是欣赏，就把他作为自己的副手。黄源曾说："要改编《十五贯》，我第一个想到的就是郑伯永。"于是，黄源、郑伯永分别担任"《十五贯》整理小组"正、副组长。

《十五贯》又名《双熊梦》，是清初戏曲作家朱璘的传奇作品，昆剧代表作，该剧用熊氏兄弟各遭冤案、双双被判死刑的故事，揭露批判了主观臆断和循规蹈矩的官僚作风，歌颂实事求是的精神。郑伯永与黄源等人商议改写《十五贯》的主题思想和改编方案，认为要保留原作中的积极因素，而故事情节要删减，需改"双线"为"单线"，把全剧定为"鼠祸""受嫌""被冤""判斩""见都""疑鼠""访鼠""审鼠"等八出。改编方案确立后，郑伯永作为具体工作的执行者与组织联络者，和其他剧作家、艺人周传瑛、王传淞、朱国梁、陈静一起共同合作奋战，陈静执笔，他们边改编、边彩排、边修改，反复打磨，精益求精，让崭新的《十五贯》主题更加鲜明突出，情节更加离奇曲折，表演更加精彩诙谐，唱腔更加优美婉约。

1956 年，《十五贯》在杭州、上海、北京等地公演后，获得巨大成功，形成"满城争说《十五贯》"的盛况，还进了中南海，《人民日报》发表《从"一出戏救活了一个剧种"谈起》的社论，使昆曲这一濒临绝境的古老艺术重获新生；还因为它的成功，使得大量传统剧目回归舞台，戏剧演出市场得以复苏。作家汪曾祺曾说，整理传统戏最成功的一部是昆剧《十五贯》，"它所达到的水平，比《将相和》《杨门女将》更高一些，因为它写了况钟这样一个人物，写得那样具体，那样丰富，不带一点概念化和主题先行的痕迹"。

六

1958 年，唐湜被送去劳改后，陈爱秋心中的悲苦难以言表，她带着四个孩子住在中国文联宿舍，靠着中国剧协每月 50 元的生活费，温暖的小家已充盈着凄惨的泪水。

今后的生活怎么过？前途渺茫。陈爱秋考虑再三，决定带着孩子回温州，毕竟在老家会有亲人帮助，也可远离痛苦的阴影。行色匆匆，在中国剧协同志的帮助下，陈爱秋怀揣安家费，拖儿带女登上了回家的火车。这一路，陈爱秋说不出的哀伤与怆然；这一别，她不知一家人何时才能再来北京。

1961 年初秋的一天早晨，陈爱秋正在给孩子做早餐，听到楼下有人在喊她的名字，唐洛中从楼上跑下来，一看，站在眼前的好像是爸爸，定睛再看，果真是爸爸。

1961 年唐湜一家在温州稳定下来。但温州家乡没有给唐湜带来安全感，却有种种荒谬让他难以喘息，而最大的焦虑是他一家六口人没有经济来源，怎么生活下去？他写信求助，终于在时任中国剧协秘书长李超和温州地委宣传部副部长董锐的帮助下，于翌年初被安排到永嘉昆剧团工作，任临时编剧。

1962 年早春，唐湜到了永嘉昆剧团工作，他谦和的微笑、文雅的谈吐，给剧团里的演职人员很好的印象。接触了一段时间，大家也感觉不到他政治上有什么问题，剧团里老老少少都喜欢他，亲切地叫他"唐先生"。他给大家讲马连良、红线女、常香玉等文艺名家的故事。温州当时是偏隅小城，这些剧团演职人员都是第一次听到这些名字，才知道马连良是京剧四大须生之一，红线女是粤剧一代宗师，常香玉是著名豫剧演员，两人还为抗美援朝各捐一架飞机。

昆剧素来以文辞典雅、曲调清逸著称，作为编剧，一要有扎实的古典文学功底，二会循宫数调、倚声填词。唐湜精通古典文学，熟悉曲牌的音乐和文学结构。他到永昆不久，就进行《东窗记》的编剧，这是写南宋奸臣秦桧东窗定计害死抗金名将岳飞父子的故事，《南词叙录·宋元旧篇》载有《秦桧东窗事犯》，许多剧种有改编演出。唐湜把《东窗记》定稿给团里的作曲林天文[1]谱曲，林天文一看，赞叹不已。唐湜是根据原来的故事框架，从头到尾全新创作，不像某些剧作家拿老本子"修修补补"。剧本灵光四射、文采飞扬，那些唱词更是瑰丽而变幻，精美而准确，只有一处，唐湜用了"天怒人怨"，"怨"是去声，林天文觉得不好谱曲，跟他商量要改成平声，他立马改成"义愤填膺"，这个"膺"字林天文当时不认识，唐湜说读"yīng"，"胸膛"的意思。《东窗记》在温州东南剧场上演后，引起观众的强烈反响和好评。

紧接着，唐湜又创作剧本《罗衫记》，《罗衫记》原为清代无名氏所作，讲述了一个因果相报的故事。唐湜版《罗衫记》将原著大幅翻变，让御史徐继祖大义灭亲，得知"生身之父"是强盗后无私执法，决心斩杀之后再自刎，可正要自刎时被老家人阻止，原来被斩的正是杀父的仇人。林天文拿着唐湜创作的《罗衫记》，感慨不已："千篇一律那是模仿，唐先生的编

唐湜像

189

剧是再创造，哀感顽艳，独具魅力。""他博览群书，阅历丰富，视野开阔，更有令人刮目相看的文学造诣，他的剧作有大气象、大格调、大境界。古人常言才高八斗，担当得起的剧作家不多，唐湜可以。"

　　永嘉昆剧又称温州昆剧，是流行在以温州为中心的浙南地区的传统戏曲剧种。温州昆剧团建立于1951年，原称温州巨轮昆剧团，1954年划归永嘉县管辖，更名永嘉昆剧团。唐湜随着永嘉昆剧团走入江湖，在山村、渔港、沟沟壑壑间经历了不少个清晨与黄昏，做着富于浪漫意味的漫游，有时学永嘉太守谢灵运到周边游山玩水，吟诗作赋；有时穿行在山水间，与伐木工、猎人、渔夫交往、倾谈；有时置身于空山不见人的安静中，聆听小雀的鸣叫，畅想鹏鸟的飞腾；也时在清晨别人睡得最香的时候悄悄披衣起床，到山头看日出、观云海。他在剧团里没有孤独的远行和无边的寂寞，却有他追求的独立人格和精神自由，仿佛越过了人生中的激流险滩，又成为文艺路上的朝圣者。江湖生活给了他珍贵的馈赠，让他收获了滋养一生的艺术情感。他在古典昆剧的构思与文采上下功夫，集中全力创作剧本，又编了一个故事，取名《拾翠记》，又改写了《昭君出塞》《蜃中楼》和《百花公主》等，两年下来，共创作十多个昆曲剧本。

　　那时浙东南的海岛山村没有通电，每天晚上，唐湜就借用农家的煤油台灯挑灯夜战，在煤油灯光和文艺之光的映照下，他的内心世界变得澄明而透亮。永昆，成了唐湜暂时安

唐湜编剧的《百花公主》剧照

放心灵的地方，在这里，他迎来了创作的高峰期。

在剧团里，唐湜还成为青年演员的良师。他给青年演员灌输文化知识，讲戏剧的起源、历史与发展，也对某一个剧本进行深入分析。他还讲北宋画家米芾的传奇故事，说米芾小时候每天读律诗上百首，过目不忘。唐湜希望青年演员多读书，一字一句认真读，领会含义，不要走马观花。

昆剧的表演和鉴赏，都须依赖较高的古典文学素养，当时永嘉昆剧团的青年演员大多是初中水平，在戏曲训练班学习一年多时间就上台表演，对唱词中的一些古文，理解不准确，在表演方面，老师怎么教，学员怎么学。老艺人文化程度更低，甚至有文盲，会演唱却不懂其义。唐湜观看了几次演出，发现剧本中有年代、官衔、地名、词牌等错误，一一给予纠正。

永昆旦角演员王友圭回忆："唐先生温和亲切，把错在哪里、如何改正的道理讲得透彻，不卖弄，不掉书袋，让我们很信服。有一次唐先生叫住我：'友圭，你唱这句时，动作不应该这样做。我问，那该怎么做？'他反问，'这句唱词的含义你理解吗？'我说，'我不懂，先生怎么教，我就怎么跟。'唐先生就把这句唱词解释给我听，我才知道我的动作确实不对，改了过来。"

唐湜为剧团里的老演员创作了《东窗记》，又为青年演员创作了《罗衫记》。在《罗衫记》中，当时年轻演员的佼佼者林媚媚扮演生角，王友圭扮演旦角，唐湜拿着剧本逐字逐句讲给她们听，他的剧本角度特别、语言精美、比喻奇妙，字里行间弥漫着沉郁雄浑之气。一句唱词或念白，经过他讲解后，年轻演员表演起来就潇洒自如多了。唐湜还懂音乐和舞台表演，强调演员表演时，内心情感要丰富，情绪要随剧情节奏而变化，一笑一颦都要让观众心动，要求演员把戏曲功底磨砺扎实。

《罗衫记》由永嘉昆剧团的孙光嗨导演，公演后大受观众欢迎，盛演不衰。唐湜的创作与指导给永昆带来飞跃性的进步，让永昆有了一个转折点，从"草昆"走向了高贵。

　　唐湜在永昆的月薪34元，28斤大米，是文行演员的标准。唐湜饭量好，在北京工作时一餐能吃1斤烙饼，还加1碗蛋花汤，吃炒面也要吃1斤。28斤大米他不够吃，就吃瓜菜代，瓜菜代是拿饭盒蒸饭时放一点米再加入食堂免费提供的大头菜或土豆。王友圭见他一日三餐吃得苦，就在自家多做几个菜肴请他来改善一下伙食。有一次王友圭炒了一盘牛蛙放在桌上，家里的孩子上桌想吃，一看盘里的牛蛙空空如也，就哭着问："牛蛙呢？"唐湜说："给我吃完了。"此时的唐湜单纯得像个孩子。他吃饱了，就靠在竹椅上哼唱起昆曲来，用手打着拍子，神情很陶醉。

　　1963年春夏之交，永嘉县委通知永嘉昆剧团停演《东窗记》，唐湜从剧团里"解雇"出来，回了家。董锐等领导虽然想让唐湜在永昆全力以赴搞创作与改革，也无能为力。

　　[1]林天文（1936—　），温州平阳人，国家一级作曲，第二批国家级非物质文化遗产项目昆曲代表性传承人。

七

　　唐湜没有了工作，赋闲在家，他开始创作悲剧诗《泪瀑》，并进行十四行诗的幻美追求，常常挤在吵闹的孩子中间写作。可是，家里一贫如洗，已到了没米下锅的地步，几个孩子已渐渐长大，学费无法支付，无计可施的陈爱秋看着醉心创作的丈夫，叹息一声说"家里可卖的东西已经卖光，东借西凑也无路可走，你都没有想想该怎么办哪？"唐湜抬头看了一眼妻子，笑了一笑，又低头写着他的诗句。

　　苦难的命运没有压断唐湜的脊梁骨，他在漫长的黑夜里开始翻译《莎士比亚十四行诗》，这是一个较大的工程，莎士比亚有154首十四行诗，结构、技巧和语言都有高超的技艺，它们歌颂爱情、友谊与真善美，每一首都具有独特的审美价值。唐湜已经熟读或翻译过弥尔顿、雪莱、济慈以及现代欧洲诗人里尔克、瓦雷里、奥登的十四行诗与各种各样的变体，再加上他一直喜爱莎士比亚的十四行诗，觉得那种每行五音顿的无韵素体诗，那种"ABAB CDCD EFEF GG"的韵式，那种极自然的抑扬格的成熟节奏，就是语言的音乐，读起来像芦笛奏出的通晓、清纯、悦耳之声。他把翻译《莎士比亚十四行诗》作为自己一次情感的旅行。在结束了《莎士比亚十四行诗》的翻译后，唐湜又把目光盯上了莎士比亚的经典剧本，首先着手翻译的是喜剧《温莎的风流娘儿们》。

　　1965年春天，草长莺飞，有四位温州青年敲开了唐湜的家门，要求跟他学习翻译，他也正需要带几个学生拿点学费添补家用，就爽快地答应了。唐湜说，"我正在翻译莎士比亚的剧本，他一生创作的剧本数量可观，规模宏大，得以传世的就有三十七部，我们就一起从翻译莎剧开始吧。"这四位青年是沈克成[1]、徐葆萱、曹学新、金依诺，他们原本就是挚友，都有英语基础，也从此开始了与唐湜的交谊。唐湜给在印刷厂工作、有出差机会的沈克成开了一张莎剧原著书单，并吩咐先买五本莎翁四大喜剧之一《仲夏夜之梦》，师生人手一本。

　　一个月后，沈克成把《仲夏夜之梦》买齐了，大家又聚到唐湜家里。唐湜一家6口人，4个孩子，还居住在中山公园附近那栋楼房二楼的西边间，过着楼矮声高的热闹生活。这栋楼房三间两进、砖木结构，当时在温州城区算是出类拔萃的民居，充公后成了一个大杂院。四位青年学生的加入，让27平方米的房间里显得异常拥挤。师生5人有的坐在床沿，有的挤在床前的凳子上，手捧《仲夏夜之梦》，一句一句地读，一行一行地讨论。许多词句大家读不懂，翻译起来也有不少障碍，唐湜说，莎翁是用中古英语写的诗剧，陌生与生涩在所难免，读起来自然困难，理解起来也有许多疑惑，你们回去多查词典，将其一一攻克。

　　就这样，每周定一两个固定时间，四个学生会聚在唐湜家里，一起阅读、交流、探讨，逐章逐节读懂原文后，唐湜就做一些艺术的分析。他对诗意的直觉感受敏感而准确，想象丰富而雄浑，常常点燃学生的灵感与幻想，引领学生进入莎翁的内心去探索。在翻译上，金依诺、徐葆萱、曹学新并不动笔，只有唐湜和沈克成像蚂蚁一样的工作，各自一句句、一段段、一幕幕地尝试着翻译在稿纸上，而唐湜的翻译尽显他的才情、学识与文学修养上无可否认的优越，他的译作词意准确凝练，语言精美流畅，叙述生动贴切，富于可读性和感染力，远胜沈克成的翻译，总能令学生们感到莫大的惊喜和由衷的佩服。

那段时间，唐湜生活拮据，一家人时有断炊，学生们听到唐师母敲响米桶，就知道家里没米了，凑钱去买米。不过，唐湜跟学生们在一起，心里是充满欢乐的，教与学的氛围轻松而愉悦，他与他们一起对诗艺、对美学、对进步的思想无比执着地追求着。

那一年夏天，唐湜接受温州洪殿黎明大队"黎二夜校"创办人的邀请，前去教英语和语文。

在这样的人生低谷中，唐湜依然温文尔雅，善良敦厚，旷达乐观，眼睛看人时有锐利的光芒，从文学里能获得无穷的乐趣。他受到了学生的尊重和钦佩，引作楷模，视为偶像，有的还慕名而来，成为他的学生。

唐湜讲课时声调不高，语速较慢，笨嘴拙舌。从教学的角度来说，他不是一个好老师，一些学生上讲台都要讲得比他好。但唐湜给予学生最大的教益是人格魅力，一种精神上的滋养，就像他的诗歌一样，是直抵人心的一种艺术。他教给学生如何面对苦难，如何遵从信念，怎样保存纯真、热情和希望。一些在文学方面有悟性的学生常围着唐湜问这问那，写一些文学作品给唐湜修改。在唐湜的影响下，许多学生爱好文学与英语。在他潜移默化的影响下，学生们的学识、思想、境界都得到了提高，大家热爱学习，珍惜光阴，对未来有信心，后来走上不同的成功之路。

唐湜像

[1] 沈克成（1941—   ），温州人，温州方言学家、汉字编码学家、翻译家。

八

莎士比亚诗剧中那种宏大的气魄和律动的诗情，震撼着唐湜的心胸，也给他巨大的诱惑。大约用了半年时间，唐湜与沈克成用细磨精琢的功夫，各自完成了《仲夏夜之梦》的翻译。接着，唐湜选择了莎士比亚四大悲剧之一的《麦克白》进行翻译，这同样是一部像大江一样浩荡的诗剧，从"一个入侵者的狂热的野心与性格出发，力图写出麦克佩斯（麦克白）式的野心的悲剧"（唐湜语），他与学生们依然以严谨的态度，与原文一一对应进行翻译，洋洋洒洒，自然自如，翻译的速度快了许多。

唐湜是一位诗人，是莎士比亚的知心者，他对莎剧有着高深的理解力和敏锐的洞察力。他的译作既忠实于原作，又有自己独有的创作，他力求以相应的北京方言、谐语来表达原作意思，特别注重舞台效果，让诗与戏精彩结合，便于演出。唐湜的译作中还不乏种种分条注释和详尽的札记，用以分析历史背景、故事演变、主题思想和人物性格等，为读者答疑解惑。

1966 年到来了，生命进入了盛年期的唐湜，引领学生走进了莎士比亚的世界。缤纷初夏时，《麦克白》翻译收尾后，唐湜与四个学生进攻第三个莎剧《罗密欧与朱丽叶》，这虽是一部悲剧，但有喜剧的气氛，是一部乐观主义的悲剧。1966 年，四个学生跟随唐湜学习了一年半的翻译后，各奔东西，自谋前程去了。

此时，唐湜离开了"黎二夜校"，再次失业。"黎二夜校"

也很快停办。"黎二夜校"的学生温锋[1]，与唐湜已成了忘年交，温锋惦记着他的艰难处境。

有一次，温锋那位定居香港的舅舅给他寄来一本英文版的 *Othello*（《奥赛罗》），白色的软皮封面，小开本，题目印在封面右上角，小巧可爱。*Othello* 是莎士比亚创作的四大悲剧之一，温锋心想唐先生一定会喜欢，就捧着 *Othello* 往唐湜家走。当他走到中山公园的中山桥边，看见唐湜正在桥边的林荫道上散步，就快步上前递给他 *Othello*。唐湜一看，欣喜不已，站在桥头翻阅，还情不自禁地读出声来。温锋见唐先生爱不释手，就让他带回家慢慢阅读或用于翻译，之后一直没有去要回来。可是美好的诗意，也在狂风暴雨下变得千疮百孔。

[1]温锋，本文唯一的化名，他接受笔者采访时要求："虽然为唐湜先生做了一些好事，但像我这样的人还很多，就不必写我的真实姓名。"笔者答应了他，采访这一天是 2021 年 3 月 5 日，是学雷锋纪念日，笔者就给他写上"温锋"的化名。

九

　　在那个缺乏诗意的年代里，唐湜暂时进入了沉默中，不敢写诗，也不敢翻译。但唐湜手痒痒又要写作。

　　陈爱秋见唐湜总是夜以继日地写着稿子，没好气地说："你这样争分夺秒地写，有人等你的约稿吗？"唐湜抬眼看一看妻子，虽是嘲笑话，也不生气，苦笑了一声继续低头写作。他知道在这种情况下，自己的作品不可能发表或出版。

　　之后温锋带着唐湜一家，拉上一板车生活用品、书籍诗稿等，搬到市郊杨府山，住到温锋舅舅的房子里。这是一栋七间单层的老房子，温锋舅舅去香港后一直空置。大家七手八脚整理修缮一番后，居住起来很是舒适宽敞。房子周边是油绿的田地，树木生机勃勃，出门不远就是瓯江。杨府山对于唐湜来说太熟悉了，他小时候就跟随父母住在杨府山东麓的唐宅。

　　唐湜每天早起，推开窗门，鸟鸣喧喧，在丝丝缕缕的江雾中阳光恍若银色的梦幻。他每去瓯江边，面对亘古奔流的江水和对岸的青山，总是凝神和浮想。一家人在这里居住了近半年，他完成了由近百首变体的十四行组成的历史叙事诗《海陵王》，成功塑造了统领六十万大军南下、饮马长江的大金国英雄大可汗与他妖媚而狠毒的爱妃珍哥的形象。

　　谁也不知唐湜这些作品的命运如何，能否有面世的一天，但陈爱秋从来不反对丈夫写作，她知道文学和写作，是他的生命中最重要的一部分，同时让他没有在逆境中放弃自己。陈爱秋也有着扎实的文学基础，《红楼梦》《浮生六记》和鲁迅的小说，是她枕边的日常读物。她经常给孩子讲《红楼梦》里的人物和故事，讲《阅微草堂笔记》里的人物和故事，偶尔也会和唐湜谈论文学，品读诗文，交流思想。

《海陵王》封面

唐湜惜时如金地读书和写作，在60年代中期迎来了创作上的喷发期，家里文稿成堆，有诗歌、剧本、翻译、评论。唐湜没有钱买稿纸，就捡用十六开的白报纸，压平、叠齐、装订，整理成一个个本子。

就这样到了70年代初，温锋把保存多年的书稿还给了唐湜。爱诗如命的唐湜看到自己完好如初的书稿，激动得喃喃自语，那双捧着书稿的手微微颤抖。

他没有了学生，也就没有了收入，一家人又陷入了困难的日子里。唐湜试着找几个亲友帮忙，他们都躲开了他，他找到沈克成相助。沈克成与自己的高中同班同学戴耀东商量，就这样唐湜被安排到水泥预制场干活。预制厂在市区九山湖附近的清明桥边，面积不到两亩地，主要生产水泥预制板，俗称五孔板，多做房屋之间的隔层板。戴耀东是位热心肠的人，他交代预制场的工人要照顾好唐湜，不要让他干重的体力活。工友对唐湜特别友好，纷纷伸出援手，凡有重的体力活都不让他干，只让他推一辆小车，干点零活，甚至可以在上班时间推着小车到场外大街上转悠一圈。工友对唐湜的友谊，在那个特殊的年代显得尤为珍贵，在温州文化界留下一段佳话。

落魄中的唐湜又扬起了人生希望的风帆，他在水泥预制场这个恬静的小港里，又开始了诗歌创作和莎剧翻译的幻美追求。他用单纯而质朴、敏感又炽热的情感，拿起明快又亮丽、圆润而大方的译笔，开始翻译莎士比亚晚期创作的传奇剧《暴风雨》。

完成了《暴风雨》的翻译，唐湜拿起还只翻译了一部分的《罗密欧与朱丽叶》，他要把它翻译完整。他译得抑扬顿挫，疾徐高低，讲究节奏，非常抒情，把青春的活泼和相爱的大胆充分地传达出来，让笼罩着悲情的纱幕透出缕缕喜悦的光芒，成为典型的悲喜剧。其实，唐湜的人生，何尝不是一出悲喜剧？他对这位英国文艺复兴时期伟大的戏剧家和诗人的痴迷，体现在翻译的字里行间，充盈在自己悠长的翻译旅途中。

苦难把岁月拉得很长，两年后，温锋工作了，建立了家庭，生活改善了，他记挂着唐湜的生存境况，几次去建筑材料预制厂看望他。唐湜见到温锋来看他，喜出望外，赶忙摘下草帽，放下裤腿，找僻静的角落聊天。

唐湜胖嘟嘟的脸颊是黝黑的，双手是粗糙的，但精神锐气未

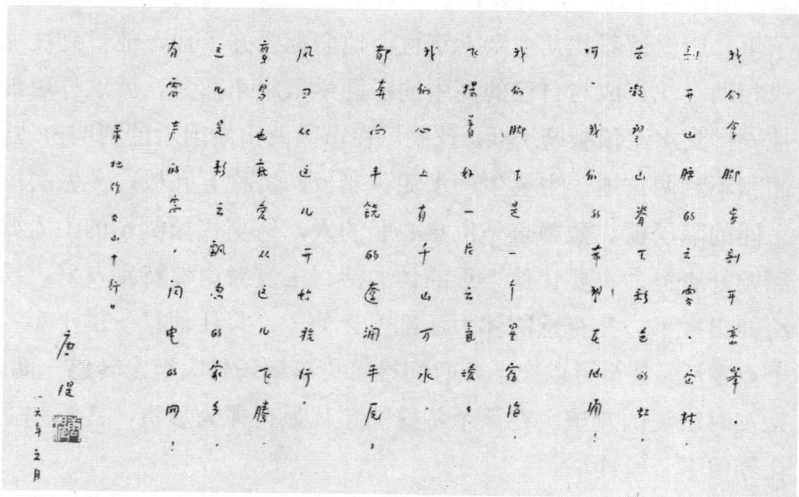

唐湜手迹

曾磨灭，话语轻松而愉快，眼睛依然有锐利的光芒。唐湜说自己在预制厂工作并不劳累，二十来位工人都很朴素、善良，照顾着他，关心着他，搅拌与浇灌混凝土，运输预制板到建设工地，大家都抢着帮助他。工友们有空时爱听他高谈阔论，他讲地方戏里的故事，讲莎士比亚和高则诚，有些内容工友一知半解，却听得津津有味。工友懂得学问的珍贵，懂得对知识的尊重。

　　唐湜与温锋坐在厂房一角聊了好一会儿，清风从院墙外吹了进来，拂在他们的脸上。这里真是一处奇妙之地，有一种互爱的温暖，又可以躲避外面的风浪。唐湜说，只是工资偏低，开始月薪20多元，后来加到30多元，因家庭负担重，还是入不敷出。温锋每次与唐湜告别时，都会塞给他五元钱。

十

　　时间仿佛凝固在一个黑暗的隧道里，唐湜一家与中国千千万万的家庭一样，在漫漫的长夜中等待黎明的曙光，但人们精神迷惘，人与人之间变得微妙，彼此缺少信任，不敢倾吐心声。当然，也不能一概而论，苦难的人世间也不乏温情的存在，除了沈克成、温锋等对唐湜的帮助，唐湜家里，也时有老朋友、老同事过来叙叙旧，聊聊心灵的伤痛，彼此安慰。

　　唐湜在永嘉昆剧团的两年里，与作曲的陈达辉、林天文和编剧的陈彬成为好友，当他们得知唐湜一家在为填饱肚皮而绞尽脑汁时，毫不犹豫地伸出了援助之手，三人定期相约在唐湜家里聚餐，把凑起来的钱交给陈爱秋，让她多买点鱼和肉。陈爱秋烧得一手好菜，大家像过年一样，美美地饱食了一顿。

　　任教于杭州大学中文系的莫洛，其政治生涯也大起大落、命途多舛，偶尔回到温州家中，他就带口信请唐湜抽空来串门，唐湜进门就叫一声"老马"，把带来的文稿拿给他看。莫洛心里苦闷，释放的多是乐观、积极的态度。

　　那时，莫洛与家人还住在百里坊的马宅里，属于三房，紧挨朱彭巷。马宅是一栋有着三百多年历史的老房子，坐西朝东，占地六七亩。走过正门，是五间两层木质楼房；中堂是一层木房，屋顶很高；老宅里有宽阔的长廊和花木繁茂的院落，是马家一代代孩子举行运动会、展览、春节游灯的场所。莫洛一家生活在这个大家庭里，衣食都没有问题，而唐湜却生活贫困，食不果腹。林绵见到唐湜，打过招呼后就到厨房里煮一碗大面给他吃，她知道唐湜食量大，面下得很足。唐湜毫不客气，见一碗大面端来，就低着脑袋稀里哗啦地吃起来。有时候唐湜过来串门正撞上莫洛一家在用餐，受到邀请，便也入座动起筷子，林绵就把菜盘子推到他的面前。吃过饭后，唐湜和莫洛会长时间交谈，话题很多，两人兴致盎然。老屋里并不亮堂，光线被厚厚的瓦片挡住了，但他们的说笑声很响亮。他俩所获得的快乐，就在这自由的相聚里，没有了这样的时光，心情就开始苦涩。

某一个暑假的一天，唐湜看着莫洛房子里发霉腐烂的地板，说，我厂里几乎每天有剩余的混凝土，可以拉几车过来把这里做成水泥地。果然，唐湜连续多天下班，用铁斗车把混凝土拉过来。从预制厂到莫洛家，抄近路要半个小时，夏天傍晚的气温也在 30℃以上，身材略显肥胖的唐湜大汗淋漓，衬衫也被汗水浸湿了。唐湜还熟练使用抹刀，把水泥地抹得平如镜面。后来，他干脆把莫洛房子前的天井也铺成水泥地，在阳光的照耀下反射着流动的光。

唐湜还几次遇到金江。金江同样难逃厄运，然而，性格坚毅的金江不屈不挠，他以钢铁来自喻，在寓言《铁》中写道："烧红的铁放在砧子上，被锤子敲打着。铁叫道：'痛呵！痛呵！'锤子说：'朋友，忍耐一下吧！不经过痛苦的锤炼，怎么能成为利器呢？'"唐湜特别赞赏这篇寓言。

在金江家里，唐湜遇到了比他小 15 岁的骆寒超，这位后来被唐湜称为"极少数的知音

金江与妻子沙黎影

之一"的文友，是诸暨枫桥人，后来到温州郊区的永强中学教书。这一次相见之后，两人就有频繁的往来，成为知己。永强中学是一所农村中学，有着坚强性格的骆寒超一边教学，一边为自己的理想而挣扎，默默地进行文学创作和诗歌研究，继续写学术论文。他认真地阅读唐湜的诗作，还经常是第一读者，他指出唐湜作品的优点和失误，使唐湜能及时加以补正。骆寒超后来成了评论家，这种诗人与评论家的真挚友谊百不为多，一不为少。

唐湜一路走来，百般曲折，万分艰难，预制厂就像避风港，让他还有一份宽松、自由的工作。自由是唐湜生命中的活水，稍得滋润，心田里就会抽出绿芽，胸中的壮志就会苏醒过来，他念念不忘的还是写作，虽然写作给他带来受苦和灾难。他白天一边劳动，一边构思创作，到了夜晚，往往一觉醒来，灵感被激活，就在床上倚枕下笔，直到晨曦微露。就这样，他写出了缅怀往昔、瞩望未来的《夜中吟》，写出了波澜壮阔的历史叙事诗《敕勒人，悲歌的一代》和《萨保与摩敦》，写出了与友人一起游山玩水的忆念之作。他没有囿于一己悲欢来强调个人的蜗角之情，而是用大情怀来抒写沉重的心灵之音和时代之声。

唐洛中和唐维中相继初中毕业，没有工作分配，去做临时工，居委会不给开证明，姐弟俩失业在家。唐维中在家自学电机技术，能维修发电机、变压器等，后来就凭这技术使家庭走出了困境。

《幻美之旅》封面

唐湜一家六人在磨难中度过许多光阴，可谓遍尝人间百味，懂得世事沧桑。也正是因为如此，一家人的心贴得很近，他们彼此珍视，彼此关爱。

人生逆水行舟，时间顺流而下，唐

渥没有让时日荒芜，他拿诗歌与翻译填补自己生命中的空白。他写下了数量可观的诗篇，以连续五十多首十四行诗，来书写一代知识分子历史性悲歌的《幻美之旅》；用幽婉、感伤的叙事抒情诗句，来书写激情又缠绵的爱情故事的《划手周鹿之歌》；荡漾着一泓清凉的心湖，书写唐代诗人张若虚阔大胸怀和宇宙意识的《春江花月夜》；采取东方情调的意识流手法，还创作了历史叙事诗《边城》

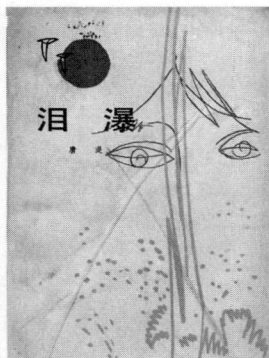

《泪瀑》封面

《桐琴歌》《泪瀑》等一批或气魄雄伟或柔情似水的心理现实主义之作。同时，他完成了《罗密欧与朱丽叶》和《暴风雨》的翻译。他把苦难的人生历程幻化成一条梦一样迷离的道路。

十一

1978 年，金秋十月，唐湜恢复公职，前往北京，到戏剧报社报到。

北京阳光明媚，和风习习，唐湜在中国作协大楼里与唐祈邂逅。唐祈正来办理手续，就要到甘肃师范大学任教。

唐湜和唐祈又找到了曹辛之。曹辛之回到北京后，着手研究书法、篆刻、书画装裱等，成为一名多才多艺的装帧设计家。

好友再度重逢，恍如梦中，自是百感交集。三人又一起找到陈敬容，看到陈敬容凄凉的景况，她与两个女儿和外孙住在法源寺破败的廊庑中，周边是孤寂、凋零的景象，但她还在勤奋地重译《巴黎圣母院》。执手相望间，彼此都隐忍眼泪。

四人故地重游，去了法国公园，公园里花木成畦，柳莺花燕，他们走走停停，谈谈说说，合拍了几张照片。陈敬容请大家上馆子吃了一顿，度尽劫波的老友们回忆过往，谈了别后的情况。

唐湜又去看望林斤澜，才得知林斤澜也历经多年的政治苦难。他被安排在一家电影院当领座员，后来到一所中学当图书管理员，过上"滋润和逍遥"的日子。林斤澜总用自嘲、调侃，来化解人生的种种苦难，让唐湜看出老友的聪明、坚强和带着喜感丰盈的心。

唐湜本想再去找杜运燮，却一时间不到地址，就回到戏剧报社。报社经办人对唐湜说，现在北京户口、住房都紧张，我们单位压力大，如果你一家人都来北京更难解决，最好你在老家找个单位落实。唐湜一听，没说什么，回到温州。

唐湜与陈爱秋商量，她态度明确，不愿意去北京。他找莫洛商量，莫洛说现在年龄大了，不如以前，还是在家乡工

20 世纪 60 年代林斤澜与妻子谷叶

作好。就这样，唐湜留在了温州，去了温州市文化局文艺研究所工作。

1976 年，莫洛从杭州大学离休，也回到温州，被温州市教师进修学校聘请，教中国现代文学与写作，在教书之余编写教材《写作基础知识讲话》，大家都尊敬地叫他"马教授"。他气质儒雅，为人谦和，温厚中带着刚毅，对待学员有一种慈爱，教课时语言活泼，他说"散文形散神不散"，许多学员都是第一次听到这样的论点。

1967 年的金江也已是一位饱经风霜的"老者"了，温州文化界开始出现"三老""马唐金"等称呼，指的就是莫洛（马骅）、唐湜和金江。但金江并不觉得自己"老"，他依然有一颗年少的心，纯真，率直，敏感，创作的愿望火苗一样迸发，熔岩一样火热。这时候，金江在寓言创作上探求全新的面貌，一改之前所采用的以动植物拟人化的传统写法，拓宽题材，向更加贴近现代生活叙述的途径行进。

唐湜在文艺研究所工作，虽然年近花甲，也依然有"春

1965 年，莫洛在杭州大学

天来了"的感觉，他完全卸下羁绊，把储蓄了多年的大量诗作整理出来，陆续在北京、杭州等地报刊发表，在创作上更是焕发着青春，他歌唱黎明，江河泛舟，自酿蜜酒，春瓮生香，写出了不少新妍的诗歌，陆续出版了十四行诗集《遐思：诗与美》《蓝色的十四行》，抒情诗选《霞楼梦笛》，诗歌理论集《新意度集》，散文集《翠羽集》等。他还在故纸堆里搜集资料，进行南戏研究，更有了新的突破。他复出后硕果累累，令人瞩目，巩固了自己在中国文坛的地位。

十二

1978 年，中国走上改革开放之路，新的时代已经来临，中国文学的空气开始暖和，诗人们也活跃起来。这一年，唐祈又陆续找到了袁可嘉、杜运燮和郑敏，并联系到上海的辛笛。诗友们在唐祈的联络通知下，一起来到北京东城区校尉胡同的曹辛之寓所。好几位是久别重逢，见到彼此黑丝间白发，将近花甲之年，感叹岁月的无情。

大家谈起往事和已逝的穆旦，感到无限悲怆，阵阵凄楚。但幸存者总还要带着对诗歌的追寻、对中西文化的探索和对未来的希望，把过去未完成的事业再继续下去。他们商讨要出版一本诗歌合集。

1980 年，这八位诗人在陈敬容家里再次相聚，他们讨论诗歌合集取什么书名。大家各抒己见，其中辛笛说："我们九个人，总不能

九叶诗人相聚，从左至右：杜运燮、郑敏、袁可嘉、曹辛之、唐湜

从左至右：袁可嘉、曹辛之、陈敬容、杜运燮

称自己为九朵花吧？""是呀，我们不能成为花，我们只能衬托革命的花。"大家赞同辛笛的意见，就确定书名为"九叶集"，并由袁可嘉来选编。在编辑过程中，他们常用书信沟通，发表意见。袁可嘉为诗集写序，唐湜和陈敬容对序言进行加工和补充。

时任中国作家协会副主席艾青，在论文和演讲中多次提起辛笛、穆旦、杜运燮、唐祈、唐湜、袁可嘉、陈敬容、郑敏和曹辛之，说他们是以《诗创造》与《中国新诗》为中心，集合在一起的"对人生苦于思索的诗人"。艾青的肯定，推动了文学界对他们的认识。1981 年 7 月，《九叶集》由江苏人民出版社出版，这是辛笛、陈敬容、杜运燮、杭约赫、郑敏、唐祈、唐湜、袁可嘉、穆旦九位诗人的合选集，共选了他们创作于 20 世纪 40 年代的诗作 144 首，是新中国成立后第一本带有流派性质的诗选。《九叶集》的面世，就像其封面上的那棵长着九片绿叶的树木一样，给读者带来一股清爽的新风，给诗坛增添一抹葱茏的绿意。《九叶集》出版不久，国内外出现大量长篇评论，有如潮的好评。

唐湜与他的八位诗伴，完全是由于诗艺与诗论的接近走到一起来，他们以"接受了新诗的现实主义传统，采用欧美现代派的表现技巧，刻画了经过战争大动乱之后的社会现象"（艾青语）的

《九叶集》封面

艺术风格，逐渐形成并奠定了独具一格的"九叶诗派"，确立了他们在中国文坛上应有的地位。

十三

一溪青碧，一山晴岚，一海无垠，一片鲜艳的秋光如洗。
1978 年秋，唐湜与莫洛结伴，在浙江省文联的安排下，游览了天
台山、四明山、普陀山。旅行去，置身于山林水泽的国度，对唐
湜来说，是人生中的大幸事。"给我们打开了生活的书，/读充
满自然变幻的历史，/或满是骚动、喧嚣的诗。"他在旅途中写
下这样的诗句。

位于浙江中东部的天台山，地处宁波、绍兴、金华、温州四
市的交界地带。他们参观了国清寺，穿越了琼台仙谷，最惊异于
石梁飞瀑，白练似的瀑布垂挂在深深的谷底，光灿灿的雾珠喷射
在岩扉之上。位于浙江东部的四明山，也称金钟山，跨越宁波和
绍兴两地，这里青山碧水，万木争荣，鸟兽出没，唐湜和莫洛听
当地人说，每当阵阵秋风吹红了村前村后挂满枝头的柿子时，那
是四明山最美的景观，可惜他们来晚了一步，但他们看到山坳间
的枫叶红了，每棵枫树都像披
了一身艳红的飘飞舞衣。位于
浙江舟山的普陀山，是佛教名
山，普济寺、法雨寺、慧济寺，
他们一一参观；普陀山四面环
海，金沙绵亘，白浪环绕，他
们攀上突兀的礁石，漫步柔软

唐湜（前排左一）、莫洛（前排中）、
金江（后排中）与文友在一起

的平沙，远望大海，寻觅海贝，流连忘返。

之后，唐湜又与友人陆续游览了衡山、桂林、承德等地。层峦叠嶂，田畴草原，云雾飘散，红日喷薄，千帆竞发，万马齐奔，他怀着对祖国山河炽热的爱，开始每一天的行程。

唐湜（右一）与赵瑞蕻（左二）、莫洛（右二）等在一起

旅途里，他带了一个小本子，记录一路上的天光云影和心中激荡的诗情。

唐湜不忘他未完成的莎剧翻译，1980年，他拿回保存在茶山叶成龙家的译稿，抽时间又重新整理、修改了一番。他把莎剧译作的札记改写成论文《论〈仲夏夜的梦〉》《论〈麦克佩斯〉》《论〈罗密欧与朱丽叶〉》等，发表在《戏剧艺术》等刊物上。

1984年腊月，莫洛恢复了党籍之后，唐湜想到自己的党籍还没有恢复，就去找渠川[1]，要求渠川帮助他恢复党籍，这时渠川才知道唐湜在20世纪30年代就加入共产党。渠川当时的心思全在创作长篇小说《金魔》上，没有时间帮助唐湜，婉言回绝了，但心存愧疚。唐湜有一次到杭州开会，找到老同学、曾经的"文学青年"胡景瑊，与他商量恢复党籍的事情。胡景瑊说事情过去那么久，办起来确实困难。唐湜听他这么说，也只得作罢。

唐湜念念不忘老友莫洛，著文称九叶诗人并不只是"九个人"，"年纪大些的前辈诗人就有冯至、卞之琳、方敬、徐迟、金克木几位，年轻一些的也有莫洛、方宇晨、李瑛、杨禾、羊羣几位"。唐湜还在自己的评论专著《九叶诗人："中国新诗"的中兴》中，特设一辑，有"莫洛论"和"汪曾祺论"两篇，亲切地称他俩为"九叶之友"和"我的友人"。而莫洛却说，尽管唐湜在他的书里把我归结为"九叶"之友，而"七月派"对我的影响更大，我和"七月派"的诗人交往也比较多。莫洛又说，唐湜还想把我拉进"九叶派"，想把"九叶"变为"十叶"，后来这事没有办成，"九叶"没能变成"十叶"。

　　两个回归自然的生命，虽然迈向老年，但更加寄情于诗文，潜心创作，还时不时相约一起出游，置身于青山绿水之间，和煦的阳光之下，见大地葳蕤，见万物生光，他们一同吟唱诗文，话旧谈新，何等畅快。

　　老年的莫洛更有一种特殊的美，他有智慧，有原则；他历尽沧桑，知止有定。真是无限好的夕阳。在他担任民进温州市第一、二届委员会主委时，是民进会员的主心骨。他关心温州文学艺术的繁荣和发展，为青年人的发现与培养奔波呼吁，赏识提携，从来不图回报，是令人钦敬的长者。

莫洛像

　　每一个人都无法脱离时代而存在，而时代的前进又是由无数的个体共同来推动。这两位前辈既是危机四伏、历尽艰险的幸存者，也是百折不挠、奋力前行的伟丈夫；他们的魅力既来自想象绮丽、脍炙人口的文辞诗章，更来自豪情万丈、尊贵高雅的高尚灵魂。只有这二者结合在一起，才有动人的力量。

　　[1] 渠川（1929—2022），祖籍山西祁县，生于天津，1980年后到温州工作，作家，著有长篇小说《金魔》等。

214

十四

　　1978年，时任永嘉昆剧团团长、导演的孙光嫫，拿着唐湜创作的《百花公主》剧本，到北京拜访一些剧作家，该剧本得到他们的充分肯定。第二年，孙光嫫就开始排演《百花公主》，并参加温州地区国庆30周年戏曲献礼调演首场演出，而后在各地演出三四百场，场场受到观众的热捧。

　　《百花公主》原名"百花记"，也叫"凤凰山"，为明代无名氏所作昆曲传统剧目，讲述的是元朝时百花公主的故事。唐湜熟知杭州的凤凰山，山上有百花点将台，传说北宋方腊义军围攻杭州时，方腊的妹妹百花公主曾在此调兵遣将，攻下杭州城。唐湜不墨守成规，在永昆时把《百花公主》写成了方百花的故事。不料当时剧本一出就引发一些业内人士的异议，说这是"移花接木"，甚至"篡改"。殊不料由于唐湜的创作不走寻常简便之路，总是另辟蹊径，独树一帜，演出效果都很好，取得巨大成功。

　　孙光嫫说，"唐先生对永嘉昆剧有着大爱，笔端才有大作品。他创作的昆剧虽然只演出三个，但个个叫好又叫座。"

　　此时孙光嫫想恢复、抢救永昆心切，而各种繁难却无法解决，就与唐湜商量，唐湜同样有抢救永昆的使命与责任，愿意帮助他。唐湜带着孙光嫫跑了三趟北京，要求文化部重视永嘉昆剧，时任文化部戏曲改进局副局长马彦祥两次来温州考察永昆，还看了一星期的戏，也得到了时任文化部副部长、艺术局局长赵起扬的关心。他们还拜访了著名昆曲专家、沈从文妻子张兆和的姐姐张元和，拜访了俞平伯等，得到他们的支持。1979 年，永昆恢复建制，招收学员三十名。

更值得一提的是，唐湜崇尚精神的独立自由，对文艺的追求永无止境。他当时在永昆的两年里，与演职员亲如家人，他细听新老演员和音乐人的演唱，惊奇地发现老永昆唱腔里保留着海盐腔一类宋元时代的早期南曲。发源于浙江海盐、曾为明代南戏四大声腔之首的海盐腔，竟在家乡温州发现了遗踪，他无比喜悦地与二舅，戏曲史论家王季思交流讨论。唐湜又搜集资料，对老永昆遗留下来的曲牌、音乐、唱腔进行系统的整理、研究，他认为永嘉昆剧与宋元南戏一脉相承，这是文艺史上罕有的宝贵遗产，温州是宋元南戏的故乡。1963 年，唐湜写成 15 万字的《南戏初探》，对南戏的历史发展、思想倾向、社会效果，特别对永昆的诞生和经济基础等做了探索和分析。痛惜的是，唐湜近百万字的手稿包括《南戏初探》，在"文革"初期被抄，并且被付之一炬。1979 年，唐湜凭着记忆，从头再写，用了一年时间写成了 5 万字的《南戏探索》和数篇《南戏散笔》。1982 年，唐湜代表浙江省去邻省福建参加庶民戏历史讨论会，提出了"南戏确实诞生于温州"的观点。1986 年，他编成了 20 万字的《民族戏曲散论》，于第二年春深之时由上海古籍出版社出版。

唐湜先生在文学道路上跋涉了 70 年，历经磨难又华彩生辉。他在戏剧上的成就，是他多年如一日孜孜以求的结果，更与他从小就喜欢家乡戏并在永昆工作两年有着直接的关系。他植根于故乡，

《民族戏曲散论》封面

216

汲取母土文化的营养，凭借自己的灵性和才华、勤勉和担当，专心剧本创作，着手南戏研究，开掘出另一条蜿蜒流转、浩浩荡荡的文学河流。

20 世纪 90 年代，唐湜还在为永昆的建设奔走呼号。1993 年，他在北京参会期间，还找时任文化部代部长贺敬之，要求文化部出面培养永昆新生力量。在贺敬之的关心下，永昆列为全国 14 个昆剧团之一。

十五

在唐湜的评论文章中，我们不难发现绝大部分篇幅是论述九叶诗人和他们的作品，唐湜无疑是这一流派的理论代表。

他的诗歌理论集《新意度集》，1990年9月由生活·读书·新知三联书店出版，这对于他来说，真是"四十年磨一剑"，离第一本评论集《意度集》出版整整过去了40年。《新意度集》中的《阿左林的书》（阿左林即阿索林）一文，还写于1945年夏天，当时唐湜就读于浙江大学龙泉分校，在龙泉坊下的山谷间。但集子里大部分文章，创作于1981年《九叶集》出版之后，唐湜面对《九叶集》引起的强烈反响，面对九叶诗派夺目的光彩，自己作为"九叶"中的"一叶"，有责任对这个流派和九叶诗友以及他们的诗作进行细致的艺术讨论，他自觉地投身到理论建设之中。

于2000年7月由广西教育出版社出版的评论集《一叶诗谈》，和于2003年3月由上海教育出版社出版的评论集《九叶诗人："中国新诗"的中兴》，都是具有鲜明个性的诗歌理论著作。作为九叶派评论家的唐湜，与九叶诗友共同探索、切磋、提升，进一步发挥了自己的创新精神，对冯至、卞之琳、李健

《新意度集》封面

吾等前辈作家和他们的作品进行分析评论，又对辛笛、曹辛之、穆旦、杜运燮、陈敬容、唐祈、郑敏、袁可嘉等单列抒写专论，同时对现代诗风的探索做了一些轻松的研讨，还对九叶以外的诗友莫洛、汪曾祺等进行评论，既肯定了九叶诗派所遵循的美学原则，又坦率地指出其中的不足，深入地进行剖析与自剖。

唐湜为九叶诗派做深入的、系列的艺术评论，为读者理解和研究中国新诗史、现代派诗歌，特别是九叶诗人及其作品提供了一把宝贵的钥匙，更是推动了文学界对九叶诗人的认识和肯定。他们的诗学思想和创作实践对中国新诗现代化产生了深远的影响，使得九叶诗派声名鹊起，掀起了中国新诗的一个高潮。他们的诗学思想和创作实践影响着一代代年轻的诗人，如朦胧诗派和"第三代"诗人。九叶诗派和九叶诗人进入了中国现代与当代文学史，获得了崇高的声誉，成为一个说不尽的话题。

唐湜写过不少散文，在抗战时期读大学时，就为一些报纸的副刊写过散文、小品，他称之为"报章文学"。进入了人生晚年，他写下的散文更多是回忆、书评和接近学术论文的散文，但依然有年少时青翠、果敢的气概。他写文坛师友卞之琳、李健吾、胡风、艾青、冯至、穆旦、杭约赫（曹辛之）、陈敬容、唐祈、汪曾祺、屠岸、圣野、骆寒超等的"旧雨新知"，也进行"读诗论文"，对九叶诗友的人生和创作道路做简单扼要又富有诗的抒情性的整体评说。这些诗意葱茏的美文，接近《新意度集》《一叶诗谈》里的文章，是循着《新意度集》的写作兴致而完成的，是他诗歌理论的补充，也起到了保存文坛史料的作用。"用诗意的抒情散

《一叶诗谈》封面

《九叶诗人："中国新诗"的中兴》封面

《翠羽集》封面

文来抒写评论，把它们写成抒情的小品或细致的心理分析。"唐湜用这种"尝试"写他的评论，也写他的散文。1998 年 9 月，他的散文集《翠羽集》由山东友谊出版社出版，"翠羽"两字，取于曹植《洛神赋》里"采明珠、拾翠羽"之意。

与唐湜方骖并路的好友金江，在文学园地上耕耘了几十年，写出了一千多篇寓言作品，他的寓言构思巧妙，精练隽永，富有诗意，充满童心童趣，获得各方好评。出版的寓言集子畅销、长销。中国少年儿童出版社出版的《狐狸的"真理"》，一次就印了 10 万册；获全国儿童读物优秀奖的《寓言百篇》印了三版，印数达 17 万册。教育孩子专心致志才能学好本领的童话名篇《白头翁的故事》，教育孩子热爱劳动、摒弃自私依赖思想的寓言名篇《乌鸦兄弟》，获得全国儿童文学奖，被收进各种选集，被中小学语文课本选作教材，被译成多种外文介绍到国外，还被摄制成美术动画影片。他的寓言作品得到文艺理论家冯雪峰和儿童文学作家严文井的充分肯定。1982 年，金江加入中国作家协会，并担任浙江省儿童文学组组长。1984 年，他被选为中国寓言文学研究会副会长。他一步步登上当代寓言的峰巅。有一次瞿光辉问唐湜："金江的寓言、童话都很短小，听说你曾说过是小儿科？"唐湜反问道："我有这样说过？金江的作品不是小儿科，是了不起。"

林斤澜自 1986 年接替杨沫担任《北京文学》主编后，又陆续担任了北京作协副主席、名誉副主席，中国作协名誉全委等职。在创作上主攻小说，也写散文、文学评论等，他的创作与他的经历一样丰富，与

金江在创作

汪曾祺并称为"文坛双璧"。林斤澜作为一名土生土长的温州人，故乡在温州，根就在温州，他用手中的笔，写不尽温州的无限好。他的"矮凳桥"系列小说，结集成小说集《矮凳桥风情》，是他的代表作，他揣摩温州市井呼吸和烟火意蕴，把真切的感受化为独特的文字，创造出一种另类之美，被读者称为"怪味小说"。这是他文学作品的风格，也是他对家乡情感的延续。2007 年，林斤澜获北京作协"终身成就奖"。

20 世纪八九十年代，是我国学术研究和文艺创作蓬勃发展的时代，进入花甲之年的赵瑞蕻依然孜孜不倦，求知、思考、探索，在全力推动比较文学学科发展的同时，深入"鲁迅与外国文学关系""巴金与外国文学关系"等课题的研究，发表了数十篇有影响的论文。1982 年，他的专著《鲁迅〈摩罗诗力说〉注释·今译·解

作者（右）与林斤澜在一起

说》在天津人民出版社出版，注释有五百多条，将原著深奥的文言文译成现代汉语，还提出了"1907年是中国比较文学真正起步的一年""鲁迅是我国最早最杰出的比较文学家"等观点，条分缕析，要言不烦，得到中外有关学者的好评，1990年，该书获得全国比较文学图书奖荣誉奖。

晚年的赵瑞蕻在南京的寓所门前

赵瑞蕻还以丰富的情感和奔流的意象，创作了大量的诗歌、散文，诗集《梅雨潭的新绿》《诗的随想录——八行新诗习作150首》和散文集《离乱弦歌忆旧游》等相继出版。他在八十岁高龄那年，用饱满的豪情，创作了长诗《八十放歌》，他歌唱童心，歌唱追求，他诅咒虚伪，诅咒血腥，他是如此的爱憎分明："人生原应不断往前探索，／敢到高峰上采撷各色花朵！／这年头还有什么害怕？——／如果喊出：陛下！你怎么一丝不挂？／最可贵的是永远怀抱一颗赤子之心，／最憎恨黑暗的是最光明的歌声！"这是赵瑞蕻的心声，凝合了他一生的感遇，《八十放歌》是他作为学者诗人的厚重之作。

十六

　　2000 年开始，耄耋之年的唐湜加快了衰老的速度，腿脚无力，行走不便，极少外出，他更加珍惜时间，不顾年迈体衰，笔耕不断。

　　唐湜的生命，在苦难的浸润中结出特别丰饶的果实。他内心里的悲哀、恓惶与煎熬，通过创作得到解脱，笔端之下是芳草萋萋，溪水潺潺。也可以说在他最困难、最无助时，是文学给了他温暖和抚慰。这正印证了英国作家毛姆所说的："善于创作的艺术家能够从创作中获得珍贵无比的特权——释放生之苦痛。"

　　在人生的晚年，在夕阳西下、余晖残照的生命尽处，唐湜看到了自己的作品一部接一部地问世，听到了世人对自己文学成就的充分肯定和高度评价，深感呕心沥血总算没有白费。对于一个视写作为生命的老作家，还有什么比这些书籍和赞赏更让他感到欣慰呢？

　　"要找寻自己渴望着的美／要找寻自己渴望的诗之美／要找寻崇高的生命交响乐／要找寻高贵的思想的贝叶"，这是唐湜在《幻美之旅》中的深情吟唱，从中，我们不难读出一个作者对美和诗之美、对生命的诗和思想的高贵不断幻想与追求。这真是一个高明的诗人，他像飞过长空的大雁，虽然带着苍凉和悲伤，却一往无前。

《霞楼梦笛——唐湜抒情诗选》封面

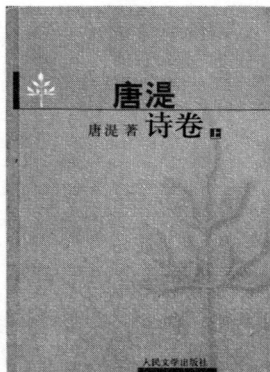

《唐湜诗卷》（上、下册）封面

纵观唐湜的一生，他虽然是优秀的评论家、剧作家、翻译家，写过30多万字的散文（包括杂记），近年来我在编辑《唐湜全集》过程中，还收集到几篇他年轻时写的小说，但无论如何，他首先是一位杰出的诗人，他凭借自己的刻苦和执着的追求，在悲苦的生命中创作出的抒情诗、十四行诗和长篇叙事诗，恰似一朵朵绚丽娇妍的幻美之花，绽开在中国诗坛。

唐湜一生创作的抒情诗有两百余首。早在1943年初夏，他在中学读书时，就开始试笔抒情诗，是抒情诗开启了他的诗歌之旅。1948年夏天，唐湜因一场"柏拉图式的纯洁的感情"，一周内写出44首抒情诗，促成了诗集《交错集》的编定，却没有单独付梓面世，直到2003年9月，完整地收辑在由人民文学出版社出版的《唐湜诗卷》下册。《交错集》之后，他又写出了近百首抒情诗，编成诗集《骚动的城》和《飞扬的歌》，分别于1947年、1950年由星群出版社、平原社出版。1993年1月，《霞楼梦笛——唐湜抒情诗选》由人民文学出版社出版，汇集了他一生中的大部分抒情诗。特别是第二辑与第三辑的诗作，创作于1954年到1989年，有对青山绿水的柔曼吟唱，也有对日月同辉的豪迈高歌，有描述鹏鸟飞腾、流萤闪动，也有抒写茕茕寒灯、幽咽箫声，这些诗作贯穿着唐湜少年时的憧憬、中年时的沉郁与晚年时的梦幻。他把这些诗作题为

《霞楼梦笛》，是因为他的书房叫飞霞楼，站在书房的窗口，能望见邻近山上的一个飞霞洞，传说洞口曾经长有片片芦苇，可以做成一个个芦笛，年轻时的唐湜最爱站在这窗口吹奏芦笛。

在唐湜一生的诗歌创作中，数量可观的十四行诗，就像幻美的花朵一样，吸引着读者的目光。唐湜是从1965年春开始写十四行诗的，他正值盛年，对未来满怀着朦胧的企望，就借助十四行诗，开始自己的幻美追求。他的十四行作品主要收录在由宁夏人民出版社于1984年8月出版的《幻美之旅》和由漓江出版社于1987年9月出版的《遐思——诗与美》，诗集里各有百多首十四行诗。这些曲折回荡、富于感性又通于思辨的诗作，无疑比直接诉苦的诗句连缀更让人喜爱，他把眼泪蘸于笔墨，开放的诗歌花朵优美动人。后来这些诗作又基本收入由北京燕山出版社于1995年7月出版的《蓝色的十四行》以及由人民文学出版社出版的《唐湜诗卷》中。同时他又写出十四行长组诗和用连续的变格十四行诗，来完成历史叙事。创作十四行诗，不是月下的夜莺歌唱那样随心所欲，而是有旋律、尾韵、声音和节奏等的约束。正如唐湜在《迷人的十四行》一诗中所写："水泉能弹出淙淙的清冷，／是因为穿过了崖谷的窄门，／十四行能奏出铮铮的乐音／去感动爱人们颤抖的耳唇，／是因为通过诗人的匠心／安排了交错、回环的尾韵！"

唐湜一生共创作30首长诗，其中包括14首叙事长诗，如《英雄的草原》《海陵王》《划手周鹿之歌》《泪瀑》《春江花月夜》《桐琴歌》等。这不仅在九叶诗人里，甚至从全国来看，他都是创作长篇叙事诗最丰硕的诗人。在长篇叙

《蓝色的十四行》封面

225

事诗里，唐湜追求一种弯弓不发的力度，一种气势磅礴的雄伟之美。

　　唐湜创作的第一首也是他最长的诗歌《英雄的草原》，是历史叙事诗，于1948年5月由星群出版社出版。全诗长达6500多行，是一部描写蒙古族部落的浪漫史诗，这首长诗的出现，打破了当时一统的现实主义叙事诗创作格局，出现了革命浪漫主义。创作于20世纪60年代初的《海陵王》，用变格的十四行诗抒写西蜀文士虞允文率军打败女真族大可汗海陵王完颜亮的历史战争故事，全诗场景战歌催征，汪洋恣肆，豪气如虹，更令人惊叹的是，作者把史书上极有争议的完颜亮塑造得既天真又残忍，既豪放又阴狠，把海陵王那种蛮荒的猎人性格表现得活灵活现，淋漓尽致。南方风土故事长诗《划手周鹿之歌》创作时间很长，唐湜从1957年开始动笔，断断续续，到1969年才完成。划木排长工周鹿的故事，是流传在温州一带的民间传说，唐湜小时候就听过，他创作长诗时选取故事中单纯的爱情和因爱情产生的悲剧为主题，经过全新的构思和艳丽的描写，赋予了这个故事奇异的光彩。同样来自民间传说的南方风土故事诗《泪瀑》，创作于1969年，这是一个夏天的早晨，唐湜偶尔听到友人讲起东海边渔民的生活和富有诗意的"泪瀑"的故事，于是不久，一个深爱着人类却又残害人类、温柔与狠毒集于一身的大海的公主形象，就出现在他的

唐湜在自家书房（作者摄）

笔下。这是一个安徒生童话式的故事，是富有象征意味的大海的童话。在书写唐代诗人张若虚的《春江花月夜》里，作者也把不少笔墨落在善作华丽诗章的宋之问身上，他为了达到个人目的，嫉妒

226

贤能，心藏杀机，诗人的这首悲愤之作，是主观情绪与现实感受相结合的艺术升华。在历史叙事诗《桐琴歌》里，正直善良的蔡伯喈为直言罹祸，被迫流放边荒十二载，他带着一只焦尾的桐琴，到千山万岭去游唱。蔡伯喈故事的现代版，就是一路困顿、凄苦却能独自仰望诗歌天穹的唐湜，因此在这首长诗中，我们总能听到唐湜的琴音："他摸着这新斫的心爱的琴，／为烧焦了的琴尾感到了心疼；／／啊，这张焦尾琴又断弦，／不就像自己十二载的偃蹇？／／可有谁会来给自己援手？／谁能来把自己从火焰里救出……"

生之艰辛，才有人之强韧和壮美。世事跌宕中，唐湜始终拥有一颗清澈透明之心；文学道路上，唐湜有着东方情调的澄明单纯的化境，创作出大量堪称经典的留世之作。

十七

唐湜与艾青

唐湜晚年不但全身心投入新诗创作，而且关心诗坛上的重要活动，力所能及地参加一些新诗学术研讨会。比如1991年8月下旬，唐湜怀着对诗的热情和对艾青的热爱，前往北京参加由中国作家协会等单位主办的艾青作品国际研讨会。会前，他撰写了近万字的论文《艾青，从深沉的悲剧诗篇走向史诗的峰巅》。赴北京的途中，他取道上海，看望辛笛。辛笛鬓发染霜，心情很好，拿出一本刚刚出版的《王辛笛诗集》送给唐湜，袖珍小开本，还配有摄影作品，精致可爱。辛笛与唐湜一样，还在坚持创作，多写抒情诗，风格多样。他们聊了许多话，情谊如陈酒，越久越醇。

国际研讨会对艾青的作品和成就做出全面而客观的评价，唐湜提交了论文，参与了学术交流。一同参会的九叶诗友杜运燮和袁可嘉，也银发萧萧，却童心未泯，对生活和艺术依然充满热情。谈起那些不堪回首的往事，大家已显得尤为平静。旧梦依稀，生活却日新月异。

1996年12月，七十六岁的唐湜欣然参加中国作家协会第五次全国代表大会。会期五天，代表八百多名，这次盛会受到党和国家的高度重视，德高望重的巴金再次当选为中国作家协会主席。

1984年作协代表会时在北京京西宾馆留影，自左至右：吴思敬、骆寒超、晓雪、谢冕、李兆洛、唐湜、杨匡汉

十二年前的1984年12月，唐湜参加过第四次作代会，见到了久别的巴金、冯至、艾青等前辈，与文友袁可嘉、骆寒超等相聚，温籍作家林斤澜、金江、黄宗英、叶永烈、戈悟觉等参会。每一次作代会，都是一次盛会，是文学家会合的大会，多年离散的文友相见，久有神交的作家执手，大家共同探讨新中国文学事业的规划与蓝图。

在第五次作代会期间，唐湜见到多年知交的吴思敬和谢冕，吴思敬是《诗探索》主编，编发过唐湜好几篇万多字的论文，还留着几篇待发；谢冕长期研究中国现当代文学，尤其是中国新诗，写过不少诗论。唐湜还见到了老相识贾植芳、钱谷融

唐湜（后排右一）参加第五次作代会与文友合影

和柳倩，他们都是作家，也是学者，大家一起叙旧谊，诉衷肠，合影留念。唐湜第一次见到温儒敏和陈思和，当时温儒敏是北京大学中文系副主任，陈思和是复旦大学人文学院副院长，唐湜与两位年轻的教授都做了一次长谈，彼此有相见恨晚的感觉。唐湜还拜访了凌力，作家凌力当时已写出《星星草》与《少年天子》，唐湜对她说："你写的捻军作战很精彩，可与《金瓯缺》里的朱仙镇之战相比。"凌力连忙说："唐先生过奖，过奖。"她年纪不大，态度谦虚。九叶诗友中，唐湜只遇到辛笛一人，辛笛当选了那一届的荣誉委员，袁可嘉也是代表，因为在美国未能参会。

大会间隙，骆寒超带着唐湜去中国现代文学馆参观，时任文学馆副馆长吴福辉热情地接待了他们。骆寒超和唐湜细细看了巴金、丁玲、萧乾等作家的贮存库，贮存库里有作家的著作、藏书、手稿等，还有作家的各种物件陈列在玻璃柜里，都放满了一整个房间。吴馆长对唐湜说："您是九叶诗人，现代文学史上有名气的作家，我们可以给您建一个'库'，供人研究，您不论什么时候把藏品寄来，我们都十分欢迎。"唐湜一听，想起去世不久的陈敬容，听说她的部分遗物、书稿还留在家里，就说："也可以给陈敬容建一个'库'。"吴馆长请唐湜提供陈敬容子女的联系电话号码。"我们会永远保存得好好的，以供学者们研究。"当骆寒超和唐湜走出文学馆时，吴馆长又重复说了一句。

大会结束后的第二天，唐湜坐地铁去了东直门外探望病中的小姨陶谢言，陶谢言就是王静香。1938年严冬，唐湜与小姨王静香、表兄陈桂芳相约，从温州启程，前往远在千里之外的延安参加革命，可是并没有成功，王静香和陈桂芳改赴太行山，参加了八路军，唐湜只身来到西安，想寻求地下党的帮助去延安。王静香在太行山改名陶谢言，她英勇善战、沉着机智，历经枪林弹雨的洗礼，以坚毅如铁的信念诠释着对共产党的忠诚。

新中国成立后，她曾任国务院财贸办公室主任。而表哥陈桂芳，在太行山参加八路军后改名陈居江，在战场上冲锋陷阵，出生入死，战功卓著。

而眼前的小姨陶谢言，呆滞的脸上堆着微笑，已叫不出他的名字了。唐湜紧紧握着小姨皱巴巴的双手，眼睛热热地痛。他与家中的表妹聊了一会儿话，说起了陈桂芳，也说起了刚刚去世的王季思。王季思晚年依然有着使不完的劲儿，参与编写新中国成立后的第一部《中国文学史》，带领一批中青年学者编纂出版了《中国十大古典悲剧集》《中国十大古典喜剧集》等，还领衔编校《全元戏曲》。他一生以心为笔，以血为墨，几十载潜心钻研，几十载耕耘不歇，他出版的书稿字数达三百万字。

从小姨家出来，唐湜找到居于北京的杜运燮，一起去八宝山展拜陈敬容的灵匣。他们到了八宝山骨灰堂前，在一道大墙上找到了"诗人陈敬容"五个字，看到了一个瓷盒上的陈敬容半身像。冰冷的遗像发着刺眼的、惨白的光，上面还落有一滴水滴。唐湜想，那是她的一滴冷泪，挂在她冰雪般的脸颊上。他不胜哀伤，想起她的两句诗："泪和着蒙蒙的雾／向远山消融……"

唐湜忍着泪与杜运燮一起向陈敬容的灵匣默默致哀，在她的遗像下放了四个大苹果，鞠了一躬。杜运燮说："穆旦墓在万安公墓，

创作中的唐湜

现在没时间去了。"唐湜说："两年前我收到穆旦的爱人周与良的来信，信中夹有一张相片，是他们的孩子抱着他的遗像在墓地上。"

两位老人心怀天涯的诗友和知己，又说起1990年1月辞世的唐祈。唐祈大半生天南地北、云水样到处漂泊，把创作的灵思化在抒写大西北的气象上，最后，把他自己的灵魂也化入了大西北的风烟与沙漠里。曹辛之也驾鹤西行了，他以诗人的浪漫和艺术家的多彩，让自己的人生乐曲丰富而广阔，却于1995年5月戛然而止。"只是不知道他的灵匣在哪里？"杜运燮说。"九叶又飘落了一叶，又少了一叶了。"唐湜喃喃地说。这是他们不愿意看到的结局，但这又是无法抗拒的自然规律。

从八宝山下来，唐湜与杜运燮依依道别。此时已是傍晚，夜幕降临，天空中有星星在闪现。

十八

　　唐高宗上元二年（675），处州析置温州，唐《图经》有言：
温州"其地自温峤山以西（南），民多火耕，冬月地常暖少寒"。
是的，2003年初冬时节，温州还到处是红情绿意，桂馥兰香。11
月3日至4日，由中国当代文学研究会、温州师范学院联合主办
的"21世纪中国现代诗歌第二届研讨会暨唐湜诗歌创作座谈会"
在温州师范学院举行。4日，唐湜的旧朋新友、诗界同行、诗人
名家屠岸、牛汉、吴思敬、邵燕祥、谢冕、骆寒超、杨匡汉、刘
士杰、蒋登科、张炯、莫洛、林斤澜等五十多人参加唐湜诗歌创
作座谈会，对唐湜的诗歌创作进行了专题研讨。

　　八十三岁的唐湜抱病参会。他半年前感冒后卧床不起，不思
饮食，被子女送到医院救治，又患上肺炎，十分虚弱的病体越发
不支。那一天，他被两位年轻人搀扶着进入会场，一刹那，会场

唐湜诗歌创作座谈会代表合影

响起一阵掌声。岁月匆匆，已耗蚀了眼前这位诗人的精力和生命，他老态龙钟，风烛残年，大家的眼里不免泪光闪闪。座谈会开始了，由中国新诗研究所所长、《中外诗歌研究》主编蒋登科主持。

座谈会在林斤澜的发言中拉开帷幕。作为唐湜的同学、文友、患难之交、革命同志，林斤澜回忆了自己与唐湜、金江、郑伯永等当年在学长莫洛、赵瑞蕻、胡景瑊的引导下，走上革命之路和文学之路的历程，对于他们来说，人生的道路和革命的道路、文学的道路是走在一起的，不可分开的。

与会者发言踊跃，从不同角度勾画了唐湜整整60年的诗歌创作的轨辙，当然，也谈到了九叶诗派在中国新诗史上的重要地位，座谈会始终洋溢着和谐、真诚、热烈、感人的气氛。关于这次座谈会的发言，《诗探索》2004年春夏卷中《向"幻美的旅者"致敬》（作者林能琳）一文有较为详细的记述，特摘录一段："诗人牛汉认为唐湜和自己一样都是具有单纯的美丽愿望的理想主义者，只是因为性格差异，自己显得较为激烈，唐湜则相对平和。在那些不堪回首的岁月里，他们正是凭着对理想的执着追求走到今天的。屠岸则回顾了两人交往的历史：五年的同事，五十年的诗友；共同经历了1955年、1957年的政治风暴……说到动情处更是几近哽咽不能出声。与会者在感动之余，更是钦佩他们的坚强毅力和羡慕他们之间的深厚情谊。邵燕祥在发言中称唐湜是

晚年唐湜

234

一个真正热爱诗、以诗为生命、生活在诗中的人，天真与沉湎于诗构成了唐湜的一个个佳话。在那么苦难的境遇之下，以诗为精神之路，唐湜营造了一个不可企及的美与善良的家园，这点殊为难得，可以说，他是一位锲而不舍的知识分子。谢冕说自己年轻时对唐湜及他的诗友就怀有景仰之心，在诗歌批评方面，特别是诗歌批评的文体、文风方面，受到唐湜最深刻也是最直接的影响。唐湜具有非凡的想象力和不竭的诗思，从根本上讲，他是一位注入了现代精神的'唯美'的诗人。骆寒超回顾自己大学毕业后下放温州郊区，与唐湜从相识到相知的历程。在那样的时代、那样的环境里，是诗歌让他们走到一起，是对美的不懈追求让他们惺惺相惜。"座谈会充分肯定了唐湜诗歌创作的成果和他对中国现代诗所做的贡献。

在会议的最后，唐湜讲了话，他简要回忆了自己创作的一生，接着说："只要时间允许，我还会继续探索，为新诗发展做出更大的贡献。"他颤颤巍巍地想站起来，想对大家鞠躬致谢。他努力了两下没能起身，身旁的林斤澜赶忙搀扶他从座位上站了起来，他看了看与会的各位，眉宇眼角充满谢意，他深深地向大家鞠了一躬。会场里再次响起掌声。座谈会结束了，唐湜在年轻人的搀扶下，步履蹒跚地走出会场，会场外是一片绚丽的阳光。

座谈会上林斤澜的发言，勾起了唐湜对少年时光的回想。两天后的一个冬日里，唐湜突然对儿子唐彦中说："可让我到温州中学走一走？"唐彦中征求了母亲的意见，与母亲一起给他穿上羽绒服，戴上鸭舌帽，叫了一辆车，前往温州城区仓桥的温州中学老校区。

温州中学已在 2002 年 8 月搬迁至位于瓯海区梧埏镇老殿后村的新校园里，占地面积三百多亩，水域面积约三分之一，校园中有六岛五桥，环境优美；老校舍已作为籀园小学的校舍，"雁山云影，瓯海潮淙，看钟灵毓秀，桃李葱茏"。唐湜在家人的陪同和搀扶下，来到母校老校区。六十多年过去了，他还可以找到他熟悉的春草池，籀园图书馆和那琅琅的读书声。他激动不已，仿佛病也好了一半，不需要搀扶了，他油然回忆起他在这里读书时的往事。他本是一位无忧无虑的少年，十四岁时怀着金色的求学梦来到当时温州的最高学府温州中学，但面对日军的侵略，面对饱经战乱忧患、满目疮痍的祖国，他与温州中学进步的、革命的同学一道，投身在抗日救亡运动的洪流里。而后，他作为温州中学"初37秋"届毕业生，继续挣扎和摸索于重重黑暗之中，并因"学剑不成先学书"，开始罗曼蒂克的梦幻，拿诗之习作作为自己精神的支柱，在生命的道路上跋涉。

　　唐湜一步一摇地走到了松台山麓的九山湖边。山光水影，交相辉映，满目青翠，多么熟悉而亲切的景色，唐湜心情格外愉悦。他在湖边一颗大榕树下坐了下来，静静地坐着，他眺望山水，道别云岚。日月经天，江河行地，在悲喜交集的岁月里，他始终走在探索诗艺的道路上，风风雨雨，忽明忽暗，是是非非，荣辱生死，这忽儿就走到了生命的边缘，到了返璞归真、处于最恬静的抒写之中。他看到一颗种子从头顶的树枝上掉在他的脚边，他慢慢俯身捡起这颗种子，放在掌心看了一会儿，又慢慢俯身把种子放回原处，一颗种子就是一个新的生命。

　　暖和的夕阳从湖岸边的树木间投射过来，刚好映照在他的脸庞上，把他的一头白发和一双长眉毛照得晶莹透亮。在夕阳里，他宛若一个静穆深沉的雕塑，有一种圣洁之美。他的嘴唇微微颤动，他又在吟唱诗歌："你是个温柔、慈爱的母亲，/ 将智慧的阳光播散在我们 / 爱幻想的年幼天真心儿上，/ 叫我敢于向大风暴抗争；// 你是棵笼罩大地的大树，/ 在生命的道路上给我们遮盖 / 暴虐的烈日，严寒的白雪，/ 更指引我们去浩瀚的大海；//

去辽阔无涯的理想的海洋，/
去创造灵魂的无比秀美，/ 去
创造理性王国的至善，/ 为新
社会的建设战斗到底！"这是
唐湜献给母校的诗。

人生有限，文章千秋，唐
湜作为一个天才的诗人、评论
家和剧作家，留给这个世界丰
厚的文化遗产，并将随着时间
的流逝弥足珍贵。唐湜写过诗
歌《纳蕤思》，希腊神话中的
美少年纳蕤思（Narcisus）爱山、
爱水、爱阳光，但更爱他自己，
临流鉴照，沉没于水，后来水

朱自清创作的温州中学校歌，一直传
唱到今天

中开出了水仙花；唐湜爱山、爱水、爱阳光，但更爱诗歌，沉浸
于诗，用生命创作，开出了心灵之花。

一代人有一代人的命运，一代人有一代人的担当，唐湜一生
沉浮起落，但他坚持创作，追求理想，实现人生价值。唐湜在诗
歌《纳蕤思》的最后写道："觉手足渐伸入泥土，脉脉含情，/
口里吐出了纯白如云的花朵！"这两句就是唐湜一生热爱文学、
热爱诗歌的真实写照。

请允许我再朗读一次唐湜先生的《纳蕤思》：

夏天是一面绿色的镜子，
晨雾里有阳光的波影曲折，
混沌渐失，无边的红色云彩涌起，
飞鸟照出了自己的孤独；

想迷人的纳蕤思在水滨徘徊，
在左右水仙的瞳仁里找得出自己吗？
叹息渐渐远去、远去，
一池镜花，恍若玉树临风独立；

纳蕤思爱山，爱水，爱阳光，
却更爱他自己，无边的天地间竟找不出可悲的解说！
厌倦风尘的爱情，也厌倦太大的世界，
迷茫里，他从这一个我化入了那一个我；

觉手足渐伸入泥土，脉脉含情，
口里吐出了纯白如云的花朵！

第三稿完稿于 2022 年 4 月 25 日（星期一）早晨

往事深情（后记）

一

　　仍记得，三十二年前的 1990 年春天，我第一次见到唐湜先生。那时我还是学生，他应邀来我就读的温州市第十五中学做诗歌讲座。那时唐湜先生七十岁，圆圆的脸庞，微胖的身材，深沉的态度，给人一种优雅的感觉。但岁月的流逝和生活的磨难在他身上留下了痕迹，头发和眉毛的花白、脸颊和额头的皱纹就是证明。讲座后，我们几个写作尖子与他近距离对话。我读过他的许多诗作，能讲出一些自己的想法来，自然成为对话的主角。他慈祥的目光、温和的语言和亲切的微笑留给我深刻的印象。那天我们谈到夜色苍茫，才送唐湜先生回家。

　　我参加工作后，时常到温州花柳塘唐湜先生家里坐坐。他的居室五十多平方米，陈设简陋，小小的客厅兼作书房，摆满了书籍和杂物。尽管唐湜先生是大诗人，我才刚刚学习

作者（左）与唐湜先生在一起

239

作者（右）与唐湜在一起

写作，以他为师，但他的亲和力使我没有一点生疏和拘谨，在我们轻松自在的长谈中，充满长者对晚辈的关怀和爱护。经过多次深谈后，我们成了忘年交。

后来，我和妻子董秀红的认识，也是缘于他的介绍。当我把我们恋爱的消息告诉他时，他吃惊不小，还有一点兴奋地说："我无意的介绍竟促成了你们的相爱，就好像我无意中写出了一首好诗。"我快要结婚时，送了一包糖果给他，并邀请他来参加我的婚礼。他连连说："这么快吗，这么快吗？"他送我两件礼物，是两本书。他说："这本是上海辞书出版社刚寄来的《新诗鉴赏辞典》，我被选入两首诗，并写了几篇'鉴赏'，给你们参考吧；这本是我刚出版的抒情诗选集《霞楼梦笛》，则请你们指教，是从1943年到1990年的习作，也许已不合新潮的了！"

1997年，我要出版我人生中的第一本散文集《纸上心情》，谁为散文集写序？我自然想到了唐湜先生。他听完我的要求后微微一笑，说："那就我写吧。"这篇三千字的序言，绝不是一篇敷衍的应酬之作，而是一篇充满情感和哲理的好文章。我为他水晶般清晰的记忆而吃惊。往事悠悠，在他的叙述中变得生动而有趣。"说起凌云，倒真是有个故事……"序言就这么开头了。

我记不清我和唐湜先生有过多少次交谈，交谈中，他说话虽然有些含混不清，但思路很清晰，谈到一些往事，都能详尽叙述。他也不掩饰自己的观点，坦率直言文坛上的人与事。他喜欢谈胡风，喜欢谈陈敬容，当然也谈些自己的经历，几乎每一次都少不了这些话题。他谈起陈敬容时曾说："陈敬容七十二岁时，心情凄凉,身心交瘁,竟没有一个亲人在身边……偶尔得了一次感冒,竟转为肺炎,昏迷了几天就去世了,没留下一句嘱咐的话。"

九叶诗人走过了半个世纪的风风雨雨,陈敬容凄凄惨惨地走到了人生的尽头,唐祈也猝然去世……唐湜先生回忆起已逝的诗友,不胜哀伤。然而,他自己也一天一天地衰老了。从2000年开始,他的精神显得十分委顿,说话断断续续,行走也很不便,双脚几乎是拖在地面上挪动。几次会议上我搀扶他,他向我笑笑,笑容中带着无奈。我想,一位多么勇敢的英雄,能经得起多少岁月的风风雨雨?疲惫的他终于走到了人生的尽头,再也不能唱罗曼蒂克的歌了。

我仍记得,在唐湜先生来十五做中讲座之前的1989年秋天,赵瑞蕻先生也来过十五中做讲座。

赵瑞蕻先生的讲座大概是学校老师宣传和组织得更好,慕名听讲座的师生太多,老师把原计划在阶梯教室的讲座地点改到大操场上。赵瑞蕻先生已是年逾古稀的老人了,却身材挺拔,声音洪亮,思路敏捷,还显得那么庄重、宽厚和慈祥。赵瑞蕻先生说:"人的一生,中学阶段起着决定性作用,所以,同学们心中要藏着一个问号,就是追问生命的意义。为了这个'问号',老师认真教导,同学勤奋学习,从课堂到图书馆,到一切课外活动,去了解社会、

赵瑞蕻(右二)在温州市第十五中学做讲座

241

深入生活、不断实践……"讲座后，赵瑞蕻先生与学校几个写作尖子座谈，他又说："祖国需要多少人才，多少知识分子，多少有着崇高奋斗目标的后代子孙，就可以看出文化教育，特别是中学生教育的艰巨任务了。"我聆听着他的每一句话语，也一直仔细打量着他。赵瑞蕻先生回南京后不久，为我主编的校刊《龙腾》寄来题词。

二

当记忆的闸门一打开，我又想起与金江先生交往的一些事儿。印象里，金江先生有着硬朗的身体，爽朗的声音，利落的动作。

20世纪90年代，我在温州龙湾区文联工作，请他到龙湾的一些学校里给学生讲寓言创作，他的讲课就像他的寓言作品，善用比喻、夸张、象征，讲得生动而幽默、风起而云涌，讲课的效果很好。他的每一次讲课，会让许多学生喜欢上寓言，有编辑校刊的老师告诉我："金江老师的讲座之后，我收到大量同学写的寓言习作。"

金江（中）参加龙湾区文联主办的活动

有一次，金江先生谈起他的寓言名篇《乌鸦兄弟》时说："我曾经有一家邻居，两个大人上班很忙，两个孩子放学后要自己烧饭，但都懒惰，推来推去，我看到这种情况后写了篇《乌鸦兄弟》。"他接着又说："几十年的创作实践让我懂得，想在文学事业上耕耘收获，

作者（右一）、董秀红（右二）、叶坪（左一）与莫洛、林绵夫妇在一起

就应该对生活充满兴趣，并且有敏锐的观察力。大家清楚，文学作品最主要的来源是生活，对周围的环境保持兴趣，处处留心，有较强的敏感度，才能发现、撷取到素材并有所探索。"

　　我还请金江先生参加龙湾的一些文化活动，他向来不摆谱，不推辞，更不自视清高或高人一等，一来龙湾就融入文艺工作者之中，谈天说地，畅所欲言。我们探讨文学的话题、沟通创作的计划，也闲聊生活琐事，甚至不回避一些八卦新闻。当然，谈得最多的是寓言、童话等儿童文学的写作，他对儿童文学的创作带着一种原色，保持了孩童的感觉，其作品蕴含深刻的真理。

　　2000年后的十多年里，我把自己的工作重心转移在文联工作和挖掘地域文化上，地域文化属于"社科"类的东西，我与文学疏远了，也与金江先生少了联系，但我仍然保持对他的敬意与关切。

　　关于莫洛先生的记忆，总是特别温暖。我认识莫洛先生，是在我读初中时，从他的诗歌里；他认识我，是在一次温州作家采风的途中。那时我还是一个文学青年，在温州的报纸上发表了一些小文，可谓初出茅庐，受到温州作家协会的邀请，参

加采风活动。记得那天一大早，参加采风的老中青作家代表在墨池坊集中上车，我坐到了大客车的最后座。路途中，有作家指着我问，莫洛先生是否认识，他回头一看，摇了摇头回答："不认识。"那位作家便报出了我的姓名，他再次回头，脸上露出了笑容，高声地说："啊，大名鼎鼎啊。"顿时，全车人都笑了，氛围很轻松，我红起了脸，心里却是何等的受用与畅快。这位德高望重的老革命、老前辈，比我大五十二岁，他开始文学创作的时候，距离我出生还有33年，不料他也抽空阅读我稚嫩的作品，还记得我的名字。这是莫洛先生给我最初的鼓励。

后来，我时有见到莫洛先生，他待人总是那么热情洋溢、亲切随和，讲话从不模糊吞吐、哼哼哈哈，处事从不拖泥带水、黏黏糊糊，他还能把自己的纯粹与快乐带给别人。

有一年时间，我在《温州日报》的一个版面上开设专栏，文章不过千字文，内容大多是针对某些社会现象的忧思。过年时我与秀红去看望莫洛先生，他告诉我这个专栏"每篇必看"，还拿起一期报纸，指着我的文章《心灵的呼吁》说："写得好哇，一个文化人的责任感，也是我的'心灵的呼吁'。"莫洛先生的赞誉让我喜不自禁。他对秀红也一样，好几次说起她写给儿子的一首诗歌《儿子八岁》。"你的来临多么不速，／我甚至来不及做任何准备。"他能背出诗歌的前两句。

好几个中秋和春节，我去

作者（右）与莫洛在一起

看望莫洛先生，他也乐意接待我。我们谈过去，谈当下，谈创作，谈文坛，他好处说好，不好处说不好，言简意赅，语重心长。他寄大希望于年轻人，希望年轻人创造出生命的神奇，希望年轻人对生活、对社会、对未来、对时代都充满爱，让爱的薪火炽燃。

作者（右）与林斤澜在一起

回想起来，我第一次见到林斤澜先生，是在1991年秋天，林斤澜先生带着汪曾祺、唐达成、刘心武、邵燕祥等作家来永嘉楠溪江采风，寻山问水。我当时初学写作，凭着初生牛犊的勇气前往永嘉拜访他，他笑容可掬，与我聊了话，还给我题了字。

第二次拜见林斤澜先生是由温州学者章方松先生带领。记得林斤澜先生住在瓯海将军大酒店，时间大约在2000年，他精神抖擞、谈笑风生，我接了他的几个话头，体会到他的睿智与豁达。

最后一次与他相聚是在2004年夏天，林斤澜先生应邀参加由温州市龙湾区文联和旅游局联合举办的张璁文化探源游座谈会，他年已耄耋，但红光满面，步履稳健，神采飞扬。这一次，我们就张璁文化、龙湾旅游、温州文学等话题谈了许多，可算是一次畅谈了。活动结束，我们在衔山带水的灵昆农家乐用晚餐，继续宴饮欢谈。我向他询问了一些他年少时参加革命活动的往事，他解答了我的许多疑问，填补了我对他认知上的空缺。晚餐毕，我们话别，他用那厚实的大手紧紧握了握我的手，路灯淡黄色的光晕透过夜幕，投射下来，映照着他银白的头发和宽舒的前额。万没想到的是，这一别竟成永诀。

245

三

2010 年冬天，我调到温州市文联工作后，更加关注温州籍的文艺工作者，特别是像唐湜、莫洛、金江、赵瑞蕻、林斤澜等"大师级"作家。他们的作品得到读者的喜爱和信赖，经得住读者的评判、时间的洗礼和时代的考验。而此时，唐湜、赵瑞蕻、林斤澜三位先生已经离我们远去了，莫洛和金江先生也已老态龙钟，特别是莫洛先生，将油干薪尽，生命之火快要熄灭了。

有一次，莫洛先生被温二医的医生推进了急救室里，我与秀红约上温州诗人叶坪先生一起去看望他，温州学者金丹霞女士也在，他的健康牵动着所有他关心和关心他的人的心。从急救室出来，叶坪先生说："等马老（莫洛先生原名马骅）康复出院了，我们带上他与林绵老师（莫洛先生夫人）去江滨路走走，马老如果走不动，我们就用推车，记着要拍些照片留念。"我与秀红都说好。然而，叶坪老师的提议已无法实施了，莫洛先生很快便驾鹤西去了。

我长期在文联工作，又是市政协委员，便与温州学者卢礼阳先生一起多次提案要求编辑《唐湜全集》，希望有关部门对《唐湜全集》进行立项，落实专项经费，委托市文联负责整个工作。但好事多磨、一波三折，直到 2018 年，在温州市文联邹跃飞、杨明明两任主席的高度重视下，《唐湜全集》编辑工作才被提上日程，并由我牵头。我与唐湜先生的次子唐彦中先生开始整理、收集唐湜先生的作品。据我们估计，唐湜先生的诗歌、评论各有九十余万字，译作有五十万字左右，戏剧、散文各有三十余万字，还有数量不少的信件。由于唐湜先生一生坎坷，历经劫难，除了他已经出版的作品集容易找到外，他所发表的作品散落在浩瀚的报刊和书籍中；而许多没有出版的手稿，早已化为灰烬，或在他晚年多病和去世之后，寂寞得几乎没人理会，损失了不少。待到多年后重视时，收集、整理已非易事。我一边与唐彦中一起进行《唐湜全集》的收集、整理和编辑工作，一边有感而发，开始陆陆续续写起关于唐湜先生的文章。

唐湜（左二）、赵瑞蕻（右二）、金江（右一）等在一起

在写唐湜先生的人生和创作历程时，会写到他与莫洛、赵瑞蕻、金江、林斤澜等的交集，因为正如《生为赤子》开头所说的，"他们都出生在20世纪初的温州，他们是同学，是文友，是患难之交，是革命同志，他们从瓯江南岸起步，

金江（左一）、莫洛（左二）、赵瑞蕻（右二）等在一起

心怀赤诚，把生命慷慨地投向一种精神追求"。

2019年，温州市文联为了全面回顾和总结一百年来温州文学的发展历程，重新擦亮和深入挖掘温籍作家的文学经典，对具有典型性、代表性和广泛性的现当代温籍作家作品进行收集、梳理。此事也由我牵头、负责。从1919年爆发的五四运动开始，直到2020年，已经过去了101年。101年，在浩瀚的时空中，显得异常短暂，而面对百年以来的温州文学，留下的作品和作家们的奋斗史却是如此丰富，如此精彩。而唐湜、莫洛、赵瑞蕻、金江、林斤澜等作为温州老一辈作家的代表，其思想境界和艺术功力自不待言。于是，我又把笔触延伸到莫洛、赵瑞蕻、金江、林斤澜身上。

对于作者来说，写作往往需要缘分。在温州文化界，唐湜、莫洛、金江被尊称为"文坛三老"，他们是社会的尊者、育人的能者、心怀国家文学事业的大者。我有幸与"三老"都有过较为亲密的交往，唐湜先生是我的恩师，莫洛先生提携过我，金江先生可算老交情。我虽然与林斤澜先生交往不多，也就三五次光景，可是近十年来，由于工作原因，总要参与筹办两年一届的林斤澜短篇小说奖。近年来，我为筹办林斤澜短篇小说奖，也为自己学习文学写作，陆续通读了十卷本的《林斤澜文集》，他成了我"接触"较多的老一辈温籍作家。

　　我与赵瑞蕻先生交往最少，但我也阅读了他的多部作品集，了解了他的一些人生过往和创作经历。在写赵瑞蕻先生的过程中，我多次采访了与赵瑞蕻先生交情甚笃的温州作家瞿光辉先生，向他询问了一些细节，他解答了我的一些疑问。我还多次与赵先生的长女赵蘅老师微信联系。我说我想去南京拜访杨苡先生（赵瑞蕻夫人），想跟她聊聊赵先生，想表达对她和赵先生的敬意。赵蘅老师说，"我母亲毕竟是一百多岁的老者，不便打扰，但我尽己所知回答你的问题。"

唐湜（右四）参加温州市龙湾区文学工作者协会成立大会（右一是作者）

　　因此，在写作时我成竹在胸、运笔自如，如回忆般温暖，如江水般流畅。

　　在我写唐湜、莫洛、赵瑞蕻、金江、林斤澜的时候，我还时不时要写到两个人，就是胡景瑊和郑伯永，因为他们同为"同学、文友、患难之交、革命同志"，甚至，胡景瑊和郑伯永在抗日战争和解放战争中，始终在第一线出生入死，赴火蹈刃，百折不挠，为温州的解放事业做出过杰出的贡献，是值得我们缅怀和尊敬的革命者、好干部。我没有与他们交往过，但已产生浓厚的兴趣，这两人我也不得不写。

四

20世纪30年代，日本侵略者的铁蹄践踏了我们祖国的寸寸河山，国土沦陷，山河破碎，无辜百姓流离失所，四下迁徙。身为温州中学学生的胡景瑊、赵瑞蕖、莫洛、唐湜、林斤澜、金江和郑伯永，他们不只关注自己的学业和一己的悲欢，而是把深情的目光投向满目疮痍的祖国大地和在水深火热中苦苦挣扎的中国人民。他们冒着随时被学校开除、被当局逮捕的危险，积极投身于抗日救亡的运动之中。

温州中学是进步思潮的大本营，他们和爱国、进步的同学一起，参加共产党领导下的野火读书会、永嘉（温州）战时青年服务团；他们会集其他学校的进步学生，组织声势浩大的游行示威，声明、抗议、声援，表达抗日救亡的强烈愿望；他们通过出墙报、印传单、编画刊、办画展、设立书报阅览室、开展话剧公演、街头演讲等多种形式，进行抗日救亡宣传，抗日救亡运动在温州蓬勃掀起，他们播下的爱国种子在瓯江两岸生根发芽，开花结果。

此时的温州，还有一批追求理想、追求革命的年轻人，他们把目光投到了上海。他们陆续来到上海，在中国新兴木刻运动的领导者鲁迅先生直接指导下，以刀笔为枪，奋战在民族救亡文艺运动第一线。他们就是温州版画家林夫、野夫、张明曹和王良

1946年纪念鲁迅逝世10周年，浙江师范学院中文系演出《阿Q正传》后合影，中坐者为该剧导演莫洛

俭等。

在鲁迅先生逝世、全民族抗战爆发之后，他们毅然返回温州，在连天的战火中，积极投身于家乡的抗日救亡运动，反对国民党政府的妥协政策。他们以赤诚之心，筚路蓝缕，风雨兼程，行进在改天换地的道路上，甘心奉献青春，直至奉献生命。他们与胡景瑊、莫洛、林斤澜、唐湜等是同道中人，同声相应，同气相求，走到一起来。

2021年8月，2021年浙江省文化艺术发展基金项目申报开始，我在杨明明主席和鹿城区文联谢炬主席的催促下，基于以上的写作与掌握的素材，申报了长篇纪实文学《生为赤子》的创作选题。我思考再三，《生为赤子》以九叶派诗人唐湜为中心，讲述唐湜和他的文友莫洛（诗人）、赵瑞蕻（诗人、学者、翻译家）、胡景瑊（温州市第一任市长）、林夫（版画家）、金江（寓言作家）、林斤澜（作家）、郑伯永（作家）等的成长经历和心路历程，用断点式截取替代全局式概述，来反映浙南地区一批充满理想信念的知识分子，以强烈的爱国激情，投身于革命事业，凭借巨大的精神力量，收获学业上的累累硕果，并结下了深厚的友谊。

有人（包括一些作家）一听到是红色题材的作品，就以为是"主题先行"，其实事实并非如此，《生为赤子》当然

《战时民众》封面

250

也不是主题先行。上文说过，在创作《生为赤子》之前，我已为唐湜、莫洛、赵瑞蕻、胡景瑊、林夫、金江、林斤澜、郑伯永等写下了一定数量的文稿，我的主题设定，是根据他们极强的动感人生和故事的文学张力而来的，是从作品中的人物自身所携带和存在的问题意识而来的。主题的出现是千锤百炼的，也是自然形成的，是通过作者感知事件、敷陈故事、连缀情节、讲述细节等一个系统过程而凸显的。

唐湜、胡景瑊、莫洛等的家族在温州属于名门望族，上辈族人基本上过着安居乐业的日子，但深重的国难让许多家族成员包括身边的亲人、爱人仰视红色人物，心中萌发和积聚了爱国之情，最终追求进步，投身革命，奔向了战火纷飞的第一线。比如唐湜的大弟唐文荣、大妹唐金金、小妹唐小玉、

《鲁迅的精神不死》，野夫刻

小姨王静香、表哥陈桂芳、表妹林翘翘，比如胡景瑊的母亲姚平子、三弟胡景濂、四弟胡景燊，比如莫洛的妻子林绵、林斤澜的妻子谷叶、赵瑞蕻的妻子杨苡等，他们也都投身到汹涌澎湃的革命大潮中，冲锋陷阵，一往无前，有属于他们的忠诚和英雄的故事。凡这些人物，我们每有遇到，怎能舍得放弃？写进作品中，怎能叫"主题先行"？当然，他们在现实中有窘迫、压抑、痛苦、彷徨，甚至迷失自我和哀号呻吟，他们迷恋家庭、婚恋生活，有自己的亲情和爱情。他们也是普通人，心灵中有太多碰撞、矛盾、碎裂与踌躇。

选择以唐湜为主线，自然离不开他在"九叶"中的八位诗友：

辛笛、陈敬容、杜运燮、杭约赫（曹辛之）、郑敏、唐祈、袁可嘉和穆旦。

这九位诗人都生长于家国离乱之际，受过良好的中西方文学教育和文化熏陶，深受外国诗歌的影响，学成后多有漂泊的经历，怀着强烈的爱国热忱和一颗跳荡的诗心，关心国家命运和人民疾苦，积极而勇敢地参与到新民主主义革命中。20世纪40年代，他们创作了大量的文学作品，特别是诗作，明显受到西方文学的熏染，常有多层次的构思与深层的心理探索，较多地接受了现实主义精神和中国艺术传统的风格，形成了他们的文学思想和艺术特征，在中国现代文学史上有着举足轻重的作用，是中国新诗史上不可或缺的一章。现在距离他们成名成家已经过去了70多年，而九位诗人和他们作品的影响力，并没有随着时间的流逝而减弱，反而发出更加迷人的光芒，不断被海内外读者所传诵，被诗人、学者所研究。《生为赤子》或多或少都予以记之。

五

书中的主要人物，都是远去的背影，虽多为我早年的相识，但亲近如唐湜这样的恩师，也因时间久远，往事如烟，许多记忆被岁月冲刷得支离破碎，像被滴过雨水的老照片模糊不清。况且，他们的过往经历，我也没有全面、详细地掌握。全景式写起来，确实困难重重。

为了追寻历史往事、人生精彩，获取更多的情节、细节，我开始系统阅读他们的文艺作品（包括回忆录），网购了30多本关于他们的史料书籍，埋头细读。故人往矣，而文字还留着温度，与我耳鬓厮磨，旧岁的尘沙渐渐剥落，往日的情感由远而近，一点点回归，并日益深厚。

我又进行了大量的采访和请教，赴北京、上海、杭州等地，先后采访和请教了50多人，其中有唐彦中（唐湜次子）、郑敏（当时唯一健在的九叶诗人，已于2022年1月3日去世，享年102岁，怀念）、沙灵娜（教授，九叶诗人陈敬容长女）、章燕（教授、诗人，翻译家屠岸的女儿）、王圣思（教授，九叶诗人辛笛女儿）、沈克成（学者，唐湜的学生）、瞿光辉（作家，唐湜的好友）、温锋（唐湜的学生）、马大康（教授，莫洛次子）、渠川（作家）、洪水平（革命家、作家）、王兆凯（王季思长子）、赵衡（画家、作家，赵瑞蕻次女）、胡济（胡景瑊儿子）、章方松（学者、作家）、金辉（金江儿子）、郑国惠（郑伯永儿子）、方向明（学者、作家）、张成毕（画家）、卢礼阳（学者）、方韶毅（学者）、金丹霞（教授、

2020年深秋，作者（右）采访郑敏，她拿着作者编辑的《一叶的怀念》一书

作者（左）与陈敬容女儿沙灵娜交谈

作者（右）与洪水平交谈

学者）、潘虹（高级编辑）、林亦挺（林夫纪念馆馆长）、林秀敏（林夫孙子）等（排名不分先后，在此深表感谢），从而捕捉到书中主要人物许多丰沛的情节和生动的细节，点点滴滴，汇聚

精彩；他们的生平事迹，从开蒙受教、少年立志、志愿兴趣，到对党忠诚、辛劳创作、勤勉为民，也在我的脑海里清晰起来，让我再次领略到了其高贵的人格魅力与强大的生命感召力。当然，毕竟当事人都已去世，我仍然掌握不了太多富有情感意义的细节。

因为走访，我更加真切地感受到家乡的丰实；因为写作，我更能如实地读懂了他们的心魂。

我知道，文学作品的说服力、震撼力和感染力，在于文学作品的真实、具体、生动和可知可感的人物、情节、细节，这对于我来说，既是写作中的最高境界，也是文学创作中起码的底线。我笃定自己文学创作的初心，坚守纪实文学的文体精神，为自己一步一步靠近而感到欣慰。在写作上，我只有文学上的加工，没有故事、情节上的杜撰、编造，这样可就少了小说所擅长的反高潮、反性格、反情节以及故事的跌宕起伏或桥段的反转再反转。面对缺少细节的地方，我只能字斟句酌，或粗线条而过，我真是没有其他的好办法。

唐湜像

在写作过程中，我还寻访了书中主要人物学习、工作、生活过的地方，比如温州中学旧址、中国工农红军挺进师纪念园、闽浙边抗日救亡干部学校旧址、春草池、籀园图书馆等，那里有他们青春的一部分，占绝大的一部分；那里有过丰盈辽阔的精神和情感世界，洋溢着温馨、和谐与诗意的生命；那里有遥远苍凉的历史烟云、有循着灯火去拓荒的坚实脚步声、有从斑驳旧影里响起的新曲……岁月迁流，世事繁变，抚今追昔，不禁百感交集。

作者在"县前头135号"前

在《生为赤子》的写作进入尾声的时候，我还走访了温州老城区"县前头135号"。这是一栋七间三层砖木混合洋式楼房，坐北朝南，北面临街，带西式装饰立面，屋面铺小青瓦。据说一层每间都是木门，现在四间改成店面，三间改成窗户；二、三层地板和木质楼梯依然厚实，各间开窗，但光线昏暗，居住着多户人家，因疫情关系，深居简出。

这里是十六岁的唐湜入党宣誓的地方。两年后的1938年，新四军在此设立驻温采购办事处，同时中共上海地下组织以上海红十字会的名义也在此设立办事处，配合开展工作，将大批地下党员、进步青年和军用紧缺物资输送到华中地区抗日根据地，为新四军坚持敌后抗战做出重要贡献。

我静静地、轻轻地从一楼走到三楼，唐湜先生入党的痕迹已不可寻，早已消失在时间的深处，但我想，唐湜先生在这里抱定革命的决心，承担起所处时代赋予的使命，同时也让他的生命开始变得丰盈、多姿和壮美。我久久地站在二楼的窗台前，窗下是平整的柏油街面，午后的阳光把街上穿行的车辆照耀得明光灿亮，行人在街两边轻松行走，三两为伴地一起说说笑笑。

眼下正是人间四月天。

完成于2022年5月1日早晨

主要人物表

1. 唐　湜（1920—2005），温州城区人，九叶诗人、评论家、剧作家、翻译家。

2. 赵瑞蕻（1915—1999），温州城区人，诗人、学者、翻译家。

3. 莫　洛（1916—2011），温州城区人，原名马骅，诗人。

4. 胡景瑊（1917—1987），温州城区人，曾任温州市人民政府第一任市长等职。

5. 林　夫（1911—1942），平阳（今属苍南）人，版画家、革命家。

6. 金　江（1923—2014），温州城区人，寓言作家、儿童文学作家。

7. 林斤澜（1923—2009），温州城区人，作家。

8. 郑伯永（1919—1961），乐清人，作家。

9. 王季思（1906—1996），温州城区人，唐湜二舅，戏曲史论家、文学史家。

10. 姚平子（1897—1941），温州城区人，胡景瑊母亲，革命活动家，温州妇女解放运动的先驱之一。

11. 野　夫（1909—1973），乐清人，版画家。

12. 张明曹（1911—1978），乐清人，版画家。

13. 王良俭（1912—1938），乐清人，版画家。

14. 林　绵（1922—2020）莫洛妻子，温州城区人，爱国人士。

15. 谷　叶（1923—2004），原名谷玉叶，温州城区人，林斤澜妻子，爱国人士。

16. 杨　苡（1919—　　），祖籍安徽盱眙（今属江苏淮安），出生于天津，原名杨静如，赵瑞蕻妻子，翻译家。

17. 陈爱秋（1924—2014），瑞安人，唐湜妻子，教师。

18. 穆　旦（1918—1977），原名查良铮，祖籍浙江海宁，九叶诗人、翻译家。

19. 曹辛之（1917—1995），笔名杭约赫，江苏宜兴人，九叶诗人、书籍装帧设计家。

20. 陈敬容（1917—1989），四川乐山人，九叶诗人、翻译家。

21. 唐　祈（1920—1990），江苏苏州人，九叶诗人。

22. 辛　笛（1912—2004），祖籍江苏淮安，出生于天津，九叶诗人。

23. 袁可嘉（1921—2008），浙江余姚（现属慈溪）人，九叶诗人、翻译家、评论家。

24. 杜运燮（1918—2002），福建古田人，九叶诗人。

25. 郑　敏（1920—2022），福建闽侯人，九叶诗人、评论家。

图书在版编目（CIP）数据

生为赤子：唐湜与他的文友们 / 曹凌云著 . — 沈
阳 : 春风文艺出版社 , 2022.11（2023.8 重印）
ISBN 978-7-5313-6358-3

Ⅰ.①生… Ⅱ.①曹… Ⅲ.①传记文学—中国—当代
Ⅳ.① I25

中国版本图书馆 CIP 数据核字 (2022) 第 213917 号

北方联合出版传媒（集团）股份有限公司
春风文艺出版社出版发行
沈阳市和平区十一纬路 25 号　邮编 :110003
永清县晔盛亚胶印有限公司印刷

责任编辑：姚宏越　　　　　　助理编辑：孟芳芳
责任校对：陈　杰　　　　　　封面设计：陈天佑
印制统筹：刘　成　　　　　　幅面尺寸：142mm × 210mm
字　　数：234 千字　　　　　印　　张：8.5
版　　次：2022 年 11 月第 1 版　印　　次：2023 年 8 月第 2 次
书　　号：ISBN 978-7-5313-6358-3　定　　价：75.00 元